MIX
Papier aus verantwortungsvollen Quellen
FSC® C012536
FSC
www.fsc.org

Lektorat: Teresa Profanter
Umschlag und Satz: Jürgen Schütz
Druck und Bindung: Buch Theiss GmbH
Printed in Austria

ISBN: 978-3-99120-005-5
www.septime-verlag.at
www.facebook.com/septimeverlag | www.twitter.com/septimeverlag

Roland Freisitzer

Frey

Roman

Für Julia

Jeder Mensch erfindet sich früher oder später eine Geschichte,
die er für sein Leben hält, oder eine ganze Reihe von Geschichten.

Max Frisch, *Mein Name sei Gantenbein*

World is suddener than we fancy it. World is crazier and more of it than we think, incorrigibly plural.

Louis MacNeice, *Snow*

ERSTER TEIL

1

»Dann legen Sie doch mal los«, sagte Dorn ungeduldig.

Ich hörte ihn die fünfzehn Zentimeter große Wilhelm-Wundt-Büste auf seinem schräg hinter mir platzierten Schreibtisch mit viel Druck hin- und herschieben. Das knarzende Geräusch, das die Büste des Begründers der experimentellen Psychologie dabei machte, jagte mir einen Schauer über den Rücken. Ich wollte davonlaufen, übte mich jedoch in Wundtscher Selbstbeobachtung und blieb sitzen. Durch das Fenster betrachtete ich den Park, auf den man aus dem abgewetzten Ohrensessel des Therapeuten blickte. In der Hoffnung auf eine Art von Erleuchtung, eine Idee oder irgendeinen Lösungsansatz starrte ich auf die sieben spärlich belaubten Kastanienbäume, die den Park umrandeten. In die Mitte des Parks hatte man einen lieblos gestalteten Kinderspielplatz gesetzt: eine Sandkiste, zwei blaue Wippen, eine rote Schaukel und ein grünes Klettergerüst mit gelber Rutsche. Neben einer der beiden Schaukeln sah ich ein blondes Mädchen seilspringen. Ihr rotkariertes Kleid und ihre langen Zöpfe flogen wild durch die Luft. Ein Anzugträger mit Aktentasche querte den Spielplatz. Mit einem Mal blieb er stehen, fingerte ein Päckchen aus seiner Sakkoinnentasche und zündete sich eine Zigarette an. Er sah dem Mädchen kurz zu und ging weiter. Dorn seufzte und erinnerte mich daran, dass ich auf diesem Termin beharrt hatte.

Ich warf einen Blick auf die Uhr. Großartig, ich hatte bereits zehn teure Minuten mit der Beobachtung des Parks verbracht.

»Wir reden heute vermutlich nicht über Ihre Wut und die besprochene Strategie, damit umzugehen«, sagte Dorn.

Ich schüttelte den Kopf.

»Erzählen Sie mir, was Sie bedrückt«, sagte er.

»Meine Frau ...«, erwiderte ich. »Sie hat vor fünf Tagen ein Fernsehgerät gekauft. Während ich dienstlich in London war. Einen riesigen Flachbildschirm, wissen Sie, was ich meine?«

Dorn nickte.

»Was bedeutet das für Sie?«, fragte er. »Stört Sie die Anwesenheit des Fernsehers?«

Ich meinte, dabei einen leicht vorwurfsvollen Unterton in seiner Frage mitschwingen zu hören. Als ob mich der Fernseher allein hierhergeführt hätte! Ich unterdrückte meinen Ärger und erinnerte mich daran, dass nicht alles, was ich im ersten Moment als kritisch oder vorwurfsvoll empfand, auch tatsächlich so gemeint war.

»Nein. Das allein ist es natürlich nicht«, sagte ich.

»Gut. Was ist es dann?«

»Zuallererst hat es mich überrascht. Meine Frau hat sich bisher immer vehement gegen die Anschaffung eines Fernsehers gewehrt. Nicht einmal vor der Fußballweltmeisterschaft durfte ich einen kaufen. ›Schwachsinn, rausgeschmissenes Geld, wozu in die blöde Glotze starren, Volksverdummung, wieso sollten wir ein derart beschissenes Ding daheim stehen haben‹«, zitierte ich Sarah.

Ich blickte zu Dorn, der sich träge am linken Ohr kratzte. Dabei bewegte sich die rechte Hälfte seines imposanten, längst ergrauten Walross-Schnauzers im Rhythmus des Kratzens auf und ab.

»Meinungen ändern sich immer wieder im Leben«, sagte er. »Damit muss man rechnen.«

Ich blickte wieder aus dem Fenster. Als ob ich das nicht wüsste.

»Welche Bedeutung hat der Fernseher für Ihre Frau?«

Ich zuckte mit den Schultern.

»Es ist ja nur ein Fernseher und kein … sagen wir … Liebhaber«, sagte er. »Außerdem haben Sie ja auch etwas davon. Sie können nun endlich daheim Fußball schauen. Allerdings, mit Ihrer Disposition sollten Sie vielleicht Spiele unserer Nationalmannschaft vermeiden … die könnten zu unerwünschten Wutausbrüchen führen.«

Eine junge Frau setzte sich auf eine Bank im Park und zündete sich eine Zigarette an. Als ich ihr dabei zusah, verspürte ich selbst Sehnsucht nach einer Zigarette. Jammerschade, dass ich seit vier Jahren nicht mehr rauchte. Vielleicht sollte ich Sarahs Fernsehwahn einfach ignorieren und hoffen, dass sie bald selbst genug davon hatte.

»Das tatsächliche Problem ist ja in Wahrheit ein anderes«, sagte ich. »Sie sitzt seither rund um die Uhr vor dem Ding und schaut verschwitzten, testosterongesteuerten Kerlen in kurzen Hosen dabei zu, wie sie einander mit Schlägen und Tritten malträtieren.«

Ich drehte mich wieder zu Dorn um und sah ihn mit dem linken Zeigefinger in der Nase bohren. Er lächelte und entfernte den Finger aus der Nase.

»Erzählen Sie bitte weiter!«

War die Ausrichtung des Ohrensessels mit Blick aus dem Fenster strategisch gewählt? Sie erlaubte dem Therapeuten jedenfalls unbeobachtetes Nasenbohren, während er den Ausführungen seiner Klienten lauschte, die mit Blick auf den Park ihrer Kindheit oder sonstigen versteckten Erinnerungen auf den Zahn fühlten.

»Sie sieht nur mehr fern und redet kein Wort mehr mit mir«, sagte ich. »Sie beantwortet keine Fragen, sie ignoriert sie nicht einmal. Sie grüßt nicht, sie reagiert überhaupt nicht. Als hielte sie sich in einer weit entfernten Parallelwelt auf. Natürlich kommt sie auch nicht mehr ins gemeinsame Bett. Ich weiß nicht einmal, ob sie überhaupt noch schläft. Wenn ich morgens aus dem Schlafzimmer komme, sitzt sie genauso da wie am Abend zuvor. Nur Essen und Getränke holt sie sich von Zeit zu Zeit aus der Küche.«

»Woher wissen Sie das?«, fragte Dorn.

»Sie lässt die schmutzigen Gläser und Teller, mitsamt den eingetrockneten Essensresten, einfach neben der Spüle stehen. Verpackungsmüll ebenso. So lange, bis ich aufräume, abwasche oder das schmutzige Geschirr in den Geschirrspüler einräume.«

Dorn lachte kurz auf und klopfte mit dem Zeige- und Mittelfinger einen Rhythmus auf die Tischplatte. Er erinnerte mich an eine hinkende Variante des Schlagzeugparts aus Maurice Ravels *Bolero*. Wenn Dorn nur im Rhythmus bliebe! Seine irritierenden Angewohnheiten gingen mir langsam richtig auf die Nerven.

»Ihre Frau schläft also gar nicht mehr?«, fragte er, als er endlich genug geklopft hatte.

»Ich weiß es nicht«, sagte ich. »Wenn, dann auf dem Sofa.«

Dorn schwieg, kratzte sich an der Stirn und schaute suchend umher. Er wirkte so offensichtlich ratlos, dass ich zur Beruhigung wieder aus dem Fenster sah. Gerade rechtzeitig, um ein Flugzeug im Landeanflug über die Dächer Wiens in Richtung Schwechat schweben zu sehen.

»Man kann also tatsächlich rund um die Uhr im Fernsehen derartige Kämpfe sehen?«, fragte Dorn.

Ich nickte und erklärte, dass es ein asiatischer Kabelsender sei. Dorn kritzelte ein paar Worte auf ein Post-it. Er wirkte nun hellwach.

»Ich vermute, dass es ein thailändischer Sender ist, wenn ich die Schriftzeichen am oberen Rand des Bildschirms richtig deute«, ergänzte ich.

»Gut zu wissen, danke«, erwiderte er und setzte drei Punkte an das Ende seiner Notiz.

»Sind Sie an dieser Sportart interessiert?«

Dorn ignorierte meine Frage und schloss die Augen. Nach fast einem Jahr Therapie wusste ich, dass er jetzt nachdachte und ich still auf seine Erkenntnis zu warten hatte. Ich sah erneut aus dem Fenster, unschlüssig, ob ich meine Aufmerksamkeit dem Park oder den Flugzeugen zuwenden sollte.

»Wenn Sie mich fragen«, sagte er endlich, »dann klingt das nicht erfreulich für Sie.«

Ich nickte. Das hatte ich auch längst verstanden. Wozu war ich überhaupt hier?

»Ihrer Frau hingegen scheint dieser Zustand zu behagen, wenn ich all das in Betracht ziehe, was Sie bisher erzählt haben. Sonst hätte sie keinen Grund, derart gegen ihre tägliche Routine und die ungeschriebenen Verhaltensregeln in Ihrer Beziehung zu verstoßen. Es stellt sich nur die Frage, was sie damit bezwecken will«, sagte er mit einem überheblichen Gesichtsausdruck, der wie eine Schuldzuweisung auf mich wirkte. »Im Idealfall könnte es sich um eine vorübergehende Sache handeln. Vielleicht nur eine Verirrung. Oder gar ein Schrei nach Aufmerksamkeit!«

Was dachte er sich bloß dabei, mich anzusehen, als ob ich für Sarahs Fernsehwahn verantwortlich sei? Als hätte ich sie in diesen Irrsinn getrieben. Zorn stieg in mir auf.

Lutsch-mich-Mister-Dorngesicht, schrie ich stumm und erkannte, dass ich aus Jonathan Lethems Roman über einen Kleinganoven mit Tourettesyndrom zitiert hatte. Ich musste lachen, weil Dorn im Gegensatz zur Romanfigur nicht darauf reagierte. Das löste mein Problem zwar nicht, aber ich fühlte mich auf der Stelle doch erheblich besser. Ich hatte keine Ahnung, was Sarah mit ihrem Verhalten bezwecken wollte, und zuckte genervt mit den Schultern.

Dorn schnaubte unzufrieden.

Du blöder, überheblicher Pisskopf, du kannst mich mal.

»Ich weiß es natürlich auch nicht«, sagte er. »Es ist ihr wichtig, das steht fest. Nur, was genau ist es? Was steckt dahinter? Diese Fragen sollten Sie möglichst rasch klären.«

Ich wandte mich von Dorn ab und schaute genervt aus dem Fenster. Er konnte mir nicht helfen. Ich hätte meinen Zorn gern laut über den Park hinausgeschrien. Auch wenn das nichts geändert hätte. Das war mir klar. Von einer Lösung meines Problems schien ich noch weiter entfernt als vor dem Termin mit meinem Therapeuten.

Ein alter Mann mit Hund ging langsam an dem Mädchen vorbei, das mittlerweile auf der roten Schaukel saß. Er wandte sich ihr zu, kramte in seinen Hosentaschen und hielt dem Mädchen irgendetwas auf der Handfläche entgegen. Das Mädchen reagierte nicht auf ihn. Der Hund bellte den Mann auffordernd an und erhielt, was der Mann dem Mädchen angeboten hatte. Der Mann schüttelte den Kopf, zündete sich eine Zigarette an und ging langsam weiter.

»Was sagt Ihre Frau denn eigentlich dazu?«, fragte Dorn.

Ich hatte Dorn in der Vergangenheit immer wieder verdächtigt, in Wahrheit zu schlafen, wenn er mir mit geschlossenen Augen zuhörte. Seine Frage bekräftigte meinen Verdacht.

»Wie ich bereits sagte«, erwiderte ich und warf ihm einen verärgerten Blick zu, »sie bekommt außer den Kämpfen überhaupt nichts mit. Sie sagt also kein Wort dazu.«

Er ignorierte meinen Blick und fragte, ob ich nicht versuchen wolle, Sarah durch physische Intervention vom Fernseher abzulenken.

»Es könnte doch zielführend sein, sich selbst zwischen das Gerät und Ihre Frau zu stellen«, fügte er erklärend hinzu.

Daraufhin erzählte ich ihm von meinem kläglich gescheiterten Versuch, sie genau mit dieser Taktik abzulenken. Schilderte, wie Sarah immer wieder eine neue Position gesucht und gefunden hatte, um doch an mir vorbeisehen zu können, und wie ich am Ende entnervt resigniert hatte.

»Wirklich bedauerlich«, sagte Dorn kopfschüttelnd. »Machen Sie sich Gedanken, ob es unter Umständen nicht andere Möglichkeiten gibt, die Aufmerksamkeit Ihrer Frau zu erlangen.«

Warum glaubst du dämlicher Wichser eigentlich, dass ich da bin, wollte ich ihm entgegenschreien, fragte aber stattdessen freundlich lächelnd: »Welche Möglichkeiten meinen Sie?«

Dorn hatte sich mit den Händen rechts und links auf die Tischplatte gestützt, die Ellenbogen in Lauerstellung.

»Sorgen Sie unbedingt für Klarheit. Wenn möglich, gleich heute«, sagte er und stand auf.

Ich nickte.

Schweigend ging er dreimal um den Schreibtisch herum. Ich sah, dass er das rechte Bein dabei ein wenig unkoordiniert nachzog, und fragte mich, ob er auf mehr als mein Nicken wartete. Verstohlen betrachtete er seine Armbanduhr. Kurz darauf seufzte er und wandte seinen Blick scheinbar desinteressiert in Richtung der stummen Kuckucksuhr, ein Erbstück von seiner

Großmutter, das er nicht etwa wegen eines schreckhaften Klienten mundtot gemacht hatte, sondern auf Wunsch seiner Frau. Gleich beim ersten Termin hatte ich die Geschichte erfahren, sicherlich wie alle anderen Klienten auch. Da der Blick zur Uhr die letzten fünf Minuten der Sitzung ankündigte, bat ich Dorn um einen weiteren, möglichst zeitnahen Termin und versprach, mich umgehend um die Klärung meines Problems zu kümmern.

»Koste es, was es wolle«, sagte ich.

Dorn setzte sich mit einem seltsam dumpfen Geräusch hin und musterte mich. Er bat mich, bei der Wahl meiner Mittel besonders vorsichtig zu sein.

»Passen Sie auf, hören Sie Ihrer Frau zu und gehen Sie nur nicht brachial vor, wenn Ihnen etwas an Ihrer Beziehung liegt«, sagte er, während er im Terminkalender blätterte. »Achten Sie unbedingt darauf, dass Sie sich immer im Griff haben. Sie wissen ja, zählen, zählen, zählen ... Die Sache ist äußerst delikat, wenn Sie verstehen, was ich meine ... Morgen, siebzehn Uhr?«

Ich nickte, bedankte mich für sein Entgegenkommen und schlüpfte in meine Weste.

»Schön, da wünsche ich Ihnen viel Glück für heute Abend«, sagte er lachend und unterschrieb die bereits ausgefüllte Honorarnote.

Er drückte mir das Kuvert mit der Honorarnote in die Hand und schob mich mit elegantem Nachdruck zur Tür hinaus. Ich verzichtete auf den Fahrstuhl, lief die Treppe hinab, trat hinaus auf die Straße, atmete tief durch und sah mich um. Das Mädchen hatte den Spielplatz bereits verlassen.

Langsam ging ich über den Spielplatz und warf einen Blick hinauf zur Praxis im zweiten Stock. Dabei bildete ich mir ein, eine leichte Bewegung des Vorhangs und dahinter Dorns

Umriss zu sehen. Ja, ich würde die Sache mit Sarah heute klären. Egal wie. Es war höchste Zeit. Ich musste einfach ruhig bleiben, dann würde sich alles lösen. Sicherlich gab es eine einfache Erklärung. Ich hatte diesem Fernsehwahn nur zu viel Beachtung geschenkt. Breit grinsend winkte ich in Richtung des Fensters. Ja, heute würde ich das klären!

Ich musste Lebensmittel einkaufen und schlenderte gemütlich zur Straßenbahnhaltestelle. Die Menschen, die mir begegneten, erschienen mir freundlicher und sympathischer als sonst. Ich lächelte ihnen zu und sie erwiderten mein Lächeln. Alles wirkte heller als üblich. Farbiger. Schöner. Ich stellte im Kopf eine Einkaufsliste zusammen und beschloss, auch einen Strauß Rosen für Sarah zu kaufen.

2

Bereits im Stiegenhaus empfing mich das viel zu laute Gejohle aus dem Fernseher. Auf der Suche nach dem Schlüssel durchwühlte ich gereizt meine Tasche, schloss die Tür auf, zog in der Garderobe die Weste aus und betrat mit den Einkaufstüten und dem Strauß Rosen das Wohnzimmer. Ohne aufzusehen, griff Sarah zur Fernbedienung und stellte ein bisschen leiser. Noch immer viel zu laut für ein Gespräch, doch weniger störend als zuvor. Konzentriert folgte sie dem Geschehen im Ring, ließ sich keinen einzigen Tritt entgehen, achtete mit aufmerksamer Miene auf jeden Schlag. Überrascht bemerkte ich, dass sie ein anderes T-Shirt als in der Früh trug. Das mir unbekannte Shirt wirkte alt und abgetragen, der abblätternde Aufdruck über ihrer Brust ließ gerade noch F*CK ME TENDER erkennen.

»Hallo Sarah«, rief ich, zählte bis zehn und versuchte es dann erneut.

Da ich auch diesmal keine Antwort bekam, schleppte ich die Einkäufe in die Küche, ordnete die Lebensmittel in Kühl- und Vorratsschrank ein, beschnitt die Rosen und stellte sie in die Vase. Ich befüllte sie zu einem Drittel mit Wasser und machte mich auf die Suche nach einem Aspirin. Beim Öffnen des Arzneimittelschranks fiel mir Sarahs Föhn auf den Kopf. Der hat da nichts verloren. Verflucht! Kurz darauf fand ich das Aspirin und warf eine Tablette in die Vase. Wie beruhigend doch das zischende Geräusch einer sich im Wasser auflösenden Tablette sein kann. Ich trug den Föhn ins Badezimmer. Beim Händewaschen stellte ich fest, dass Sarah geduscht und Zähne geputzt hatte. Ihre Zahnbürste lag neben dem Becher und das noch immer feuchte Handtuch lag am Boden. In Sarahs Haarbürste hingen mehrere Büschel rotblondgelockter Haare. Es überraschte mich nicht nur, dass sie, erstmals seit dem Kauf des Fernsehers, Körperpflege betrieben hatte, sondern in erster Linie die Gleichgültigkeit, mit der sie gegen die von ihr aufgestellten Ordnungsregeln verstoßen hatte. Ich stellte die Zahnbürste in Sarahs gelben Becher zurück, hob das Handtuch vom Boden auf, roch kurz daran und warf es angeekelt in den Wäschekorb.

»So kann es nicht weitergehen«, sagte ich und trat mit den Blumen an Sarah heran. »Hallo Schatz, schau, Rosen. Ich dachte, die könnten dir gefallen.«

Im nächsten Moment ärgerte ich mich bereits über den Nachgeschmack der Unterwürfigkeit, den meine Worte hinterließen. Sarahs Augen schweiften keine Sekunde vom Bildschirm ab. Ich setzte mich auf die schräg gegenüber der Couch platzierte Récamiere und beobachtete sie. Das ausgewaschene, viel zu weite T-Shirt und die wilden Locken verliehen Sarah eine unerwartet vulgäre und doch erregende Ausstrahlung. Ihr Mienenspiel drückte aus, dass nichts auf der Welt diesem Wettkampf auf dem Bildschirm Konkurrenz bieten konnte. Dabei bewegten sich ihre Pupillen fahrig hin und her. Bei besonders harten Treffern leckte sie sich über die Lippen und griff sich in den Schritt. Ich kannte meine Frau seit fast acht Jahren. So hatte ich sie noch nie erlebt.

»Wir müssen reden. Du kannst mich nicht einfach ausblenden. Du siehst und hörst mich doch … Sarah?«

Ich spürte, wie der Jähzorn in mir anschwoll. Er wuchs wie eine Flutwelle in mir an und ich wusste, dass es nur mehr Sekunden dauern würde, bevor ich die Kontrolle über mich verloren hatte. Mit einem Schrei sprang ich auf und riss das Stromkabel des Geräts so heftig aus der Steckdose, dass diese schlaff aus der Mauer hing. Verputz rieselte zu Boden. Ein kümmerliches Zischen begleitete das Kollabieren der Kampfszene am Bildschirm.

Unheilvolle Stille füllte den Raum, bis Sarah mit dem Keuchen begann, das ihre schlimmsten Wutanfälle ankündigte. Ich drehte mich zu ihr und wusste, dass ich jetzt ihrer ungeteilten Aufmerksamkeit sicher war. Ihre grünblauen Augen funkelten mich verächtlich an. Dreißig, neunundzwanzig, achtundzwanzig … Ich ließ mich wieder in die Récamiere sinken und atmete tief durch.

»Was soll das, du Arschloch«, schrie sie nach einigen Momenten Stille.

Sarah strahlte eine derbe Aggressivität aus, die ich bisher nie an ihr erlebt hatte. Auf gewisse Weise verdorben, ungehemmt und doch sehr erregend. Ich wehrte mich gegen die beginnende Erektion und zählte übertrieben langsam von zwanzig abwärts. Bei sieben hatte ich mich wieder unter Kontrolle.

»Was genau meinst du?«, fragte ich sie, bemüht, ruhig und kontrolliert zu wirken.

»Du hast den verdammten Stecker gezogen, du blöder, gehirnamputierter Schlappschwanz«, fauchte sie und ich spürte einige Tröpfchen Spucke im Gesicht. »Wie kommst du nur auf die beschissene Idee, den verfickten Stecker zu ziehen? Das geht dich alles gar nichts an. Das ist mein Leben. Lass mich gefälligst in Ruhe«, kreischte sie.

Sarahs Wut schien keine Grenzen zu kennen. Wie konnte Feindseligkeit das Gesicht einer geliebten Person nur so schnell zu einer schaudervollen Fratze entstellen? Sarahs Intelligenz, ihre Sanftheit und ihre Vernunft, Wesenszüge, die ich an ihr liebte – alles wie weggefegt!

»Ach so, es geht mich nichts an?«, fragte ich mit schneidender Stimme.

»Nein!«

»Wir sind seit acht Jahren ein Paar, so mit Vertrauen und Respekt und dem ganzen Drumherum, das damit verbunden ist! Eigentlich sollte das heißen, dass wir wie Erwachsene kommunizieren und dem Partner Erklärungen bieten, wenn wir auf einmal vor einem Fernseher dahinvegetieren. Würde ich zumindest sagen. Ja, du vegetierst vor dem Fernseher dahin! Das ist doch nicht normal. Du tust so, als würdest du mich weder hören noch sehen. Das ist richtig krank … Meinst du nicht, dass du mir zumindest eine Erklärung schuldest? Eventuell verstehe ich es ja! Versuch! Es! Doch! Einfach! Verdammt noch mal!«

Die letzten Worte hatte ich gebrüllt. Dafür hasste ich mich. Seit frühester Kindheit waren mir lautstarke Auseinandersetzungen peinlich, egal ob in privatem Rahmen oder vor Publikum. Nie hatte ich verstehen können, wieso sich meine Eltern immer so heftig streiten mussten. Leider steckte davon viel in mir. Jetzt musste ich mich allerdings beruhigen. Sofort.

»Du denkst, du hast das Recht, den Stecker zu ziehen, während ich schaue«, brüllte Sarah zurück. »Noch dazu mit so einem dämlichen Schrei! Als wärst du Rambo oder Tarzan.«

»Ja! Natürlich habe ich das Recht dazu! Was hätte ich denn sonst tun sollen, um mir deine Aufmerksamkeit zu verschaffen, wenn du auf gar nichts reagierst und nur mehr da hineinstarrst?«, fragte ich mit bebender Stimme und zeigte dabei auf den Fernseher.

Ich erschrak, als ich meinen Zeigefinger zittern sah.

»Ungeheuerlich! Das ist doch die Höhe! Du widerlicher kleiner Arschpickel willst mir weismachen, dass du den Stecker des Fernsehers einfach so ziehen darfst, nur weil dein kleines Spatzenhirn dir das erlaubt?«

Sarahs Aggressivität zerstörte die letzten Hoffnungen auf eine Rettung unserer Beziehung. Ich wollte sie auch gar nicht mehr retten, gestand ich mir ein und konnte regelrecht beobachten, wie sich der großmütige Teil in mir in Luft auflöste. Der Teil in mir, der in einer Situation wie dieser eingelenkt hätte, der die Schuld, welche auch immer, auf sich genommen und Sarah umarmt hätte, der sie beschwichtigt und zu ihr gesagt hätte, dass alles gut wird. Dieser Teil von mir suchte genau in diesen Sekunden das Weite. Sarah schwieg. Während ihre Nasenflügel noch nervös bebten, hatte sich mein Puls inzwischen etwas beruhigt. Mir war bewusst, dass dieser Zustand nicht von Dauer sein würde. Mein Jähzorn war oft nur schwer zu bändigen.

»Du siehst irgendwelchen verschwitzten, blutenden Typen dabei zu, wie sie einander die Fresse polieren. Du reagierst nicht, wenn ich mit dir rede, dich zum Essen holen will. Du schläfst auf der Couch. Was soll ich da denken?«

Sarah sah an mir vorbei, durch Wände hindurch, sah womöglich direkt in ein schwarzes Loch im All. Wir saßen nicht einmal zwei Meter voneinander entfernt, und doch trennten uns jetzt Lichtjahre. Resigniert schüttelte ich den Kopf.

Sarahs Wut schien sich langsam aufzulösen. Sie kaute auf ihren Lippen. Wenig später schluchzte sie hemmungslos. Diese Frau war zu einem Rätsel für mich geworden. Als ich noch überlegte, ob ich der Sache mit dem Kickboxen nachgehen sollte, sah mich Sarah verbittert an. Ihre zuvor ausgelebten Emotionen hatten sich in wenigen Minuten verflüchtigt, übrig geblieben war die leere Hülle der Frau, die ich die letzten acht Jahre geliebt hatte.

»Ich kann nicht mehr«, sagte sie und der Klang ihrer Stimme spiegelte die Leere ihres Gesichtsausdrucks. »Unterbrich mich jetzt nicht, lass mich einfach reden. Sag nichts, wenn ich eine Pause einlege, das alles fällt mir schon schwer genug.«

Ich unterließ es, sie darauf hinzuweisen, dass ich kein Wort gesagt hatte. Derbe Obszönitäten drängten sich in meine Gedanken, die ich nur dank größtmöglicher Selbstbeherrschung für mich behalten konnte. Ich nickte. Lächelte. Atmete tief durch. Zählte von zehn abwärts.

»Ich halte unsere Beziehung einfach nicht mehr aus«, sagte sie, als ich bei drei ankam. »Uns«, stieß sie mit einem Seufzen aus.

Erneut nickte ich.

»Dich und mich. Ich habe endlich verstanden, dass mich deine Stimme nervt, dass mir deine immer so verflucht beschissen einfühlsame Art, mit mir zu schlafen, regelrecht Übelkeit verursacht. Deine betuliche Fürsorge widert mich an. Ich hasse es, mit dir zu verreisen, mit dir über Bücher zu reden, mich ekelt es vor deinen Küssen. Mir wird einfach kotzübel, wenn ich an dich denke. Ich hasse es, deine Bartstoppel im Waschbecken zu finden. Du riechst immer so hygienisch sauber, nach Duschgel und Seife. Ich kann es nicht ausstehen, dass du den Kühlschrank ordentlich wie dein Bücherregal hältst. Du kleidest dich elendiglich schlecht. Und deine Boxershorts sind allesamt richtig hässlich. Soll ich weitermachen?«

Ich schüttelte den Kopf.

»Ich hasse dich«, fügte sie nach einer Pause hinzu.

Obwohl ihre Stimme unnachgiebig feindselig klang, drückte ihre Körpersprache Unschlüssigkeit aus. Wenig später liefen Sarah wieder Tränen über die Wangen. Sie sah auf und wischte sie sich mit dem Handrücken aus den Augen. Ein paar Mal setzte sie an, um etwas zu sagen, hielt sich jedoch jedes Mal wieder zurück. Es kam mir vor, als wüsste sie nicht, ob und wie sie mir sagen sollte, was hinter der ganzen Sache steckte. Mir war klar, dass das Kickboxen, der Fernseher und die Trennung in direktem Zusammenhang standen. Irgendwo war da der wahre Grund verborgen. Nur wo?

»Was möchtest du mir sagen?«, fragte ich trocken.

»Hast du dich endlich beruhigt?«

Als ob ich nicht ruhig wäre! Man könnte annehmen, ich trenne mich von dir und nicht du dich von mir, wollte ich ihr höhnisch entgegnen, nickte aber. Übertrieben verständnisvoll. Schaffte sogar ein gekünsteltes Lächeln. Meine Gedanken schwankten zwischen dem Wunsch, Sarah zu erwürgen, und der befremdlichen Erleichterung, die sich in mir ausbreitete, als ich verstand, dass dieses Kapitel meines Lebens Geschichte war.

»Der mit der roten Hose, der da gerade gekämpft hat, als du den Stecker gezogen hast, das ist der Mann, den ich liebe. Er heißt Kongphob. Er gibt mir das, was du mir nie geben konntest. Er ist komplett anders als du. Hart, männlich und bodenständig. Er braucht weder intellektuelle Bücher noch klassische Musik noch Kunst. Er verbringt in London definitiv keinen ganzen Tag in der Tate Modern. Dieser verfluchte Rothko! Weißt du eigentlich, dass es mich immer noch ärgert, wenn ich nur daran denke, wie du eine Ewigkeit in diesem verdammten Raum mit den langweiligen, eintönigen und motivlosen Riesenleinwänden verbracht hast?«

»Echt?«

»Schweig, sag einfach gar nichts.«

Ich nickte.

»Alles an Kongphob ist so überwältigend roh. Wie ein Vulkan. Wenn er mich fickt, dann tut mir nachher alles weh. Das ist richtig gut. Du kannst dir gar nicht vorstellen, wie gut das ist. Ich werde dich verlassen, am Samstag ziehe ich aus.«

Diese Schwärmerei, die wirkte, als würde sie direkt aus einem Groschenroman oder einem miserablen Film stammen, ärgerte mich. Vor allem, weil ich keine Vorzeichen erkannt hatte.

»Das ist doch unmöglich, fuck …«, sagte ich und stellte mir vor, wie der Kerl in der roten Hose Sarah vögelte. Ich sah ihn Sarah wie ein wildgewordener, menschlicher Vulkan ficken, blutbesudelt und verschwitzt, hart und lieblos, bis sie beide mit schmerzverzerrten Mienen schreiend kamen. Ich schüttelte den Kopf, versuchte die Bilder loszuwerden.

»Es ist aus«, sagte Sarah.

Schweigend sahen wir aneinander vorbei, bis Sarah den Ehering abstreifte und auf dem Beistelltisch neben der Vase mit den Rosen ablegte, die sie erst jetzt erstaunt wahrnahm. Da es mir nicht sofort gelang, meinen abzustreifen, ließ ich ihn am Finger.

»Für mich?«, fragte sie verwirrt und deutete auf die Blumen.

Ich nickte.

»Danke.«

Wer war der Typ? Woher kannten sie sich? Wie lang lief das schon? Wann hatte Sarah all die Dinge erkannt, die sie mir soeben an den Kopf geworfen hatte? Ich überlegte und verstand nichts. Ich erinnerte mich dafür an Ereignisse aus den letzten Monaten, die ich richtig interpretieren hätte müssen. Schlagartig ergaben gewisse Momente Sinn. Offenbar hatte ich schon seit einiger Zeit die Realität verdrängt. Scheiße. Wie blöd kann man nur sein? Wenn ich es nicht rechtzeitig verhinderte, würden meine Gedanken unaufhaltbar in Selbstmitleid absaufen. Bei Dorn hatte ich gelernt, dass ich mir das nicht erlauben durfte. Ich kämpfte bewusst dagegen an und gewann. Mir fielen unzählige Dinge ein, die ich an Sarah nicht leiden konnte. Wesenszüge, Eigenheiten und Angewohnheiten, die ich regelrecht unsympathisch an ihr fand. Manche davon sogar abstoßend. Dinge, die mich immer schon gestört hatten. Eine richtig stattliche Liste ungenießbarer Eigenschaften. Sie in dieser Situation nicht anzusprechen, mir diesen kindischen Gegenangriff zu verkneifen, das empfand ich als großzügiges, reifes Verhalten meinerseits. Wohltuender Stolz breitete sich in mir aus.

Mit hängendem Kopf saß Sarah mir gegenüber. Ich begriff, dass ihre Traurigkeit nicht mit unserer Trennung zusammenhing, nicht mit dem Ende von acht Jahren Beziehung, sondern allein mit dem verpassten Kampf ihrer neuen Liebe. Wie ferngesteuert stand ich auf und drückte das Stromkabel des Fernsehers zusammen mit der Steckdose so gut es ging wieder in die Wand. Ohne Getöse. Wortlos. Mit einem peinlich leisen Plopp erwachte das Gerät wieder zum Leben. Ich warf einen Blick auf den Bildschirm und sah, wie Sarahs Kongphob einen Tritt in den Unterleib kassierte. Er sackte sofort zusammen, krümmte sich am Boden und gab schmerzerfüllte Laute von sich. Sarah war erneut Gefangene ihrer Leidenschaft. Mit besorgtem Gesichtsausdruck verfolgte sie, wie ihr Geliebter nach Luft rang. Ein paarmal bemühte er sich erfolglos aufzustehen. Währenddessen ermahnte der Schiedsrichter den Kontrahenten.

Ich holte meine Umhängetasche aus dem Schrank, packte ein paar Bücher, Zahnpasta und Zahnbürste ein. Vergewisserte mich, dass ich Reisepass, Führerschein, Schlüsselbund und Portemonnaie dabeihatte. Ich konnte nicht mehr in der Wohnung bleiben, solange Sarah noch hier war.

Zuerst lief ich planlos in meiner Wohngegend auf und ab, flanierte in Richtung Rotundenbrücke, über die ich in den zweiten Bezirk gelangen wollte. Eine Runde im Prater, um den Kopf von Gedanken an Sarah zu befreien. Von der Brücke aus sah ich in der Ferne den hohen Glasturm des Sofitel. Nach kurzem Nachdenken schlug ich den Weg in Richtung des Hotels den Donaukanal entlang ein. Zwanzig Minuten später erreichte ich das Gebäude, wo mich ein Page zur Rezeption führte. Ich bat die freundlich lächelnde Rezeptionistin um ein Zimmer für eine Nacht und wählte ein Eckzimmer im vorletzten Stockwerk. Mit versprochener Aussicht über die Innenstadt, vom Kahlenberg bis zum Gasometer. Der genannte Preis des Zimmers irritierte mich, doch nicht genug, um abzulehnen. Ich überreichte der Rezeptionistin meine Kreditkarte und beobachtete, wie sie die Karte durch das Kartenlesegerät zog.

»Frühstück ist da oben, im Halbstock«, sagte sie und deutete lächelnd in Richtung des Lokals, »zwischen sieben und zehn Uhr.«

Zufrieden nickend verneinte ich die Frage, ob jemand mein Gepäck aufs Zimmer bringen sollte. Sie wünschte mir einen schönen Aufenthalt und ich ging in Richtung Fahrstuhl. Auf dem Weg nach oben wurde ich von einer mir unbekannten Schwere erfasst. Ich betrat das Zimmer, streifte die Schuhe ab, ließ mich auf das Bett fallen und versank in einen langen, tiefen Schlaf.

3

Auf dem Weg zur Arbeit sah ich die vertraute Umgebung entlang des Donaukanals. Genoss den kühlen Wind im Gesicht. Ich saß auf einem dunkelblauen Damenfahrrad. Als ich mich der Straße näherte, in die ich einbiegen musste, nahm ich mir vor, in Zukunft öfter mit dem Rad zu fahren. Vor mir sah ich bereits das Gebäude, in dem ich einen weiteren sinnbefreiten Arbeitstag mit der Verschriftlichung von optimierten Arbeitsprozessen verbringen würde. Ich hielt mich links in der Spur, streckte die Hand zum Abbiegen aus und sah Sarah. Splitternackt stand sie neben dem Eingang. Nur die goldene Sonnenbrille steckte wie ein lächerliches Krönchen in ihren Locken. Angeregt unterhielt sie sich mit Herrn König, einem besonders unsympathischen Bereichsleiter. Als sie mir winkte, lenkte mich das für einen Moment vom Abbiegen ab. Den mir entgegenkommenden Bus bemerkte ich viel zu spät. Ich hörte quietschende Bremsen und sah noch den seltsam schmerzlosen Moment des Aufpralls. Gespenstische Stille umhüllte mich. Ich riss die Augen auf und starrte in gleißendes Licht. War das jenes berüchtigte Licht am Ende des Tunnels oder lag ich ohne Narkose auf einem Operationstisch? Ich spürte keine Schmerzen, nur behagliche Wärme. Die Erkenntnis, dass ich, wenn ich tot wäre, nicht denken könnte, beruhigte mich.

Ich schaute mich um. Langsam erinnerte ich mich daran, dass ich mich am Vorabend in einem Hotel einquartiert hatte. Das wohltuende Licht war die Morgensonne, die mir ins Gesicht schien. Die Digitaluhr am Nachtkästchen zeigte an, dass es eigentlich noch zu früh fürs Wachsein war. Dennoch fühlte ich mich gut erholt.

Ich wälzte mich aus dem Bett, trat in die Dusche und freute mich über die Aussicht, die ich direkt aus dem verglasten Badezimmer genießen konnte. So ließ es sich leben. Unter der heißen Regendusche masturbierte ich zu Gedanken an eine nackte, schockierend vulgäre Sarah.

Beim Gedanken an die Arbeit sank meine Laune schlagartig. Ich beschloss, mich heute krankzumelden. Einige Tage im Hotel bleiben, das wäre doch angenehm. Regendusche, Hotelbar, Frühstücksbuffet und dazu vielleicht auch ein großzügig ausgestatteter Wellnessbereich mit Sauna und Dampfbad. Das Verlassenwerden fühlte sich einfach nicht schmerzhaft genug an. Sollte es nicht erschütternd und unendlich traurig sein, wenn man verlassen wird? Wieso spürte ich nichts? Nach acht Jahren? Müsste ich nicht all die guten und schönen Momente wie einen viel zu schnell abgespielten Film im Kopf sehen, immer wieder und wieder? Könnte ich Sarah verzeihen und alles vergessen? Sinnlose Fragen. Es regte mich auf, dass mich Sarah einfach abserviert hatte. Scheißego. Ich sollte ihr dankbar sein.

In ein riesiges Frotteehandtuch gewickelt trat ich ans Fenster. An der Schiffsstation unten am Schwedenplatz legte gerade ein Cityliner in Richtung Bratislava ab. Ich genoss die Aussicht über die erwachende Stadt, griff nach meinem Telefon und wählte Sarahs Nummer.

»Ich bin derzeit nicht erreichbar, bitte hinterlasse mir doch nach dem Piepton deine Nummer oder eine Nachricht und ich rufe dich zurück, sobald ich kann«, flötete Sarahs Stimme auf der Mailboxansage. Ich wollte bereits wegdrücken, Anrufbeantworter empfand ich als eine Zumutung, als die übliche Ansage überraschend weiterging. »Daniel, falls du es bist, es ist aus. Endgültig aus. Punkt. Bitte streich mich aus deinem Leben, aus deiner Kontaktliste und aus deinen Gedanken. Die Scheidungspapiere erhältst du auf dem Postweg. Am Samstag bin ich hier weg, dann ist die Wohnung wieder deine. Bis dahin will ich hier allein sein. Mach's gut. Und noch was: Den Fernseher nehme ich mit.«

Als der Piepton erklang, setzte ich mich in den Lesesessel bei der Glasfront. Ich gab eine Schimpfwörtertirade von mir, bevor ich bemerkte, dass die Aufnahme noch lief. Schön, dass Sarah diese Derbheiten nun auf Tonband gespeichert hatte. Die Beziehung war beendet. Es gab auch keine offenen Fragen, die man klären müsste. Keine Kinder oder Haustiere, über die man sich streiten könnte. Ich atmete tief durch und griff erneut zum Telefon.

»Guten Morgen, Frau Brauner, hier spricht Daniel Frey«, sagte ich und hustete ein paarmal angestrengt ins Telefon. »Ich fühle mich gar nicht gut, mir ist übel, das muss diese neue Grippe sein, die derzeit grassiert.«

»Oh je, das tut mir aber wirklich leid«, sagte sie.

»Wenn es bis übermorgen nicht besser ist, gehe ich zum Arzt. Ich hoffe, dass ich rasch wieder im Dienst sein kann«, fügte ich mit matter Stimme hinzu.

»Ja, ja, natürlich. Kurieren Sie sich unbedingt gut aus, Herr Frey. Machen Sie sich keine Sorgen wegen der Arbeit, die Gesundheit steht an erster Stelle. Kommen Sie bitte nur nicht zu bald zurück in den Dienst, Sie wissen ja, wie übel das werden kann, wenn man eine Grippe verschleppt.«

Ich schämte mich für meine dreiste Lüge, vor allem, weil ich wusste, wie sehr Frau Brauner mit kranken Kolleginnen und Kollegen mitlitt. Wie schäbig von mir.

»Hören Sie mich?«, rief sie besorgt ins Telefon.

»Ja, ja, versprochen …«, krächzte ich und unterbrach die Verbindung.

»Nein, ich komme definitiv nicht zu früh wieder in den Dienst«, sagte ich zu dem Schatten im Zimmer, der hinter mir stand. »Ich mache jetzt blau.«

In kindlich aufgeregter Stimmung zog ich mich eilig an, packte meine Umhängetasche und ging zum Frühstücksraum, der trotz der frühen Uhrzeit bereits voll besetzt war. Auf einen freien Tisch wollte ich nicht warten. Ich checkte aus und lief über die Marienbrücke hinüber in den ersten Bezirk.

Zuerst die Rotenturmstraße hinauf. Ich kaufte mir eine Packung Zigaretten, ein Feuerzeug und einen Cappuccino zum Mitnehmen. Mit dem Kaffee saß ich in der Morgensonne, zündete mir die erste Zigarette seit vier Jahren an und schwelgte im wohltuenden Schwindelgefühl, das sich in mir ausbreitete. Wieso nur hatte ich vier Jahre lang auf dieses Vergnügen verzichtet? Rauchend beobachtete ich die vorbeieilenden Menschen. Ich flanierte weiter bis zum Lugeck, bog links in Richtung Bäckerstraße ein und stand vor einer großen Buchhandlung. Genüsslich stöberte ich und kaufte fünf Bücher, von denen zwei keinen Platz mehr in meiner Umhängetasche fanden. Ich lief die Wollzeile in Richtung Stubentor und kam an einem Laden vorbei, der Reisetaschen verkaufte. Perfekt! Für eine Reise braucht man einen Koffer. Mit einem mittelgroßen Hartschalenkoffer und einer größeren, robusten Umhängetasche verließ ich das Geschäft. Mit dem leeren Koffer im Schlepptau machte ich mich auf den Weg in die Kärntner

Straße, wo ich Kleidung für eine Woche Urlaub kaufte. Auf Rasierzeug verzichtete ich bewusst. Soll der Bart doch wild wachsen. Ausgenörgelt hat es sich beim Bartthema.

In einer Filiale meiner Bank hob ich ab, was das Konto hergab. Fünftausendzweihundert Euro. Bei einer Tasse Earl Grey und einem Stück Apfelstrudel in einem gemütlichen Kaffeehaus wollte ich entscheiden, wohin mich die Reise führen würde. Beschwingt trat ich auf die Straße.

Ein harter Schlag gegen den Oberschenkel warf mich unsanft auf die Motorhaube eines roten Taxis. Als ich mich umsah, blickte mir durch die Windschutzscheibe ein entsetztes Gesicht entgegen. Die Wärme der Motorhaube drang unangenehm durch die Hose. Der zerknirschte Fahrer sprang aus seinem Auto und lief zu mir. »Scheiße, scheiße, verfluchte Kacke«, rief er entsetzt, »ich habe Sie zu spät gesehen. Ist Ihnen irgendwas passiert? Tut was weh?«

Er berührte mich an der Schulter und half mir beim Aufrichten.

»Nein, nein. Ich denke, es ist nichts Schlimmes passiert.«

»Tut Ihnen sicher nichts weh? Sollen wir die Rettung rufen?«

»Nein, das muss sicher nicht sein«, sagte ich.

Der Aufprall würde keine Folgen haben. Vielleicht würde mich ein blauer Fleck daran erinnern, doch das war mir in dem Moment egal. Ich betrachtete den aufrichtig bestürzt wirkenden Fahrer, der bestimmt mit leicht überhöhter Geschwindigkeit unterwegs gewesen war. Allerdings hatte ich nicht nach rechts geschaut. Ein lautstark gegen alle Taxis und Taxifahrer wetternder Passant bot an, Polizei, Rettung, Feuerwehr oder sonst wen zu rufen.

»Hauptsache, der Taxifahrer wird verhaftet und eingesperrt«, echauffierte er sich.

Ich lehnte ab und fragte den Fahrer, ob er frei sei.

»Eigentlich war ich unterwegs zu einem Kunden. Aber da kann ich auch einen Kollegen hinschicken, steigen Sie nur ein«, sagte er, nahm meinen Koffer und verstaute ihn im Kofferraum.

Ich nahm im Fond Platz und wartete. Wenige Augenblicke später saß der Fahrer hinter dem Lenkrad.

»Flughafen oder Bahnhof?«

»Wie bitte?«

»Na ja, Sie haben einen Koffer und eine Tasche dabei, da dachte ich, dass Sie verreisen wollen.«

»Stimmt! Das will ich in der Tat! Zum Flughafen bitte!«

Als er losfuhr, erinnerte ich mich daran, dass ich mit dem Kreditkartenrahmen noch bis zu dreitausend Euro zur Verfügung hatte. Damit sollte sich eine schöne Reise ausgehen. Mir war klar, dass ich mich unreif verhielt. Verantwortungslos und kurzsichtig. Aber die Reise war nur unausweichlich. Das spürte ich.

Am Flughafen sah ich mich zuerst einmal in Ruhe um und rauchte zwei Zigaretten demonstrativ direkt vor der Abflughalle. Im Terminal lief ich an den Büros der verschiedenen Fluglinien vorbei und hoffte dabei auf eine Eingebung. Einen Hinweis, der mir eine rationale Entscheidung abnehmen sollte. Der Abstand zu Sarah und Wien sollte möglichst groß sein, das wurde mir immer klarer. Am Ende der Reihe erblickte ich die Büros von Thai Airways, Korean Air und ANA. Fluglinien aus Ländern, die ich noch nicht bereist hatte. Der übertrieben freundlich lächelnde Mitarbeiter der Thai bot mir einen Flug am frühen Nachmittag nach Bangkok an, Economy-Class, und der distanziert wirkende Sales Manager der Korean Air legte zum Economy-Preis ein Businessticket drauf. Allerdings nur unter der Bedingung, dass ich einen Weiterflug zu einer anderen Destination außerhalb Koreas buchte. Die Möglichkeit, dass ich vielleicht eher Seoul besichtigen wollte, schien ihm undenkbar. Am Schalter der japanischen Fluglinie erwartete mich eine derart entzückend lächelnde Angestellte, dass ich mich längst für Japan entschieden hatte, bevor sie mir ein perfektes Angebot unterbreiten konnte. Nicht nur mit einem Abflug nach Tokio in weniger als zwei Stunden, sondern auch mit einem Premium-Economy-Ticket und offenem Rückflugdatum innerhalb von drei Monaten ab heute.

»Das Touristenvisum erhalten Sie bei der Einreise direkt am Flughafen in Tokio«, fügte sie hinzu, als ich ihr die Kreditkarte reichte.

Nachdem sie mein Ticket ausgestellt hatte, erhielt ich von ihr auch den Boarding Pass mitsamt dem Aufkleber für das Gepäckstück, den sie nach kurzer Überlegung doch gleich selbst am Koffer anbrachte. Zusätzlich drückte sie mir eine Broschüre über das Reisen in Japan in die Hand.

»Ich wünsche Ihnen einen guten Flug und schöne Erlebnisse in Japan«, sagte sie, noch immer lächelnd. »Bitte begeben Sie sich möglichst rasch zur Gepäckabgabe und dann zum Gate, das Boarding beginnt bald.«

Zügig schaffte ich es durch die Sicherheits- und Passkontrollen, verzögert nur durch beiläufiges Schäkern mit der sehr jungen, blonden Beamtin an der Passkontrolle, und erreichte wenig später das Gate. Das Boarding hatte soeben begonnen und kurz darauf richtete ich mich bereits an meinem Fensterplatz ein. Ich zog Jan Kjaerstads Roman *Berge* aus der Tasche, verstaute das Buch in der Sitztasche vor mir, setzte mich, lehnte mich zurück und schloss zufrieden die Augen. Tokio würde ein Startpunkt sein, Ausgangspunkt für weitere Reisen in Japan, die ich mir gerade vorzustellen begann, als mich mein Sitznachbar aus den Tagträumen riss. In eine übertriebene Wolke Aftershave gehüllt, ließ er sich schwerfällig in den Sitz neben mir fallen.

»Daniel Bernhaugen«, sagte er und streckte mir die Hand entgegen.

Er schien ungefähr in meinem Alter zu sein. Selbst wenn er die Haare ein wenig länger und einen Bart trug, konnte ich nicht übersehen, dass wir uns erstaunlich ähnlich sahen. Allerdings nur auf den ersten Blick, wie ich beruhigt erkannte. Er wirkte wie eine erfolgreiche, zufriedene und glückliche Variante von mir. Eine verbesserte Ausgabe.

»Daniel Frey.«

»Ah, ein weiterer Daniel«, sagte er und verstaute sein Handgepäck unter dem Vordersitz.

Der Kapitän informierte die Passagiere, dass das Boarding beendet sei, und kurz darauf wurde der Dreamliner rückwärts aus der Parkposition geschoben. Wir rollten auf die Startbahn und befanden uns fast pünktlich in der Luft. Während die Piloten den Steigflug einleiteten und Kurs auf Tokio-Haneda nahmen, griff ich zum Hochglanzjournal der Fluglinie und blieb nach wenigen Seiten bei einem Fotobericht über die südlich der Hauptinsel Honshu gelegene Insel Kyushu hängen. Gerade, als ich dachte, genau da will ich hin, erinnerte ich mich an den Termin bei Dorn. Ich würde ihm eine E-Mail schicken müssen, in der Hoffnung auf Nachsicht. Inzwischen hatten wir die zweite Wolkenschicht durchbrochen und stiegen auf Reiseflughöhe auf. Ich stellte die Rückenlehne meines Sitzes zurück und schlief bald danach ein.

4

Als ich die Augen öffnete, bemerkte ich, dass mich mein Sitznachbar interessiert musterte. Während ich demonstrativ gähnte, betrachtete ich ihn verstohlen und kam zu dem Schluss, dass ich mir die große Ähnlichkeit zuvor nur eingebildet hatte. Wir hatten einen ähnlich stämmigen Körperbau und waren beinahe gleich groß. Dazu braune Haare mit feinen Silbersträhnen und ein gleichartiger Haarschnitt.

»Was führt Sie nach Tokio?«, fragte Daniel Bernhaugen.

Ein Blick auf die Armbanduhr zeigte mir, dass seit dem Start in Wien noch keine Stunde vergangen war. Einige Reihen vor uns begannen die Flugbegleiterinnen mit dem Servieren von Snacks und Getränken.

»Ehrlich gesagt, ich weiß es nicht.«

Bernhaugen nickte und gab eine Art zustimmendes Grunzen von sich. Er wirkte interessiert, das soeben begonnene Gespräch zu vertiefen. Vermutlich brannte er darauf, seine Geschichte erzählen zu können. Besser, als selbst reden zu müssen, entschied ich und fragte ihn nach dem Grund seiner Reise nach Tokio. Im selben Moment erschienen die Flugbegleiterinnen und boten Getränke an. Dazu je zwei Onigiri, gewürzte, in Algen gehüllte Reisbällchen. Ich wählte eines mit Thunfisch und eines mit Lachsrogen, dazu eine Dose japanisches Bier. Bernhaugen quittierte meine Auswahl mit einem breiten Lächeln und bestellte selbst auf Japanisch ein Bier.

»Ich lebe seit einigen Jahren in Japan«, sagte er, stieß mit mir an und genehmigte sich einen großen Schluck. »In Österreich war ich zu Besuch bei meinen Eltern in Graz, mein Vater reist leider nirgendwohin, er ist übrigens Komponist, weil er … ach, egal, er tut es einfach nicht. Danach verbrachte ich noch ein paar Tage bei guten Freunden. Außerdem musste ich noch Verträge für neue Vertriebswege für deutschsprachige Bücher nach Japan abschließen. Meine Frau und ich besitzen nämlich eine kleine Buchhandlung in Nagasaki, die einzige auf Kyushu mit einem breiten Sortiment an englisch- und deutschsprachigen Büchern. Die betreue ich, meine Frau dafür die japanischen Titel. Macht zwar nicht reich, aber viel Spaß.«

»Das ist ja wunderbar, noch dazu, wenn Sie es gemeinsam mit Ihrer Partnerin betreiben können.«

»Ja, das ist es«, sagte Bernhaugen und grinste.

»Wie kam es dazu?«, fragte ich.

»Gute Frage«, sagte er. »Alles begann in Wien, wo wir uns während des Studiums kennenlernten. Meine Frau studierte Germanistik und Anglistik, danach noch Translationswissenschaften. Sie wollte die große deutsch- und englischsprachige Literatur des zwanzigsten Jahrhunderts im Original lesen und übersetzen, von J. M. Coetzee bis Elfriede Jelinek, von Iris Murdoch bis Christoph Ransmayr. Nach dem Studium begann sie mit dem Übersetzen wichtiger Romane ins Japanische. Seit wir die Buchhandlung führen, übersetzt sie allerdings nur mehr fallweise und ausschließlich die Bücher, die sie tatsächlich übersetzen will. Da hat sie einen sehr vorteilhaften Vertrag mit Kodansha. Im Moment übersetzt sie, wenn ich mich nicht irre, den neuen Roman von Ottessa Moshfegh.«

»Großartig«, erwiderte ich.

»Ich war lange Lektor bei einem traditionsreichen Wiener Verlag und durfte einige wahrhaft große Autorinnen und Autoren betreuen«, fuhr Bernhaugen fort. »Alles lief ausgezeichnet, bis der Verlagsleiter einem Herzinfarkt erlag. Viel zu jung. Leider ... Der Aufsichtsrat installierte zwei neue Vorstände, die nur die Verkaufszahlen und kurzfristig erzielbare Gewinne im

Sinn hatten. Der Riecher für gute Literatur, der in dem Geschäft notwendig ist, der fehlte ihnen. Um es kurz zu machen: Geschäftsleute ohne Ahnung vom Geschäft.«

Bernhaugen biss von seinem Onigiri ab und spülte mit einem großen Schluck Bier nach.

»Und da sie keinen literarischen Spürsinn hatten, konzentrierten sie sich ausschließlich auf die Umstrukturierung des Verlags. Abteilungen wurden umbenannt, neue Kommunikationswege gefunden, neue Arbeitsprozesse definiert, Dinge, die über die verlegerische Impotenz hinwegtäuschen sollten.«

»Wirklich schade«, sagte ich.

»Absolute Nieten«, bekräftigte er nach einem nur notdürftig unterdrückten Rülpsen. »Sorry … Bald hatten wir nur mehr seichte Wohlfühlliteratur oder selbstgefällige Befindlichkeitsprosa. Die guten Autoren gingen zu kleineren, wirklich guten Verlagen und fühlten sich dort bald viel wohler.«

Er hob die Augenbrauen und seufzte.

»Sie entließen mich noch vor dem Konkurs. Mit voller Abfertigung für fast fünfzehn Jahre Dienst. Beinahe zur gleichen Zeit setzten sich meine Schwiegereltern in Nagasaki zur Ruhe und boten uns an, ihr Geschäftslokal direkt im Zentrum zu übernehmen. Über vierzig Jahre lang betrieben sie da ein Okonomiyaki-Lokal. Es ist ein geschmackvolles, holzvertäfeltes Haus mit fast dreihundert Quadratmeter Fläche und in einzigartiger Lage, das sie zu einem Zeitpunkt erstanden haben, als es noch leistbar war. Mittlerweile ist es ein Vermögen wert. Haben Sie je Okonomiyaki gegessen?«

Ich schüttelte den Kopf.

»Man könnte sagen, dass das so etwas wie eine japanische Pizza ist. Der Teig wird aus einer eigens dafür bestimmten Mehlsorte, klein geschnittenem Weißkohl, Eiern, Dashi-Brühe, getrockneten Algen und Mirin gemacht. Drauf kommt, was das Herz begehrt. Von Thunfisch, Speck, Bonito-Flocken bis hin zu Meeresfrüchten oder Pilzen. Die Teigmasse wird dann auf Teppanplatten gegrillt und leider zumeist unter viel zu viel Mayonnaise und Okonomiyaki-Sauce ertränkt. Das Rezept soll aus Osaka stammen. Allerdings gibt es höchst unterschiedliche Standpunkte bezüglich der Zutaten. Verschiedene Städte, so auch Hiroshima, beanspruchen für sich, Okonomiyaki erfunden zu haben. Und das ist übrigens die einzige beweisbare Sache an diesem Gericht.«

»Klingt gut.«

»Meine Schwiegereltern machten das nach einem Rezept, das mehr Teig und weniger Kohl als üblich enthielt. Seither esse ich Okonomiyaki in keinem Lokal mehr, weil es niemand so köstlich zubereitet.«

»Wirklich schade, dass es das Restaurant nicht mehr gibt.«

»Also, falls Sie nach Nagasaki kommen, laden meine Frau und ich Sie auf Okonomiyaki zum Abendessen ein. Ich bereite das nach dem Rezept der Schwiegereltern zu.«

»Das wäre großartig!«

Bernhaugen musterte mich.

»Kommen Sie nach Nagasaki?«

Ich zuckte mit den Schultern. Wieso sollte ich eigentlich nicht nach Nagasaki reisen, in die Stadt Bernhaugens und seiner Buchhandlung? Die Idee gefiel mir.

»Nagasaki ist jedenfalls eine Reise wert, das kann ich Ihnen sagen«, sagte Bernhaugen.

Ich versuchte mir vorzustellen, wie erfüllend es sein musste, an einem schönen Ort, weit weg von Österreich, eine Buchhandlung zu führen. Leider rissen mich die Flugbegleiterinnen, die mit dem Servieren des Abendessens begannen, jäh aus diesen Gedanken. Bernhaugen und ich wählten beide das japanische Rindfleisch. Dazu je ein weiteres Bier.

»Jetzt erzählen Sie mal, was Sie nach Japan führt«, sagte Bernhaugen nach dem Essen.

»Wie meinen Sie?«, fragte ich.

»Na ja, Sie werden ja nicht einfach so in das Flugzeug nach Tokio gestiegen sein? Machen Sie Urlaub oder sind Sie geschäftlich unterwegs?«

»Ich weiß nicht …«, stotterte ich.

»Ach, keine Sorge, ich rede oft einfach blöd drauflos. Meine Frau ärgert sich andauernd über mich, weil ich für japanische Verhältnisse so undiplomatisch bin. Fühlen Sie sich bitte nicht verpflichtet, mir etwas zu erzählen, es hätte mich nur interessiert. No hard feelings«, fügte er hinzu und kramte seine Reiselektüre aus der unter dem Sitz verstauten Tasche.

Überrascht stellte ich fest, dass er ebenfalls ein Buch von Jan Kjaerstad dabeihatte, allerdings *Der König von Europa*. Ich stärkte mich mit einem großen Schluck Bier.

»Bank habe ich keine ausgeraubt«, erzählte ich. »Sonst auch nichts verbrochen. Mein Arbeitgeber denkt allerdings, dass ich mit einer Grippe im Bett liege.«

»Böse, böse«, sagte Bernhaugen lachend und bestellte bei den Flugbegleiterinnen noch zwei Dosen Bier. »Die können wir sicher brauchen.«

Er drückte mir eine in die Hand, riss die Lasche seiner Dose auf und stieß mit mir an.

»Kampai!«

»Kampai«, antwortete ich.

Der nächste Schluck ließ die Dämme brechen. Ich erzählte von Sarah, vom Fernsehgerät, von Dorn, wieder von Sarah, ihren Vorwürfen und dem Vulkan mit der roten Hose. Ich schmückte aus, konnte mich kaum einbremsen und bemühte mich, die aus mir heraussprudelnde Geschichte zumindest annähernd chronologisch zu erzählen, was mir nur bedingt gelang. Als mein Bericht beim Ticketkauf am Flughafen Wien endete, fühlte ich mich befreit. Bernhaugen schwieg und wirkte betroffen. Er verschränkte die Hände im Schoß und ließ seine Daumen kreisen. Ich schaute aus dem Fenster und hoffte, dass er irgendetwas sagen würde. Egal was. Einfach nur, um die peinliche Stille zu brechen. Ich wollte mich nicht dafür schämen müssen, meinem Sitznachbarn eine derart lange und sicherlich viel zu persönliche Geschichte erzählt zu haben. Draußen war es längst dunkel. Auf einer Höhe von 38.000 Fuß flogen wir mit starkem Rückenwind und über 1000 Kilometer pro Stunde Tokio entgegen. Unter uns lag die Stadt Nowy Urengoy.

»Das ist hart«, sagte Bernhaugen nach einer gefühlten Ewigkeit, in der wir weitere zweihundert Kilometer zurückgelegt hatten.

Danach schwieg er erneut. Minuten später wandte er sich mir zu.

»Wie lange möchten Sie in Japan bleiben?«

»Das weiß ich nicht«, sagte ich. »Bis vor wenigen Stunden wusste ich ja nicht einmal, dass ich nach Tokio unterwegs sein würde.«

Minuten später griffen wir beide zu unseren Büchern, zogen uns zurück in die überraschende Stille des Augenblicks. Peinlich berührt vermutlich, weil wir dem jeweils anderen, bislang noch unbekannten und vom Schicksal zufällig zugedachten Reisekompagnon zu viel Persönliches erzählt hatten. Eine emotionale Zurschaustellung, die uns fremd und auf eine unerklärliche Art und Weise doch richtig erschienen war.

Zumindest vermutete ich, dass es Bernhaugen ähnlich ging. Eine Vergegenwärtigung, die uns beide in den folgenden Stunden unausweichlich beschäftigen und von unseren Reiselektüren ablenken sollte. Obwohl ich Bernhaugen erst seit wenigen Stunden kannte, fühlte ich eine seltsame Verbundenheit, die ich mir nicht näher erklären konnte. Erst als wir uns über Chabarowsk befanden und die Flugbegleiterinnen mittels der Stimmungsbeleuchtung den Tag in der Kabine anbrechen ließen, verflüchtigten sich diese Gedanken.

Erstaunt stellte ich fest, dass nicht einmal zwei Stunden bis zur Landung in Tokio blieben. Ebenso, dass ich es im Buch nicht über vier Seiten hinausgeschafft hatte. Ich steckte das Buch zurück in die Sitztasche und blickte diskret zu Bernhaugen, der sich herzhaft gähnend streckte. Er stand auf, holte eine Zahnbürste aus seiner Reisetasche und machte sich auf den Weg zu den Toiletten. Ich nahm sein Buch zur Hand, da ich den Klappentext lesen wollte, und sah, dass sein Lesezeichen ebenfalls noch immer zwischen den ersten Seiten steckte.

»Sie könnten eigentlich gleich mit mir weiterreisen«, sagte Bernhaugen, als er sich wieder in den Sitz fallen ließ. »Kyushu ist einzigartig und ruhig, selbst Nagasaki ist, obwohl mit immerhin über vierhunderttausend Einwohnern keine kleine Stadt, frei von jeglicher Hektik und sehr beschaulich. Das Gästezimmer über unserer Buchhandlung steht Ihnen zur Verfügung. Es ist zwar klein, zehn Tatami-Matten, was ungefähr fünfzehn Quadratmetern entspricht, aber es ist traditionell eingerichtet und sehr wohnlich.«

»Tatami-Matten? Sind das diese typischen, dünnen Bodenbeläge?« Ich erinnerte mich, davon schon einmal gelesen zu haben.

»Ja, genau«, erwiderte Bernhaugen, der in seinem Element zu sein schien. »In Japan misst man Zimmer nach der Anzahl der Reisstrohmatten, die für die Belegung des Bodens notwendig sind. Die Größe der Matten ist übrigens streng reguliert, mit der witzigen Abweichung, dass die Matten im Norden des Landes ein wenig größer als die im Süden sind. Das soll daran liegen, dass die Menschen im kalten Norden des Landes ein wenig größer als die im Süden sind. Ob das stimmt, weiß ich allerdings nicht. Da die Matten sehr empfindlich sind, dürfen sie nur barfuß oder in Socken betreten werden.« Ich war erstaunt, wie genau mein Sitznachbar über diese Dinge Bescheid wusste. »Und unsere Wohnung liegt auch nur wenige Schritte von der Buchhandlung entfernt«, fuhr Bernhaugen in Reiseführermanier fort. »Das Viertel ist der perfekte Ausgangspunkt für Erkundungen von Nagasaki zu Fuß oder mit der Straßenbahn. Wenn Sie Kyushu entdecken möchten, können Sie das ganz unkompliziert mit einem Leihauto tun. In Japan ist das Autofahren genauso angenehm wie alles andere auch.«

Überrascht von der spontanen Einladung sagte ich zu, nicht ohne hinzuzufügen, dass ich auch ein Hotel nehmen könnte, oder dass er mir zumindest das Zimmer gegen Bezahlung vermieten sollte, doch Bernhaugen bestand darauf, dass ich sein Gast sei.

»In Tokio kümmern wir uns um den Weiterflug nach Nagasaki. Ich kann problemlos umbuchen, wenn auf meinem Flug kein Platz mehr für Sie ist«, sagte er.

Diese unvorhergesehene Wendung fühlte sich überraschend richtig an. Falls es anstrengend oder langweilig werden sollte, konnte ich jederzeit weiterreisen oder gar zurück nach Wien fliegen. In wenigen Tagen wäre auch meine Wohnung wieder frei. Sollte ich doch länger unterwegs sein, mussten sich Sarah und ihr Anwalt wegen der Unterzeichnung der Scheidungspapiere gedulden. Nichts war im Moment unwichtiger für mich.

Ich blickte hinaus in die dunkle Nacht. In der Ferne konnte ich den Horizont erkennen, der sich in den folgenden Minuten durch einen immer breiter werdenden Lichtstreifen bemerkbar machte. Wenig später lugte die dunkelorange Sonne hervor, wuchs, dabei immer stärker leuchtend, stetig an, bevor sie, einem inszenierten Spektakel gleich, die Bucht von Tokio in gleißendes Licht tauchte. Welch wundervolle Begrüßung, dachte ich, als die Maschine auf der Landebahn aufsetzte.

5

Nach der Passkontrolle führte mich Bernhaugen zielstrebig zum Schalter der privaten Fluglinie, wo er sich darum kümmerte, mich auf dem von ihm gebuchten Flug unterzubringen. Die Mitarbeiterin wirkte bemüht, das zu ermöglichen. Während Bernhaugen lässig mit seiner Vielfliegerkarte wedelte, verbeugten sich beide immer wieder kurz voreinander. Hinter uns hatte sich rasch eine beachtliche Schlange gebildet, was die Frau mit wachsender Unruhe registrierte. Sie entschuldigte sich bei uns, flüsterte aufgeregt in ihr Funkgerät, woraufhin, wie aus dem Nichts, drei weitere Mitarbeiterinnen herbeieilten und die restlichen Schalter besetzten. All das geschah mit einem nie nachlassenden Lächeln. Bernhaugen bat mich um meinen Reisepass und gab ihn der Frau. Sie starrte konzentriert auf ihren Bildschirm, klopfte eine Folge von Befehlen in die Tastatur, wiederholte die Prozedur, nun etwas fester klopfend, dann blickte sie plötzlich auf. Sie stellte Bernhaugen eine Frage, der sich zufrieden nickend verbeugte.

»Alles geklärt! Wir fliegen in neunzig Minuten und sitzen sogar nebeneinander. Flug BW208 nach Nagasaki. Ihr Ticket kostet umgerechnet an die siebzig Euro.«

Ich bedankte mich, verbeugte mich und reichte der Frau, die mit einer noch tieferen Verneigung reagierte, meine Kreditkarte.

»Sie hatten hoffentlich keine Extrakosten durch die Umbuchung?«, fragte ich.

»Nein, nein, keine Sorge. Ich kaufe nur mehr Flugtickets, die ich gratis umbuchen kann.«

Da wir noch etwas Zeit bis zum Boarding hatten, lud ich Bernhaugen auf Kaffee und Frühstück ein. Er führte mich in ein Café, wo es den seiner Meinung nach besten Espresso am Flughafen gab. Als wir uns mit dem Kaffee in einer Sitzecke niederließen, holte er sein Smartphone aus der Tasche und sah mich fragend an.

»Machen Sie nur.«

Der Espresso schmeckte überraschend authentisch, während sich der als Spezialität angepriesene Baumkuchen als geschmacklose Sache entpuppte. Die Aussicht über die Bucht von Tokio mit der beeindruckenden Skyline der Hauptstadt entschädigte mich dafür. Bernhaugen tippte und empfing Nachrichten, telefonierte leise auf Japanisch. Nach dem dritten Gespräch sah ich ihn zum ersten Mal ernsthaft besorgt. Als er bemerkte, dass ich ihn beobachtete, lächelte er verlegen und deutete an, dass er vor dem Flug noch ein paar Dinge klären musste.

»Kein Problem«, sagte ich, »ich bin, wie man sagt, wunschlos glücklich.«

Während ich über Bernhaugens Telefonat nachdachte, drifteten meine Gedanken ab und ich stellte fest, dass ich seit einigen Stunden nicht an Sarah gedacht hatte. Sie schien mir fern wie eine verblassende, kaum mehr wahrnehmbare Zeichnung. Ärgerlich nur, dass ich mich nichtsdestotrotz nach ihren Umarmungen sehnte.

»Wir sollten uns zum Gate begeben«, sagte Bernhaugen. »Ist alles in Ordnung bei Ihnen, Sie sehen etwas blass aus?«

»Natürlich, alles gut«, sagte ich.

Am Gate erlebte ich eine mir unbekannte Höflichkeit und Effizienz. Kein Mensch drängelte an mir vorbei, niemand belästigte die anderen Passagiere durch rüdes Lautsein oder rücksichtsloses Telefonieren. In der Propellermaschine zwang mich Bernhaugen, seinen Fensterplatz einzunehmen.

»Der Anflug ist unvergesslich, Sie sollten sich das nicht entgehen lassen. Ich kenne ihn schon zur Genüge.«

Ich machte es mir in meinem Sitz gemütlich, während Bernhaugen rasch unsere Sachen im Gepäckfach über uns verstaute. Wenige Minuten später startete der Pilot die Triebwerke. Bevor wir zur Startbahn rollten, verabschiedeten sich die behelmten und behandschuhten Vorfeldmitarbeiter winkend und mit einer synchronen Verneigung.

»Man könnte meinen, sie kennen die Passagiere höchstpersönlich«, sagte ich.

»Das ist hier üblich. Eine schöne Tradition, nicht wahr?«

Ich nickte. Kurz darauf beschleunigten wir und hoben ab. Eine langgezogene Linkskurve im Steigflug folgte.

»Da unten, das ist der Bezirk Setagaya. Wenn wir Glück haben, bleiben wir rechts vom Fuji. Sonst sehen wir ihn auf unserer Seite nicht. Danach fliegen wir wie üblich die Küste entlang, bis hinunter über Fukuoka nach Nagasaki.«

Wenig später lehnte sich Bernhaugen unsanft über mich.

»Herrlich«, rief er aufgeregt, »das ist ja wunderbar, schauen Sie aus dem Fenster. Da ist er, der heilige Fuji-san! Wenn man ihn beim Vorbeifliegen auf seiner Seite sieht, dann kehrt man definitiv zurück. Sagt man jedenfalls.«

Beeindruckt von der noblen Eleganz des Berges, der eine seltsame Gelassenheit und mächtige Größe ausstrahlte, überlegte ich, mit meinem Smartphone ein paar Fotos zu machen und sie Sarah zu schicken. Ich verwarf diese Idee jedoch sofort. Stattdessen ließ ich den Fuji nicht aus den Augen.

Bernhaugen kommentierte wie ein Reiseführer die weitere Route. »Das da ist Nagoya, da die Bucht von Osaka, da sehen Sie sogar den Flughafen Kansai ... Da ist Kobe, da die Insel Tokushima, dort hinten liegt Hiroshima, da sollten Sie auch hinfahren und die Insel Miyajima besuchen ... Jetzt fliegen wir gleich über Fukuoka, also wird der Sinkflug demnächst beginnen.«

Als wir durch die Wolkendecke brachen, sah ich, dass wir über eine kleine Inselgruppe hinweg auf das offene Meer hinausflogen. Wenige Minuten später legte sich die Maschine in eine scharfe Linkskurve, die zu einer Hundertachtziggradwende wurde. Nun steuerte die Propellermaschine auf die von leuchtend grün bewaldeten Bergen umgebene Bucht zu.

»Da, links von uns, das ist die Stadt Sasebo. Wir fliegen jetzt direkt in die Omura-Bucht hinein. Der Flughafen liegt, wie so oft in Japan, auf aufgeschüttetem Land im Meer bei Omura. Von dort sind es ungefähr zwanzig Kilometer bis Nagasaki. Meine Frau hat übrigens versprochen, dass sie uns mit dem Auto abholt.«

»Das ist ausgesprochen nett«, sagte ich und freute mich darauf, sie kennenzulernen.

Bernhaugen übersetzte mir die Ansage des Piloten, der darauf hinwies, dass die Landung etwas ruppig werden könnte. Er fügte jedoch sofort hinzu, dass ich mir keine Sorgen machen müsse, das sei hier witterungsbedingt Routine.

»Bei der Lage des Flughafens sowieso«, fügte er zwinkernd hinzu.

Als die Turbulenzen stärker wurden, zog er seinen Reisepass aus der Brusttasche. Nervös blätterte er darin. Immer wieder sackte das Flugzeug unsanft ab, bevor es abermals jäh an Höhe gewann. Dabei schwankte es stärker, als ich es je zuvor erlebt hatte. Ich warf einen Blick auf den zunehmend beunruhigt wirkenden Bernhaugen.

»Scheiße, verfluchte Scheiße«, sagte er, als ihm der Reisepass bei einem ruppigen Manöver aus der Hand glitt.

Langsam beschlich mich das Gefühl, dass es sich hier doch nicht mehr um reine Routine handelte. Ich zog den Pass mit dem Fuß zu mir und hob ihn auf. Irgendetwas war definitiv nicht in Ordnung, dachte ich, als die Motoren seltsam erratische Geräusche von sich gaben. Die Maschine wechselte in einen Steigflug, der mich zurück in den Sitz drückte und eine Flugbegleiterin im vorderen Teil der Kabine umwarf. Dann verstummten die Triebwerke jäh und die Nase des Flugzeugs neigte sich Sekunden später in Seitenlage abwärts. Viel zu steil. Ungebremst steuerte das Flugzeug auf die Meeresoberfläche zu. Eine hektisch klingende Ansage auf Japanisch sorgte für absolute Stille im Flugzeug. Die Passagiere langten gehorsam nach den unter den Sitzen verstauten Schwimmwesten, zogen sie über den Kopf und nahmen die von den Stewardessen angezeigte Brace-Position ein.

Beeindruckt von der ruhigen Gefasstheit, die im Flugzeug herrschte, verspürte ich keine Angst. Eine irrationale und doch beruhigende Stimmung, die bewirkte, dass ich das Geschehen wie in Zeitlupe wahrnahm. Ich schaute aus dem Fenster und verstand, dass das hier nicht gut ausgehen konnte. Niemals. In der vorgegebenen Brace-Position hielt ich mich mit unerbittlicher Entschlossenheit an Bernhaugens Reisepass fest. Während einer der beiden Piloten insistierend die Ansage »Brace, Brace, Brace, Brace, Brace« wiederholte, setzte die Dunkelheit ein. Gleichzeitig hörte ich ein viel zu lautes Aufheulen der Turbinen, berstendes Metall und spürte, wie die Maschine viel zu hart auf dem Wasser aufschlug.

ZWEITER TEIL

6

Von Zeit zu Zeit erhellten die Lichtkegel der bergauf fahrenden Autos das in Dunkelheit getauchte Zimmer. Die gedämpft klingenden Motorengeräusche ließen mich vermuten, dass das Gebäude, in dem man mich untergebracht hatte, an einem Hang lag. Ich wusste nicht, wie lange ich bereits hier war. Ob es sich um Wochen oder gar Monate handelte.

Jemand hatte die Vorhänge zur Seite gezogen und das Fenster gekippt. Die Luft roch nach Frühling.

Bisher hatte ich es nicht geschafft, den Kopf zu heben. Reglos daliegend hatte ich dem monotonen Prasseln des Regens gelauscht, so lange, bis mich der Schlaf erlöst hatte. Immer wieder und wieder. Irgendwann hatte ich unbekannte Stimmen vernommen, die wie diffuses, aus einem alten Transistorradio kommendes Murmeln klangen. Die gespenstischen Erscheinungen, die ich bald darauf im benebelten Zustand zu erkennen meinte, weckten in mir den Verdacht, dass ich unter Halluzinationen litt. Geschäftig hin und her eilende Schatten, die sich mit schemenhaften Gesichtern über mich beugten und eigenartige Dinge mit mir anstellten. Mittlerweile verstand ich allerdings, dass diese Erscheinungen in Wahrheit Ärzte und Krankenschwestern waren. Dunkelhaarige, lächelnde Pflegerinnen, die schweigend die Bettpfanne wechselten, die mich fütterten, entkleideten, ankleideten und wuschen, die dezent zur Seite sahen, wenn sie meine Verlegenheit spürten.

Eine angenehm kühle Brise durchzog den Raum und ließ die weiße Tüllgardine tänzeln. Der Lufthauch verströmte einen herben Duft, den ich gierig einatmete. War das der Geruch von Zedern? Schade, dass das Fenster nur gekippt war. Ein paar Vögel hatten bereits mit ihrem Morgenkonzert begonnen. Aus der Ferne meinte ich gedämpft klingendes Blöken von Schafen zu hören.

Wieso konnte ich nicht sprechen? Worte lagen mir auf der Zunge, doch mehr als klägliche, gutturale Geräusche brachte ich nicht zustande. Ich betrachtete meine Umgebung und freute mich, dass ich den Kopf, wenn auch nur unter Schmerzen, heben konnte.

Ich lag allein in diesem Raum. Am Fenster stand ein Tisch mit zwei Stühlen. Eine mit einer einsamen roten Rose bestückte Vase zierte den Tisch. Links neben dem Bett entdeckte ich einen Infusionsständer mit einem vollen Infusionsbeutel, der allerdings nicht an mir angebracht war. Ich sah, dass man meine Hände mit Stoffbändern lose an das Bett gebunden hatte. Hinter meinem Kopf vernahm ich ein kaum hörbares Piepsen. Wieso hatte ich das Geräusch bis jetzt nicht wahrgenommen? Ich registrierte leichte Spuren des Parfums, das mich, seit ich mich erinnern konnte, begleitete. Der Hauch eines Bouquets, das mir unbekannt, doch längst nicht mehr fremd war. Ein Duft, den ich einer Person zuordnete, die täglich unzählige Stunden hier am Fenster sitzend verbracht hatte. Ich ließ den Kopf in das Kissen sinken und starrte an die Decke. All diese Eindrücke ergaben keinen Sinn.

Eine zierliche Krankenschwester betrat das Zimmer. Mit einem Klemmbrett in der Hand steuerte sie beflissen auf das

Gerät hinter meinem Kopf zu. Sie schrieb ein paar Worte, bemerkte das gekippte Fenster und eilte hin.

»No«, rief ich aufgebracht.

Sie ließ das Klemmbrett fallen und wandte sich mir zu.

»Please leave the window open«, bat ich, nun ruhig und um einen freundlichen Tonfall bemüht.

Sie nickte, blieb jedoch wie angewurzelt stehen.

»Please open it completely.«

Ihre Gesichtszüge entspannten sich.

»Please.«

Sie lächelte schüchtern. Schließlich öffnete sie das Fenster zur Gänze, hob das Klemmbrett vom Boden auf und nickte mir zu. Ich atmete tief ein. Wie berauschend doch diese Luft roch. Seltsam unbekannt. Ich konnte nicht genug davon bekommen.

Mir wurde klar, dass ich zum ersten Mal seit langer Zeit wieder gesprochen hatte. Klar und deutlich waren Wörter aus meinem Mund gekommen. Der fremde Klang meiner Stimme hatte mich überrascht. Doch wieso hatte ich englisch gesprochen, wenn ich auf Deutsch dachte?

Das Gezwitscher vor dem Fenster war lauter geworden. Die blökenden Schafe hörte ich jetzt nicht mehr. Hatte ich sie mir nur eingebildet? In der Entfernung erkannte ich eine Bergkuppe, hinter der, wie ich vermutete, die Sonne bald aufgehen würde. Ein rosa Schimmer betonte die Silhouette der Bergspitzen, unterhalb davon war ein dunkeloranger Farbton zu erkennen.

Wieso war ich hier? Was war passiert? Ich lag in einem Krankenhaus. Zweifellos. Es musste ein Krankenhaus sein. Aufgrund meines Zustands vermutete ich, dass ich einen Unfall gehabt hatte und mich auf dem Weg der Besserung befand.

Nur, welche Art von Unfall war das gewesen? Wo genau befand ich mich? Alles hier schien mir auf seltsame Weise fremd. Gerüche, Essen und Sprache. Neben dem Fenster hing ein Schild mit Schriftzeichen, die ich nicht lesen konnte. Ich vermutete, dass ich hier weit weg von meinem Zuhause war, wenngleich mir nicht einfallen wollte, wo dieses Zuhause sein sollte. Eine dezent nervende Stimme im Hinterkopf flüsterte mir zu, dass es Wien sei, doch mein Gedächtnis fand keine Bilder oder Erinnerungen, die dieses tote Wien zum Leben erweckt hätten. Die Schriftzeichen auf dem Schild sahen irgendwie japanisch aus. War ich in Japan? Diese Frage trug allerdings noch stärker zu meiner Verwirrung bei. Wieso sollte ich in Japan sein?

Ein Kribbeln im Bein ließ mich aufhorchen. Überrascht stellte ich fest, dass ich es bewegen konnte. Das war zwar begleitet von starken Schmerzen, aber es war möglich. Ich konzentrierte mich auf das Vogelgezwitscher und erkannte, dass mir auch die verschiedenen Vogelstimmen unbekannt waren. Dieses Zwitschern war mir ebenso fremd wie die Sprache der Krankenschwestern. Bei dem Gedanken musste ich lachen, woraufhin hundert Messer in meinem Brustkorb losstachen und ich mich schmerzerfüllt krümmte. Als die Krankenschwester wenig später in Begleitung eines etwas untersetzten, grauhaarigen Mannes im Arztkittel zurückkehrte, hatte ich Tränen in den Augen.

Der Mann trat langsam an das Bett und betrachtete mich. Mit ausdrucksloser Miene redete er auf die Schwester ein. Sie nickte, verneigte sich, holte einen der beiden Stühle vom Fenster und zerrte ihn an mein Bett. Danach befreite sie in aller Ruhe meine Hände, rollte die Stoffbänder ordentlich auf und steckte sie ein. Der Mann im Arztkittel flüsterte ihr ein paar Worte zu und setzte sich, woraufhin sie das Zimmer hastig verließ. Er roch nach süßlichem Tabak. Hinter einer dicken

Hornbrille versteckten sich freundliche Augen. Er nahm seine Brille ab, wischte mit einem Stück seines Kittels über die Gläser und setzte sie wieder auf.

»Willkommen«, sagte er.

Ich nickte.

»Herr Bernhaugen?«

Wieder nickte ich, nun allerdings ein wenig unsicher. War ich wirklich dieser Bernhaugen? Der Arzt schien zumindest davon überzeugt zu sein. Der Name kam mir jedenfalls bekannt vor und da mir kein anderer einfiel, nickte ich noch einmal zustimmend. Der Mann lächelte zufrieden.

»Mein Name ist Miyamoto Tetsuya. Ich bin hier Arzt«, fügte er hinzu. »Können Sie sich erinnern, was passiert ist?«

Wieso nur sprach der Arzt Deutsch?

»Nein, leider …«

Miyamoto räusperte sich.

»Sie befanden sich in einem Flugzeug«, setzte er an und sah mir in die Augen. Er schien auf eine Reaktion zu warten.

Ich sah ihn ratlos an.

»Sie erinnern sich nicht mehr?«

»Ich fürchte, nein ...«

Daraufhin erzählte er von einem Sturm, von Seitenwinden, von einem Fehler, den er allerdings nicht näher erklären konnte, und davon, dass das Flugzeug bei der Landung im Meer zerschellt sei.

»Sie sind einer von nur sieben Überlebenden«, fügte er hinzu. »Es ist eine Tragödie.«

Ich bemühte mich, Anhaltspunkte für das soeben Erfahrene in meinem Gedächtnis zu finden. Irgendwo mussten da doch mehr als die paar Erinnerungsfetzen verborgen sein, die sich mir zögerlich anboten. Miyamotos Schilderungen halfen mir allerdings dann doch dabei, ein paar Momente aus den Tiefen meiner Erinnerung zu fischen, die offensichtlich einen Zusammenhang mit dem Absturz hatten. Ich sah ein Gesicht neben mir. Das lächelnde Gesicht eines Mannes, der mir bekannt vorkam, aber namenlos blieb. Kreischende Motoren, hoher Wellengang und ein Chaos aus Schreien, Kälte und Nässe. Doch all das scheinbar zusammenhangslos. Je mehr ich versuchte, das Chaos in meinem Hirn zu ordnen, desto mehr verflüchtigten sich selbst diese rudimentären Bruchstücke.

»Sie haben überlebt.«

Ich schaute zum Fenster. Den Sonnenaufgang hatte ich verpasst.

»Wo bin ich?«

Der Arzt überlegte lange, schien Gedanken abzuwägen. Mit dem Zipfel seines Kittels putzte er seine Brille erneut und setzte sie wieder auf.

»In Nagasaki«, seufzte er.

»Nagasaki?«

Der Arzt nickte. Ich musste ihm wohl oder übel glauben, selbst wenn ich überhaupt nicht verstand, wieso ich in Nagasaki sein sollte. Oder wieso ein Arzt in Nagasaki in perfektem Deutsch mit mir sprach. Mir fiel nur sofort ein, dass die Stadt am 9. August 1945, genau um 11:02 Uhr, einer amerikanischen Atombombe zum Opfer gefallen war. Nur drei Tage nach Hiroshima. Bedingungslose Kapitulation Japans als direkte Folge und somit Kriegsende. Ich erinnerte mich sogar daran, dass man der Bombe einen wahrlich zynischen Namen gegeben hatte. *Fat Man*. Mir fiel ebenso ein, dass zweiundzwanzigtausend Menschen sofort ihr Leben verloren hatten und neununddreißigtausend innerhalb der vier Monate danach an den Folgen des Abwurfs verstorben waren. Die Dunkelziffer traute sich noch heute niemand zu schätzen. Ich wunderte mich, dass mir ausschließlich historische Informationen einfielen. Die Eckdaten des Dreißigjährigen Krieges, des Ersten und Zweiten Weltkriegs, ja sogar die Daten des zweiten Burenkrieges fielen mir ein. Nur mein eigenes Leben war mir entfallen. Als ob jemand den Ordner mit persönlichen Erinnerungen gelöscht hätte.

»Wieso sollte ich in Nagasaki sein?«

»Sie leben hier, Herr Bernhaugen.«

Entgeistert sah ich ihn an.

»Ihre Frau wird überglücklich sein, wenn sie erfährt, dass Sie wieder sprechen können. Nach sieben langen Wochen und einer Reihe von Operationen, die Sie erfreulicherweise gut überstanden haben.«

»Meine Frau?«

Miyamoto nickte.

Ich überlegte und sah rotblonde Locken, Sommersprossen, grünblaue Augen. Allerdings kein dazu passendes Gesicht.

»Ihre Frau saß jeden Tag dort am Fenster und wartete darauf, dass Sie zu sich kommen und ansprechbar sein würden. Stundenlang. Immer mit einem Buch in der Hand. Nur las sie nie. Sie sah Ihnen immer nur zu. Beim Schlafen und beim Wachsein. Dabei weinte sie viel. Ich denke, Sie können sich glücklich schätzen, eine Frau zu haben, die Sie so liebt.«

Während er sprach, lief Miyamoto nervös im Raum auf und ab. Ich prüfte meinen Ringfinger. Kein Ring. Allerdings konnte ich die Stelle noch spüren, an der er bis vor wenigen Wochen gesteckt haben musste. Ich brachte die rotblonden Locken mit einem Fernseher in Verbindung. Dann verschwand auch dieses Bild wieder. Miyamoto betrachtete mich und lächelte nachsichtig.

»Den haben Sie sicherlich im Meer verloren«, sagte er und zeigte auf meinen Ringfinger.

Ich fühlte mich seltsam kraftlos.

»Ich fürchte, ich bin müde.«

»Natürlich«, erwiderte der Arzt, »schlafen Sie noch ein paar Stunden. Ihre Frau ist sicher hier, wenn Sie wieder aufwachen.«

Als Miyamoto den Raum verließ, sah ich das Gesicht der Frau mit den Locken. War sie meine Frau? Verschiedene Szenen boten sich zur Ergänzung an, alle unvollständig und alle ohne meine Beteiligung. Ich sah den Ausschnitt eines heißen Tages an einem Strand. Die rotblondgelockte Frau lag bäuchlings auf einem Handtuch. Nackt. Unbekannte Hände rieben ihren Rücken mit Sonnenöl ein. Waren es meine Hände? Ich roch den Kokosgeruch des Öls auf dem heißen Körper der Frau. Immer wieder unterbrach eine ins Leere schlagende Hand im Boxhandschuh die Szene, bis sich ein absurd überdimensionierter Fernseher von rechts ins Bild schob. Auf dem Bildschirm sah man einen Boxkampf. Das Publikum schrie begeistert, befeuerte allerdings die massierenden Hände und nicht die boxenden Männer. Die ekstatische Stimmung schien außer Kontrolle zu sein. Die beiden Kämpfer wirkten zunehmend unfokussiert, offensichtlich vom Publikum und den massierenden Händen abgelenkt. Resigniert beendeten die Boxer ihren Kampf und starrten mich an. Ich sah das Gesicht der rotblondgelockten Frau direkt vor meinen Augen, konnte jede noch so kleine Unebenheit ihrer Haut sehen und spürte ihren warmen Atem. Die Hände umschlangen ihren Hals. Sie wirkten unverhältnismäßig groß für den überraschend kleinen Hals. Von irgendwoher war mir die Frau bekannt. Ihre Lippen, Augen und Haare waren mir vertraut. Die Hände drückten zu. Fest. Noch kräftiger. Doch ich spürte sie nicht. Meine Hände konnten es nicht sein.

Ich musste die Frau warnen und schrie. Sie schien mich nicht zu hören. Ich wollte eingreifen, aber zwischen der Frau und mir war nun eine unsichtbare Trennwand aufgezogen. Immer lauter rief ich, trat und schlug um mich, vergeblich bemüht, den Angreifer abzuwehren. Auch das brachte ich nicht zustande. Egal, was ich versuchte, ich konnte ihr nicht helfen, es gelang mir einfach nicht. Unzählige Hände hielten mich mit aller Kraft zurück. Dann verloren die Augen der Frau jeglichen Glanz. Wie ein Fragezeichen hing ein kleiner Faden Speichel in ihrem rechten Mundwinkel. Röchelnd sagte sie ein Wort. Ich konnte es nicht verstehen und flehte sie an, das Wort zu wiederholen. Als wäre sie in einem in Endlosschleife wiederholten Ausschnitt eines kurzen Videoclips gefangen, röchelte sie immer wieder dasselbe Wort. Immer wieder und wieder. So lange, bis ich endlich realisierte, dass sie einen Namen wiederholte. Daniel. Daraufhin verflüchtigte sich das Bild, es schien regelrecht aus mir geschüttelt zu werden.

Miyamoto stand neben meinem Bett und gestikulierte. Er wirkte fast, als würde er die Krankenschwester dirigieren, die mich wachgerüttelt hatte. Ich fokussierte meinen Blick auf ihre rotblondgelockten Haare und sah, wie sie sich in einen schulterlangen, dunklen Pagenkopf verwandelten. Ihr Gesicht glich nun auch nicht mehr jenem der rotblonden Frau. Miyamoto machte eine Handbewegung, woraufhin sie von mir abließ, sich verneigte und geschäftig davontrippelte.

»Ist alles in Ordnung, Herr Bernhaugen?«

Ich nickte.

»Sie haben sehr laut geschrien«, sagte Miyamoto.

»Das tut mir leid.«

Besorgt betrachtete er mich. Er runzelte die Stirn und kratzte sich am Kinn.

»Fühlen Sie sich wirklich gut?«

Ich bejahte, sah aber an seinem Gesichtsausdruck, dass er mir nicht glaubte.

»Die Schwester kann Ihnen schmerzstillende Medikamente holen«, sagte er. »Ich möchte nur, dass Sie das wissen. Sie haben beunruhigend laut geschrien.«

Ich lehnte ab.

»Wie Sie meinen«, sagte er.

Miyamoto wirkte beleidigt. Er verbeugte sich und ging zum Fenster. Dabei fiel mir auf, dass er sein linkes Bein seltsam nachzog. Er sah eine Weile nach draußen und brabbelte unverständlich vor sich hin, so lange, bis er sich in einer Art Nebelwolke auflöste. Aus dieser blickte mir wieder das Gesicht der Frau aus dem Traum entgegen. Sie sah mich an und lachte, zuerst fast zurückhaltend und scheu, doch bald viel lauter und provokanter. Ein abscheulich ordinäres Lachen. Aus weiter Ferne mischte sich ein metallisch klopfender Kontrapunkt dazu. Zu Beginn leise und diffus, steigerte er sich rasch und trat immer deutlicher in den Vordergrund. Der zunächst unregelmäßige Rhythmus wurde mit zunehmender Lautstärke immer regelmäßiger. Das Geräusch übertönte bald das vulgäre Lachen der Frau. Ich verscheuchte sie aus meinem Blickfeld und sah eine andere Frau. Ich schloss die Augen und öffnete sie wieder. Die Frau war immer noch da. Ich wiederholte die Prozedur, hielt die Augen diesmal aber zehn Sekunden geschlossen. Als ich sie erneut öffnete, stand die Frau immer noch an meinem Bett. Sie hielt eine Teeschale in der Hand, in der sie mit einem winzigen Löffel umrührte. Jetzt erkannte ich den sanften Duft ihres Parfums. Ihre dunklen Mandelaugen verstärkten die Farbe ihrer schulterlangen Haare. Als sie sah, dass ich sie betrachtete, formten sich ihre Mundwinkel zu einem Lächeln.

Eine feingliedrige Hand näherte sich und strich mir eine Haarsträhne aus dem Gesicht. Die Frau war dezent geschminkt, ihre Lippen waren nur leicht betont. Sie trug einen knielangen Rock, eine helle Bluse und eine Strickweste, alles in feinen, gedeckten Farben aufeinander abgestimmt. Die klassisch perfekte Schönheit der Frau schüchterte mich ein wenig ein. Hatte sie sich im Zimmer geirrt? Sie musterte mich, wie mir schien, ein wenig skeptisch, doch mit einer durch die kühle Fassade dringenden Sanftheit.

»Hallo, mein Liebling.«

Träumte ich?

»Der Arzt meint, du kannst wieder sprechen und den Kopf bewegen.«

War dieses zauberhafte Wesen meine Frau? Wieso nur hatte ich sie nicht erkannt? Wo waren meine Erinnerungen an sie, an unsere Ehe und an die gemeinsam verbrachten Jahre?

»Ja, das kann ich wieder. Ich kann mich nur leider an nichts von dem erinnern, was vor dem Absturz war.«

Zuversichtlich drückte sie meine Hand.

»Wie fühlst du dich?«

»Den Umständen entsprechend gut.«

»Mach dir keine Sorgen, deine Erinnerung wird schon wiederkommen. Das hat mir der Arzt bestätigt. Er meinte vorhin, du hättest noch einige Gedächtnislücken.«

Da hatte Miyamoto zu meinen Gunsten untertrieben. Ich erinnerte mich nämlich an nichts. Verdammte Scheiße. Wieso war das mir passiert?

»Ich muss dir gestehen, dass mir dein Name leider nicht mehr einfällt«, sagte ich leise.

Ein verständnisvolles Lächeln breitete sich in ihrem Gesicht aus.

»Naoko.«

Ich nickte.

»Naoko«, wiederholte ich langsam.

Dann noch einmal, zärtlich und in drei Silben zerlegt. »Na – o – ko.« Zu den drei Silben ihres Namens fielen mir sofort, wieso auch immer, Licht, Feuer und Sünde ein. Neugierig beobachtete sie mich, während sich diese Gedanken wieder verflüchtigten. »Ein wunderschöner Name.«

Wieder lächelte sie. Ein wenig mitleidig, wie mir vorkam. Dennoch entzückte mich ihr kühles Lächeln, ich konnte mich daran gar nicht sattsehen. Noch nie hatte ich derart ebenmäßige Gesichtszüge gesehen.

»Der Arzt hat mir gesagt, dass ich Bernhaugen heiße. Nur meinen Vornamen hat er nicht erwähnt. Und es war mir zu peinlich, danach zu fragen.«

Sie lachte kurz, hielt sich dabei die Hand vor den Mund.

»Du heißt Daniel Bernhaugen.«

Also doch Daniel. Der Name, den die rotblondgelockte Frau ständig wiederholt hatte. Was konnte das bedeuten?

»Erinnerst du dich jetzt?«

Ich schüttelte den Kopf.

»Wir sind verheiratet und wohnen in Nagasaki. Doch das weißt du bereits von Miyamoto.«

Selbst wenn mir der Name Daniel nicht unbekannt war, kam mir alles doch höchst seltsam vor. Ich bemühte mich, die ganze Situation zu verstehen, doch es gelang mir nicht. In meinem Kopf gab es zu viele Leerstellen, die eine logische Erklärung unmöglich machten. Daniel Bernhaugen also. Ich überlegte, wer die Frau aus meinen Träumen sein mochte. Wahrscheinlich nur ein Traumbild.

»Was hat der Arzt noch gesagt«, fragte ich.

»Deine Erstdiagnose war miserabel. Man hatte kaum Hoffnung, dass du überlebst. Miyamoto meint, dass dein Gedächtnisverlust nur temporär ist. Stressbedingt, posttraumatisch und so, wenn ich ihn richtig verstanden habe. Er meinte auch, dass die Computertomographie keinerlei Schädigungen deines Gehirns gezeigt hat. Da man dich erst spät aus dem bereits gesunkenen Wrack befreite, du warst der Letzte, den man lebend herausholen konnte, wusste man nicht, wie schlimm der Sauerstoffmangel dich erwischt hat. Du lagst danach im künstlichen Tiefschlaf. Wochenlang. Ein partieller Gedächtnisverlust ist angesichts dessen nur eine Kleinigkeit.«

Ein paar Tränen liefen über ihre Wangen, während sie meine Hand streichelte. Ich bat sie, mir von unserer Ehe zu erzählen. Sie ging zum Fenster und sah eine Zeit lang hinaus. Wischte sich die Tränen weg, nahm ein paar Schlucke aus der Tasse, die sie beim Trinken elegant mit der linken Hand stützte, und stellte sie auf dem Tisch ab. Lautlos zog sie einen Stuhl ans Bett und setzte sich. Sie strich sich die Haare hinter die Ohren, sah mich an und ahnte hoffentlich nicht, dass ich mir gerade vorstellte, ihre Ohrläppchen zu küssen. Ihre zarten Finger und ihre Augen.

»Du möchtest also mehr über uns wissen?«

»Unbedingt.«

Sie erzählte von ihrer Übersetzungstätigkeit, von unserem Kennenlernen in Wien und schilderte, wie wir damals zusammengekommen waren. Einiges davon kam mir zum Teil bekannt vor, anderes wieder nicht. Sie erzählte von unserem ersten romantischen Abend, als ich sie eingeladen hatte, den Film *Die Klavierspielerin* im Kino anzuschauen. Sie erinnerte mich daran, wie nervös ich danach gewirkt hatte, weil mir klar geworden war, dass die Elfriede-Jelinek-Verfilmung für ein erstes Date doch unpassend sein könnte. Sie erzählte, wie sie mich daraufhin geküsst hatte, zuerst, um mich zu beruhigen, dann gleich noch einmal, weil sie während des ersten Kusses verstanden hatte, dass sie sich in mich verliebt hatte. Wieso nur konnte ich mich nicht an Naokos Küsse erinnern?

»Bitte, erzähl weiter«, sagte ich. »Schön langsam beginne ich mich an einige unserer gemeinsamen Momente zu erinnern.«

Möge die Lüge doch zur Wahrheit werden. Ich wollte mir jeden Moment unserer Beziehung ins Gedächtnis rufen. Naoko schilderte meine Tätigkeit als Lektor, auch wie ich mich an der sinnlosen und von der Verlagsleitung verschuldeten Talfahrt des Hauses aufgerieben hatte und wie wir schließlich in Japan gelandet waren. Sie erzählte von ihren Übersetzungen und ihren Eltern, die uns ihr Okonomiyaki-Lokal überlassen hatten. Ich bestätigte, dass ich mich an einige der Ereignisse erinnern konnte, zwar nicht an alle Details, aber dass mir die eine oder andere Begebenheit vertraut vorkam. Allerdings eher so, als ob mir das alles jemand bereits erzählt hätte, als dass ich es selbst erlebt hatte. Doch das behielt ich für mich. Vor allem die Sache mit dem Okonomiyaki-Lokal kam mir bekannt vor, ich bildete mir sogar ein zu wissen, welche Zutaten man für dieses Gericht benötigte. An den Geschmack erinnerte ich mich jedoch partout nicht. Es war zum Verzweifeln.

Naoko erzählte weiter und je länger ich ihr zuhörte, desto lebendiger fühlte sich die Erinnerung an. Ihre plastischen Schilderungen führten dazu, dass ich manche Szenen bald sehen, riechen und fühlen konnte. Ich hörte das Prasseln des Regens auf das Plastikdach der venezianischen Trattoria, unter dem wir, durchnässt bis auf die Haut, nach unserer ersten gemeinsamen Reise mit dem Nachtzug eng umschlungen saßen, nachdem wir zuvor bereits das eine oder andere Glas Brunello zu viel getrunken hatten. Ich fühlte die Übelkeit, die mich auf dem Rückweg im Vaporetto erfasste, spürte die feuchten Handtücher, die mir Naoko in der billigen Pension auf die Stirn legte, so lange, bis es mir wieder gut ging. Ich tauchte kopfüber in kühle Schwimmbecken auf Bali und fluchte beim Wechseln eines platten Reifens im australischen Outback. Ich sah den Sonnenuntergang an der schicken Strandpromenade von Nizza, wo ich auf den Knien feierlich um Naokos Hand anhielt, und spürte die Erleichterung und Freude, als sie einwilligte, meine Frau zu werden. Sie erzählte eine Geschichte nach der anderen, bis ich zufällig zum Fenster sah und bemerkte, dass es längst dunkel geworden war. Naoko folgte meinem Blick und hielt sich erschrocken die Hand vor den Mund.

»Daniel, ich muss jetzt leider los. Ich hatte Yuki versprochen, sie in der Buchhandlung rechtzeitig abzulösen. Das hätte ich bereits vor eineinhalb Stunden tun sollen.«

Sie stand auf und betrachtete mich. Ich griff sanft nach ihrer Hand.

»Danke.«

»Wofür?«

»Für deine Geduld und dafür, dass du mir all das erzählst, was ich eigentlich selbst wissen sollte.«

Da war es wieder, dieses umwerfende Lächeln.

»Es ist ja nicht deine Schuld, dass du dein Gedächtnis verloren hast«, sagte sie. »Ich freue mich einfach, dass du überlebt hast. Es wird schon wieder alles gut, sei unbesorgt.«

Ich wollte ihr glauben. Es musste doch eine Vorgeschichte geben, die nicht unwiderruflich verloren war. Auch wenn man Daten im Computer löschte, gab es noch an irgendeiner Stelle Backups. Und wenn nicht, dann konnten Datenforensiker Files, Dokumente und Spuren wieder herstellen. So musste es auch bei mir sein. Irgendwo, in einer versteckten, geheimen Kammer meines Gehirns sollte doch die gemeinsame Geschichte gespeichert sein. Und die meines Lebens vor der Ehe. Auch dieser Lebensabschnitt hatte sich zum größten Teil in Luft aufgelöst. Keine Kindheitserinnerungen mehr, nur mehr wenig aus der Schulzeit, keine Erinnerung an mein Studium. Ich wusste nicht einmal mehr, wie meine Eltern aussahen und hießen. Auch nicht, ob sie überhaupt noch lebten. Nur historische Daten, auf die ich im Gegenzug für meine Erinnerungen gerne freiwillig verzichtet hätte. Ich nahm mir vor, Naoko beim nächsten Mal über meine Eltern auszufragen. Jetzt wollte ich sie nicht länger aufhalten. Bevor Naoko in Richtung Buchhandlung davonhuschte, drückte sie mir einen zärtlichen Kuss auf die Lippen, der mich bis in die Morgenstunden nicht einschlafen ließ.

7

Fünf Wochen später konnte ich selbstständig aufstehen. Mein rechtes Bein war nach einer weiteren Operation geschient. Nicht nur, dass alle möglichen Bänder beim Flugzeugabsturz gerissen waren, auch die Kniescheibe hatte der zerstörerischen Wucht des Aufpralls nicht standgehalten. Auf Anweisung Miyamotos zwang ich mich zu mindestens zwei täglichen Spaziergängen und schleppte mich auf Krücken durch die Krankenhausgänge. Zumeist wandelte ich zum Parkplatz des Krankenhauses, der eine überwältigende Aussicht über die breit aufgefächerte Bucht von Nagasaki bot. Frühmorgens, damit ich die Sonnenaufgänge hier erleben konnte, sowie spätabends in der Dunkelheit, wenn das Lichtermeer die Stadt zum Leuchten brachte. Die japanische Küche hatte ich längst lieben gelernt, auch die Speisen, die man im Spital servierte und die nur ein kläglicher Abklatsch der authentischen Küche des Landes sein konnten. Zum Frühstück aß ich gerne Natto, fermentierte Soja-Bohnen, die man mit einer Senf-Soja-Sauce-Mischung übergießen und dann, den vielen Fäden zum Trotz, mit einer eleganten Drehbewegung der Stäbchen in den Mund schieben musste. Ein wenig zu langsam und schon misslang es. Diese neue Leidenschaft überraschte Naoko, da sie meinte, dass ich Natto vor dem Absturz abgrundtief gehasst hatte. Obwohl mir die gebrochenen Rippen und die operierten Bänder noch immer Schmerzen bereiteten und mir das Gehen mit Krücken schwerfiel, fühlte ich mich im Krankenhaus wohl.

Jeden Morgen freute ich mich auf Naoko, die unsere gemeinsamen Erinnerungen unermüdlich mit mir teilte. Tag für Tag saß sie bei mir und erzählte von gemeinsamen Erlebnissen, während meine Gedanken immer wieder abschweiften und ich mich nach der Erinnerung an ihre Zärtlichkeiten sehnte. An manchen Tagen schwiegen wir aber auch einfach und sahen uns lange in die Augen. Alle Königreiche der Welt hätte ich dafür gegeben zu wissen, was sie in diesen stillen Stunden dachte. Manchmal kam es mir vor, als würde sie mich taxieren, beinahe, als müsste sie sich die Frage nach der Sinnhaftigkeit des Erinnerns an die gemeinsame, wenn auch vergessene, aber eben doch zusammen verbrachte Zeit stellen. Wenn ich sie darauf ansprach, verneinte sie stets und bekräftigte im Gegenzug, dass sie sich einfach nur nach der Rückkehr meiner Erinnerungen sehnte.

»Und was, wenn sie nicht mehr kommen? Wenn die Festplatte da oben …«, ich deutete auf meinen Kopf, »wenn die einfach leer bleibt, wenn mein Leben auch in Zukunft für mich erst nach dem Absturz beginnt und nichts von dem, was ich in den Jahren davor erlebt habe, zurückkommt?«, fragte ich Naoko an einem besonders schönen Frühlingsabend, an dem wir am Parkplatz des Spitals standen und auf die von Bergen umgebene Bucht blickten.

Auf der anderen Stadtseite fiel mir erstmals ein großes, ungewöhnlich aussehendes Bauwerk am Kai auf. Auf einem Seitentrakt des Gebäudes prangte ein fliegendes Dach, das die Konturen eines Tragflügelbootes hatte. Am Gebäude war in großen Lettern »Nagasaki Seaside Park« zu lesen.

»Was ist dann mit mir? Mit uns?«

Ich bot Naoko eine Zigarette an. Überrascht griff sie zu.

»Du rauchst?«

Ich schüttelte den Kopf, gab Naoko Feuer und zündete mir eine Zigarette an. Wir rauchten stumm und schauten dabei auf die Stadt. Die Dämmerung hatte bereits eingesetzt und wir konnten beobachteten, wie die Lichter in den verschiedenen Vierteln nach und nach angingen.

»Dann werden wir neue Erinnerungen schaffen«, sagte sie voller Zuversicht, nachdem sie ihre Zigarette im Aschenbecher ausgedrückt hatte. »Wir verlieben uns einfach noch einmal ineinander.«

Unbeholfen umarmte ich Naoko.

Sie erzählte mir, dass sie einen Anruf von Miyamoto erhalten hatte, der ihr mitgeteilt hatte, dass ich demnächst nach Hause dürfe. Überrascht dachte ich zuerst, dass ich nicht einfach nach Wien zurückwollte, doch dann erinnerte ich mich daran, dass ich in Nagasaki wohnte. Mit Naoko. In einer Wohnung, an die ich mich nicht erinnerte. Mit einer Frau, die mir selbst nach den von ihr erzählten Erinnerungen an unsere gemeinsame Zeit fremd blieb. Eine Frau, die so perfekt, so umwerfend schön, doch gleichzeitig auch so kühl und unnahbar war, dass ich mir gar nicht vorstellen konnte, dass ich mich je in sie verliebt hatte. Noch weniger konnte ich mir vorstellen, was sie in mir gesehen haben musste, als sie sich in mich verliebt hatte. Vielleicht war unsere Ehe einfach der beste Beweis für die Unberechenbarkeit der Liebe? Bevor sie mich an diesem Abend verließ, bat ich sie, mir bei ihrem nächsten Besuch ein paar Bücher mitzubringen.

»Gern«, erwiderte sie und fragte, ob ich bestimmte Wünsche habe.

Ich erinnerte mich an Stimmungen, Vorgänge, Geschichten und Figuren aus verschiedensten Romanen, immer wieder huschte dabei auch ein Geschwisterpaar durch meine Gedanken. Ada und Van. Sie lebten in einer absurden Welt, in einer vermeintlich unmöglichen Mischung zweier gänzlich verschiedener Länder. Das Buch hätte ich jetzt gerne gelesen, doch mir fielen weder der Titel noch der Autor ein.

»Nein, mir ist alles recht, du suchst sicher genau das Richtige aus.«

In den letzten Wochen hatte sich die rotblondgelockte Frau endlich aus meinem Kopf verabschiedet. An ihrer Stelle erschien sporadisch ein mir unbekannter Park, den ich ausschließlich von oben betrachtete, auch wenn dort nie etwas passierte. Ich sah mich beim interessierten Beobachten der Leere des Kinderspielplatzes, der sich in der Mitte des Parks befand, während ich einer Person, die sich mir nie zeigte, Dinge schilderte. Ich hörte mich zwar reden, verstand aber weder die Worte noch den Sinn des von mir Erzählten. Ich sah nur den Park. Es war, als würde ich ein angehaltenes Bild betrachten. Als hätte ich oder jemand anderer zuvor die Pausentaste des jeweiligen Augenblicks gedrückt. Während ich das Standbild nicht aus den

Augen ließ, arbeiteten meine Gedanken auf Hochtouren weiter, glitten jedoch unausweichlich in einen Zustand der absoluten Leere ab, der mir unbehaglich war. Am Ende blieb nur mehr eine triste Eiseskälte in meinem Inneren übrig.

Die von Naoko ausgewählten Bücher übertrafen meine Erwartungen in jeder Hinsicht. Sie beglückte mich mit Masako Togawas Roman *Trübe Wasser in Tokio*, Ryu Murakamis *Coin Locker Babies* und Shusaku Endos *Skandal*, ein Roman über einen alternden Schriftsteller, der auf einer Preisverleihung von einer jungen Frau angesprochen wird, die behauptet, ihn zu kennen. Eine paranoide Doppelgängergeschichte, die ich begeistert gleich zweimal hintereinander las.

Doktor Miyamoto verbrachte außerordentlich viel Zeit mit mir. Wenn er mich mit einem Buch in der Hand antraf, entschuldigte er sich für die Störung und zog sich möglichst diskret zurück. Er klärte mich im Detail über meine Verletzungen auf und meinte gut gelaunt, dass es kaum Folgeschäden geben werde. Außer, dass ich die hundert Meter in Zukunft vermutlich nicht mehr unter zehn Sekunden schaffen würde.

Eines Tages erschien er mit einer kleinen Musikanlage und einem Rucksack voller CDs. Mit fahrigen Bewegungen schloss er die Anlage am Stromnetz an, prüfte die Verbindung zwischen dem Gerät und den dazugehörigen Lautsprechern, spielte an den Mischreglern herum, prüfte die Basseinstellungen. Endlich zufrieden, legte er mit kindlicher Freude die erste Scheibe ein, griff nach der Fernbedienung und setzte sich auf einen der Stühle. Wenige Augenblicke später ertönte Musik. Dunkle Bläserakkorde setzten ein, gepaart mit tiefen Streichern, ein Choral, der sich bald zu einer Art Hymne steigerte.

»Ah, *Tannhäuser*.«

Miyamoto nickte.

»Wagner«, ergänzte er zufrieden.

Während wir der Musik lauschten, überlegte ich, wieso ich sie erkannt hatte. Wie konnte es sein, dass ich die Musik Richard Wagners auf Anhieb identifizierte, aber kein Detail meiner Ehe im Gedächtnis fand? Für Miyamoto stellte die Musik Richard Wagners den letzten Höhepunkt der abendländischen Musikkultur dar, wie er mehrmals sagte. Johann Sebastian Bach sei dennoch wichtiger, meinte er und schilderte seine Reisen nach Bayreuth und Salzburg, oder auch seinen Besuch in Wien, wo er verschiedene Neuinszenierungen unterschiedlicher Opern des großen Komponisten erlebt hatte. Er erzählte, wie er hauptsächlich aufgrund seiner Liebe zur Musik des Bayreuther Meisters Deutsch gelernt hatte, zuerst in Abendkursen hier in Nagasaki, danach in Sprachkursen in Deutschland. Ich bestätigte, dass er ausgezeichnet Deutsch sprach, und lobte ihn ausgiebig. Strahlend verneigte er sich und wirkte höchst erfreut über die anerkennenden Worte.

»Jeden Abend, wenn ich nach Hause komme, höre ich Musik aus der *Götterdämmerung*, aus *Parsifal*, *Lohengrin* oder auch aus dem *Fliegenden Holländer*«, sagte er. »Hauptsache Wagner! Allerdings muss es manchmal auch Bach sein. Seine Musik reinigt die Seele, so wie ein Bad in einem Onsen den Körper reinigt.«

Eines Tages, nachdem wir wieder einmal Musik gehört hatten, diesmal war es der Liebestod aus *Tristan und Isolde*, sah ich, dass Miyamoto ein kleines Notebook dabeihatte. Ich bat ihn um die Möglichkeit, einige Dinge aus der Vergangenheit zu recherchieren, und hoffte, dass ich auf diesem Weg vielleicht ein paar Lücken in meinem Gedächtnis schließen konnte. Ich wollte es jedenfalls versuchen. Miyamoto überlegte kurz und nickte. Eiligen Schrittes lief er davon und kehrte wenige

Minuten später zurück. Feierlich reichte er mir ein großes und schweres Notebook, erklärte, dass es seines sei, zwar recht alt, aber noch in Ordnung.

»Toshiba«, fügte er stolz hinzu.

Ich bedankte mich.

»Der Gästeaccount ist bereits eingestellt. Das Internet ist auch verbunden, aber falls es nicht funktioniert, dann suchen Sie das W-Lan NagasakiHospitalStaff. Der Code ist 007«, flüsterte er und lachte schallend drauflos. »Extrem sicher, nicht wahr?«

»Den Code merke sogar ich mir«, sagte ich.

Miyamoto warf einen Blick auf seine Armbanduhr, meinte, ein anderer Patient würde auf ihn warten, verbeugte sich und hetzte davon. Es dauerte ein paar Minuten, bis ich realisierte, dass ich in der ganzen Zeit hier, abgesehen vom Krankenhauspersonal und Naoko, niemanden gesehen hatte. Wo hielt Miyamoto diesen anderen Patienten nur versteckt? Natürlich musste es in einem Krankenhaus noch mehr Kranke geben. Merkwürdig, dass ich mich bisher nicht darüber gewundert hatte, nur Krankenhauspersonal zu begegnen. Mir fiel auch auf, dass ich selbst beim Rauchen am Parkplatz weder Autos noch Krankenwagen gesehen hatte, nur ein Rettungswagen parkte stets vor dem Eingang. Besucher waren mir auch nie aufgefallen. War es nur Zufall, dass es nie zu Begegnungen mit anderen Kranken gekommen war? Ich nahm mir vor, Miyamoto demnächst dazu zu befragen.

Da Naoko erst in einer Stunde kommen sollte, entsperrte ich den Bildschirm, startete den Browser und tippte im Eingabefeld der Suchmaschine meinen Namen ein. Alle Artikel, die ich auf den ersten acht bis zehn Seiten fand, hatten einen Bezug zum Flugzeugabsturz. Ausgiebige Fotostrecken dokumentierten das Unglück und die Bergung des Wracks vom Grund der Omura-Bucht. Ich entdeckte sogar ein Video der letzten neun Sekunden vor dem Aufprall. Ein gewisser Eiji Miyake hatte es mit einer Handykamera vom Ufer aus gefilmt. Es war nicht besonders gut, drehte mir aber rasch den Magen um. Es grenzte wahrlich an ein Wunder, dass sieben Menschen überlebt hatten. Das Video hatte bereits über dreihunderttausend Klicks. Zusätzlich fand ich eine nicht enden wollende Menge Fotos, die im Meer verstreute Gepäckstücke, Puppen, Kleidung, Schwimmwesten und Wrackteile zeigten. Es gab auch Seiten, die schonungslos Fotos von im Meer treibenden Leichenteilen erkennen ließen.

In den Onlineausgaben der österreichischen Tageszeitungen hielt man in erster Linie fest, dass ein österreichischer Wahljapaner überlebt hatte. Das allerdings auf eine Art und Weise, die sich stolz und patriotisch gab. Fast so, als sei meine Staatszugehörigkeit, die Unverwüstlichkeit meiner österreichischen DNA, ausschlaggebend dafür gewesen, dass ich überlebt hatte. Manche Artikel ließen immerhin auch glückliche oder günstige Umstände als Erklärung für das Wunder der Omura-Bucht gelten. Glück, das ein zweiter Österreicher, ein gewisser Daniel Frey, der sich ebenfalls an Bord befunden hatte, allerdings definitiv nicht mit seinem Ticket mitgebucht hatte. Die restlichen Passagiere verkamen in diesen Medienberichten zu bloßen Statisten. Namenlose Opfer oder Überlebende, die nur eine Rolle für die Statistik spielten.

Ich klickte mich durch die Fotoserien und fand ein paar Fotos, die meine Bergung aus dem Wrack zeigten. Ich erkannte mich, mit blutigem Kopf, schmerzverzerrtem Gesichtsausdruck und schlaffem Körper. Es war ein verstörendes Gefühl, sich so zu sehen. Je länger ich im Internet suchte, desto schlechter fühlte ich mich. Gerade als ich dabei war, meine Suche angewidert von der medialen Sensationsgier zu beenden, stieß ich auf einen Artikel, der behauptete, dass dieser Frey im Zusammenhang mit dem Mord an seiner Frau gesucht wurde. Man mutmaßte, dass er nach dem Mord, den er vermeintlich aus Eifersucht begangen hatte, nach Japan hatte fliehen wollen. Beim Lesen des Berichts rann es mir kalt über den Rücken. Ich wollte sofort weitere Artikel dazu suchen und gab den Namen Daniel Frey in die Suchmaschine ein, doch plötzlich stand Naoko vor mir. Hastig drückte ich die Seite weg und klappte den Laptop zu.

»Ist alles in Ordnung bei dir, mein Liebling?«, fragte sie. »Du siehst blass aus.«

»Ja, ja, natürlich.«

Naoko musterte mich skeptisch.

»Ich traf soeben Miyamoto«, sagte sie, »der meinte, dass es dir ausgezeichnet geht.«

»Keine Sorge, es passt wirklich alles. Beim Surfen im Internet fand ich nur soeben die Fotos vom Absturz. Da wurde mir ein wenig mulmig.«

Sie nickte und sah mich alarmiert an. Obwohl sie zuversichtlich lächelte, konnte ich erkennen, dass sie Zweifel an meiner Erklärung hatte. Sie glaubte mir nicht. Dass ich im Internet nach Informationen zum Absturz gesucht hatte, schien sie zu betrüben.

»Lass das Internet lieber, Daniel. Das bringt nichts Gutes.«

Ihre Augenlider zuckten dabei leicht.

»Wirklich, wer weiß, was da Böses verborgen ist?«, fügte sie nachdenklich hinzu.

Ich nickte. Wahrscheinlich hatte sie recht. Naoko küsste mich und streichelte mir über die Wangen, sah mich lächelnd an und sagte, dass Miyamoto ihr mitgeteilt habe, dass ich morgen endlich nach Hause dürfe.

»Ich freue mich so sehr«, sagte sie.

»Ich mich auch«, antwortete ich und wusste, dass ich unbedingt rasch herausfinden musste, was es mit diesem Daniel Frey auf sich hatte.

8

Am Tag meiner Entlassung brachte Miyamoto zur letzten Visite eine Aufnahme von Johann Sebastian Bachs *Jagdkantate* mit. Eine Interpretation eines japanischen Ensembles unter der Leitung von Masaaki Suzuki.

»Kennen Sie den Text«, fragte er mich.

»Nein.«

»Zuerst singt Diana: *Was mir behagt, ist nur die muntre Jagd*«, sagte er, während er die CD einlegte. »Und wenig später folgt: *So hat mein Pfeil schon manche schöne Beut erlanget.* Und in der zweiten Arie singt sie, dass das Jagen die Lust der Götter sei. Der Text ist großartig. Und die Musik dazu göttlich … und dann diese wundervollen Anspielungen auf die Liebe: *Von Liebes Banden frey, und folgest nur der Jägerey.*«

Obwohl ich Miyamotos textbezogene Begeisterung nicht ganz nachvollziehen konnte, nickte ich höflich. Wahrscheinlich war er in seiner Freizeit ein passionierter Jäger. Ich wuchtete mich aus dem Bett und genoss die Musik am Fenster stehend. Die von Miyamoto mit breitem Grinsen angepriesene Aufnahme enttäuschte nicht. Ich hatte diese Kantate, die ich wider Erwarten gut zu kennen schien, noch nie besser interpretiert gehört.

Nur wenige Minuten, nachdem die Musik geendet hatte, erschien Naoko. Sie war schlicht gekleidet, ungeschminkt und ich sah sie zum ersten Mal in Sneakers. Sie wirkte erholt und war derart gut gelaunt, dass man hinter der Fassade ihrer perfekt inszenierten Schönheit kleine, liebenswerte Risse erkennen konnte. Der Arzt begrüßte Naoko, schüttelte mir zum Abschied feierlich die Hand und verbeugte sich.

»Lieber Daniel, ich denke, wir sollten zum Du übergehen. Es war mir eine Ehre. Ebenso hoffe ich, dass wir uns wiedersehen. Du weißt, ich habe den kompletten *Ring* mit Solti daheim. Und alle Bach-Kantaten mit Suzuki.«

Ich nickte.

»Hier ist meine Karte«, sagte er, »ich habe dir meine private Handynummer dazugeschrieben. Ruf mich einfach an, wenn du Lust auf gute Musik hast. Oder auf Gesellschaft.«

»Das werde ich machen.«

»Oder wenn du wieder einmal medizinische oder sonstige Hilfe brauchen solltest«, sagte er. »Jederzeit!«

»Versprochen, lieber Tetsuya«, erwiderte ich. »Danke für deine ausgezeichnete medizinische Betreuung und die vielen Stunden mit Wagner und Bach.«

Nach einer überraschend herzlichen Umarmung verließ Miyamoto das Zimmer. Naoko hatte die Verabschiedung mit großen Augen beobachtet, kommentierte sie aber nicht, auch nachdem der Arzt den Raum verlassen hatte. Sie drückte mir einen Kuss auf die Lippen.

»Ich habe dir Kleidung mitgebracht. In diesem Kittel solltest du nicht draußen herumlaufen.«

Ich humpelte unbeholfen zurück zum Bett und setzte mich auf die Bettkante. Während Naoko die Kleidung aus dem Rucksack nahm, sah ich, wie sorgsam und penibel sie alles gefaltet und verstaut hatte. Nichts war zerknittert, alles roch gut und frisch. Sie hatte Boxershorts, Socken, ein graues T-Shirt, dunkelblaue Jeans und ein Paar Turnschuhe für mich eingepackt.

»Komm, lass mich dir beim Anziehen helfen«, sagte sie, half mir auf und zog mir den Kittel bewusst langsam, wie mir schien, über den Kopf.

Verlegen stand ich erstmals nackt vor meiner Frau. Sie sah mir in die Augen und strich mit den Fingern sanft über meinen Brustkorb.

»Tut das weh?«, fragte sie flüsternd.

Ich schüttelte den Kopf.

»Deine Berührungen fühlen sich angenehm an. Die Rippen schmerzen nur, wenn ich lache oder husten muss«, erwiderte ich.

Sie nickte und kaute dabei auf ihrer Unterlippe, während sich ihre Hände langsam meinen Körper hinabtasteten. Dabei schaute sie mir weiterhin in die Augen. Als ihre Hände meine Pobacken erreichten, konnte ich eine Erektion nicht mehr verhindern. Sie blickte kurz nach unten, errötete, rückte einen Schritt von mir ab und senkte die Augen. Mit dem Ärmel ihrer Weste wischte sie sich diskret ein paar Tränen aus den Augen. Wieder spürte ich zwischen uns diese unerklärliche Barriere.

»Ich bringe dir die Sachen.«

Ihre Stimme klang eigenartig belegt. Letztendlich schaffte ich es nicht, mich ohne Naokos Hilfe anzukleiden. Sie war dabei so geduldig, dass ich mich für meine Unbeholfenheit genierte. Ich musste das bald allein hinbekommen. Nach den vielen Wochen im Kittel, ohne Unterwäsche, fühlte sich die Kleidung ungewohnt an. Ich trat an den kurzen Wandspiegel, der mir nur von den Füßen bis zur Schulter reichte.

»Du bist noch immer viel zu groß für dieses Land«, sagte sie und umarmte mich kichernd. »Sollen wir uns auf den Weg machen?«

Mit leichter Wehmut sah ich mich im Zimmer um. Es war längst zu meinem Zuhause geworden. Dem einzigen Zuhause, das ich kannte. Zu einer Art Schutzzone gegen das Unbekannte, das außerhalb dieser Mauern auf mich wartete.

»Ja, lass uns gehen«, antwortete ich. »Danke.«

»Wofür denn?«

»Dafür, dass du mich erkannt hast, obwohl ich mich nicht an dich und uns erinnern kann. Du hättest mich leicht loswerden können«, sagte ich.

Naoko schmunzelte.

»Wer weiß, wer weiß, eventuell sage ich ja noch, dass ich mich geirrt habe, wenn du dich nicht bald an mich erinnerst.«

Ich hoffte, dass sie scherzte, überlegte aber wieder einmal, ob meine Erinnerungslücken nicht darin begründet sein könnten, dass ich eben in Wahrheit vielleicht doch dieser andere Daniel war, derjenige, den man des Mordes an seiner Frau bezichtigte. Wobei ich mich allerdings an kein anderes Leben erinnerte. Weder an das von Frey noch an das von Bernhaugen. Mittlerweile hatte ich auch neuere Artikel gefunden, die behaupteten, dass der tote Daniel Frey möglicherweise gar kein Mörder war, da man die Leiche seiner Frau noch nicht gefunden hatte. Nachbarn hatten einen lauten Streit mitbekommen und drei Tage später die Polizei gerufen, als sie bemerkt hatten, dass keine Geräusche mehr aus der Wohnung kamen. Da die Kriminalisten Blutspuren im Wohnzimmer gefunden hatten, gingen sie von einem Tötungsdelikt aus. Und da verdächtigte man den ebenfalls verschwundenen Ehemann. Trotz der überall erwähnten Unschuldsvermutung. Daniel Frey war auf dem

Flug von Wien nach Tokio sowie auf dem Inlandsflug nach Nagasaki mein Sitznachbar gewesen. Das hatte ich mir aus den Zeitungsberichten zusammengereimt. Das in den Zeitungen abgedruckte Gesicht wirkte trotz des schwarzen Balkens über den Augen freundlich. Ich wollte mir einfach nicht vorstellen, dass dieser Daniel Frey für den Tod seiner Frau verantwortlich sein könnte und hoffte darauf, dass man ihn, wenn auch nur posthum, von jeglicher Schuld reinwusch. Zwei Boulevardblätter zeigten Fotos der ermordeten Frau, die rotblonde Locken und Sommersprossen hatte. Ihre Augenfarbe konnte ich aufgrund des schwarzen Balkens nicht erkennen, dennoch war die Ähnlichkeit mit der Frau aus meinen Albträumen nicht zu übersehen. Ich fragte mich, wieso Daniel Freys Frau in meinen Träumen erschienen war, noch dazu in so unangenehmen Szenen, fand allerdings auch darauf keine sinnvolle Antwort. Hatte er mir im Flugzeug Geschichten erzählt, die diese Albträume ausgelöst hatten?

»Sollen wir?«, unterbrach Naoko meine Gedanken.

»Ja, natürlich.«

Auf dem Weg zum Auto winkten und verneigten sich die Pflegerinnen und Ärzte, die uns über den Weg liefen. Naoko nickte ihnen jeweils nur leicht zu. Bevor wir in ihrem kleinen, quadratischen Auto heimwärts fuhren, erhaschte ich vom Rande des Parkplatzes noch einen Rundblick über die Bucht.

»Naoko, du hast mich ja wirklich sehr oft hier besucht«, sagte ich nachdenklich, »auch schon, als ich noch nicht ansprechbar war. Hast du jemals andere Besucher, Kranke oder Rettungswägen gesehen? Also bis auf den einen Rettungswagen, der auch jetzt vor der Notaufnahme parkt?«

Sie überlegte und schüttelte den Kopf.

»Jetzt, wo du das sagst, nein, ich denke, nicht.«

»Ist das nicht merkwürdig?«

»Das ist sicherlich nur Zufall. Denkst du etwa, es gibt in Nagasaki ein Spital, in dem nur ein einziger Patient behandelt wird?«

»Natürlich nicht.«

Naoko hatte recht. Das Krankenhaus war nicht besonders groß und sehr großzügig am Hang angelegt. Ich hatte die anderen Patienten sicherlich einfach immer verpasst. War das möglich? Wahrscheinlich schon.

Umsichtig lenkte sie den Wagen die enge und kurvenreiche Straße bergab. Wir fuhren an Hotels und Wohnhäusern vorbei, die unterschiedlicher nicht sein hätten können. Immer wieder hatte man rund um ein übertrieben schlankes Haus, an dessen Breitseite sich gerade einmal ein Fenster ausging, zwei größere Gebäude gebaut. Die architektonische Planung der Stadt wirkte wie ein chaotisches Spiel des Zufalls auf mich. Ich nahm mir vor, Naoko bei Gelegenheit zu dem konsequent zwischen allen Häusern gehaltenen Spalt zu befragen.

»Erinnerst du dich an die Stadt?«, fragte sie, als wir an der nächsten Ampel hielten.

Ich ließ meinen Blick schweifen und erkannte, dass sogar das Ampelsystem so durchdacht war, dass jeder Fahrer jederzeit eine für die Kreuzung relevante Ampel sehen konnte, egal ob ihm ein hoher Lastwagen die Sicht versperrte oder eine Kurve zwischen ihm und der Ampel lag. Nein, ich konnte mich beim besten Willen nicht erinnern. Die Faszination, die ich hier empfand, fußte eindeutig auf der Entdeckung von Neuem, nicht auf der Erinnerung an bereits Bekanntes.

»Ja, ich denke schon.«

Naoko fuhr an, als die Ampel auf Grün wechselte.

»Gleich sind wir da.«

Wir kamen an einem roten Torbogen vorbei, auf dem ein zweiköpfiger Drachen thronte. Ich vermutete, dass es sich um einen Eingang in das chinesische Viertel handelte. Die Vorfreude auf das Erkunden dieser Stadt, die eine äußert interessante Symbiose zwischen Tradition, Neuem und Zweckmäßigkeit zu sein schien, war groß. Wir fuhren an einem Fluss entlang, der die Innenstadt in zwei Teile teilte. Fußgänger konnten ihn alle fünfzig bis hundert Meter über hübschen, alten Steinbrücken queren. Ich vermutete, dass es sich dabei um den alten Stadtkern handelte. Etwas später kamen wir an einem Gebäudekomplex vorbei, der mir ein Déjà-vu-Erlebnis verschaffte, und ich fragte mich, ob ich mich tatsächlich an die Gebäude erinnerte oder ob es nur die Ähnlichkeit zu Bauten in Holland war, die mir hier ein vertrautes Gefühl verschaffte. Naoko setzte den Blinker, verlangsamte und steuerte auf eine Parkbucht unter einem Haus zu. Sie schien auf den Millimeter genau für dieses Auto konzipiert zu sein. Naoko hielt ein paar Meter davor an.

»Du musst hier schon aussteigen, sonst kommst du auf der linken Seite nicht mehr raus«, sagte sie und küsste mich.

Langsam schob ich mich aus dem Wagen. Während Naoko einparkte, schaute ich mich um. Schräg gegenüber, in einer Fußgängerzone, entdeckte ich die Buchhandlung. Ohne Krücken humpelte ich auf sie zu und staunte über die stil- und geschmackvolle Aufmachung und die edlen Regale, die ich bereits von außen sehen konnte. Ein Traum, dachte ich und sah, dass über dem Eingang ein Schild angebracht war: Nagasaki Bookworld. Ich stand noch vor dem Schaufenster, als eine Frau aus dem Laden trat. Sie sah mich, riss die Augen weit auf, lief mit einem Freudenschrei auf mich zu und umarmte mich stürmisch.

»Daniel, ich bin so froh, dass du wieder gesund bist. Wir haben dich alle sehr vermisst. Schön, dich zu sehen«, rief sie.

Auch sie sprach ausgezeichnet Deutsch. Ich erinnerte mich an Naokos Worte im Krankenhaus und vermutete, dass die junge Frau Yuki sein musste. Ich schätzte sie auf Anfang bis Mitte dreißig, war mir aber nicht ganz sicher. Sie trug eine etwas zu große Brille, einen schwarzen Schlabberpulli über einem kurzen, graurotkarierten Faltenrock, dazu weiße Socken und Ballerinas. Ihre langen, dunkelbraunen Haare hatte sie lose zu einem ungezähmten Dutt hochgesteckt und sie war komplett ungeschminkt. Während sie mich freudestrahlend ansah, zog ich den Bauch ein und zwang mich, gerade zu stehen.

»Ich freue mich auch, dass ich wieder gesund bin. Ich habe mich noch nie besser gefühlt«, sagte ich und schämte mich sofort, als ich bemerkte, dass ich sie schamlos flirtend ansah.

Auf eine unkonventionelle Art war Yuki unheimlich hübsch. Sie war nicht der Typ Frau, nach dem sich auf der Straße alle Männer umdrehten, anders als vielleicht bei Naoko, doch sie hatte eine natürliche, offene Ausstrahlung, die ich sofort betörend fand. Sie hatte mich auch sofort erkannt. Das musste ein weiteres Indiz dafür sein, dass ich wirklich Bernhaugen war. Yuki schien jedenfalls keine Zweifel daran zu haben. Ich musste meine Bedenken endlich über Bord werfen. Als Naoko mir die Hand auf die Schulter legte, zuckte ich überrascht zusammen.

Sie zwinkerte Yuki zu und sagte, »Schau, ich habe es dir ja gesagt: Wenn er die Buchhandlung sieht, dann kann er gar nicht anders, als sich zu erinnern.«

Aufgeregt betrat ich die Buchhandlung, flanierte an den Regalen entlang, sah begeistert, dass die Abteilungen für japanische und fremdsprachige Bücher fast gleich groß waren, und registrierte wie gut sortiert sowohl der englischsprachige als auch der deutschsprachige Teil waren. Die gängigen aktuellen Bestseller waren auf kleineren, hüfthohen Tischen aufgelegt, fein ausgewählte Literatur der letzten Jahrzehnte dafür in schönen gebundenen Ausgaben liebevoll in den Regalen nach Regionen sortiert. Für die Klassiker war eine eigene Ecke reserviert. Ein Regal war für neuere Literatur aus Österreich vorgesehen. Erfreut stellte ich fest, dass mir die meisten Autorinnen und Autoren hier bekannt waren. Auf einem kleinen Tischchen lag ein Stapel Exemplare von Giuliano Musios Roman *Wirbellos*. Dahinter hing ein zweisprachiges Schild, das diesen Roman als meine Empfehlung des Monats September deklarierte. Sie stammte also noch von vor dem Absturz. Ich zählte sieben bequem aussehende, von dazugehörigen Stehlampen und kleinen Beistelltischchen begleitete Ohrensessel in edlem Bordeauxrot, die dazu einluden, es sich mit einigen Büchern gemütlich zu machen. Auch das Licht im Raum war perfekt abgestimmt, nicht zu hell, aber auch nicht zu dunkel, sodass man beim Stöbern in den Regalen mühelos die Namen der Autoren und die Titel der Bücher lesen konnte. Es herrschte eine warme, harmonische Atmosphäre, die in mir sofort den Wunsch aufkommen ließ, hier möglichst viel Zeit zu verbringen. So muss eine Buchhandlung sein und nicht anders, sagte ich mir. Ich freute mich immer mehr darüber, Daniel Bernhaugen zu sein. Yuki und Naoko unterhielten sich auf Japanisch. Ich vermutete, dass sie auch über mich sprachen, da meine Frau immer wieder zu mir herübersah. Ich musste schnell die Sprache lernen, solange ich noch den Bonus des Gedächtnisverlusts in Anspruch nehmen konnte.

»Was hältst du davon, wenn wir jetzt nach Hause gehen, damit du es dir gemütlich machen kannst?«, fragte mich Naoko, als ich die Buchreihen bereits einige Male abgegangen war.

»Gute Idee! Ich denke, ich muss das Buch demnächst noch einmal lesen, das ich im September als Buch des Monats empfohlen habe«, sagte ich. »Du hast da übrigens Bücher in den Regalen, die man selbst in den besten Buchhandlungen Wiens erst einmal bestellen muss. Großartig!«

Naoko lächelte und drückte meine Hand.

»Erinnerst du dich nicht daran, dass du mitverantwortlich für das Sortiment in der Nagasaki Bookworld bist?«, fragte sie.

»Doch … natürlich ... tut mir leid. Es fehlt noch so viel da oben«, erwiderte ich und deutete entschuldigend auf meine Stirn.

Hand in Hand schlenderten wir zum Auto und holten Naokos Tasche. Wir traten in ein vierstöckiges Wohnhaus ein und nahmen den Aufzug in den dritten Stock. Obwohl das Haus von außen recht massiv aussah, wirkten Fahrstuhl und Gang eher schmal auf mich. Ich kam mir hier unverschämt groß vor.

In der Wohnung roch ich wieder den leichten, vertrauten Duft von Naokos Parfum. Ich schlüpfte aus den Schuhen und lief in Socken über die Tatami, kam an einem kleinen Badezimmer vorbei, das wie ein Plastikfertigteilbad auf mich wirkte, warf einen Blick in die nicht allzu große, doch gemütlich wirkende Küche und trat ins Wohnzimmer. In einer Ecke befand sich eine bequem aussehende Couch mit einem kleinen Tischchen. Sonst nur wenige, jedoch gut gefüllte Bücherregale, eine diskret wirkende Stereoanlage mit einem Stapel CDs. Neben dem Fenster stand ein Schreibtisch, auf dem ein rotes Festnetztelefon hockte, das wie ein Relikt aus einem früheren Jahrhundert wirkte. Vom Wohnzimmer aus gelangte man auf einen Balkon, der eine hübsche Aussicht über einen Fluss bot. Rechts vom Wohnraum lag das Schlafzimmer. Darin zwei aufgerollte Futonbetten und ein dreiteiliger Kleiderschrank. Im Kontext der grundsätzlich fast minimalistisch eingerichteten Wohnung wirkte dieser überdimensioniert. Alles hier hatte einen Zweck, es gab keine überflüssigen Gegenstände, erfreulicherweise auch keinen Fernseher.

»Möchtest du einen Whisky?«, fragte Naoko.

Ich nickte.

»Wie immer?«

»Ja, bitte«, sagte ich und hoffte, dass ich den Whisky vor dem Absturz ohne Eis getrunken hatte.

Wenig später kehrte Naoko mit zwei Gläsern und der Flasche zurück. Sie seufzte, setzte sich auf die Couch und schenkte ein. Ich nahm neben ihr Platz und griff nach einem Glas.

»Es ist so schön, dass du wieder hier bist.«

»Das finde ich auch«, antwortete ich und wusste, dass ich es wirklich so meinte, auch wenn ich noch immer ein wenig daran zweifelte, derjenige zu sein, der wirklich hier sein sollte. Zu fremd war mir unsere gemeinsame Wohnung. Wir stießen an und tranken einen Schluck. Naokos Augen wirkten leicht glasig. Ich überlegte, ob sie insgeheim vermutete, dass ich nicht der Daniel war, den sie geheiratet hatte, verdrängte den Gedanken jedoch wieder schnell. Der Whisky, ein Yamazaki Single Malt, war eine Sensation. Seine Duftnote hatte zumindest einen leichten Hauch von Kirsche, vielleicht auch Erdbeere, dazu noch etwas Holziges, das ich nicht bestimmen konnte. Am Gaumen spürte ich ein eine leise Spur von Kokosnuss, dazu zwei fruchtige Noten, die möglicherweise Himbeere und Pfirsich waren.

Ich beruhigte mein Gewissen, indem ich mir einredete, dass man mich, falls ich wirklich nicht Bernhaugen war, in die Rolle gedrängt hatte. Ich hatte von mir aus nie behauptet, irgendwer zu sein. Vorsätzliche Täuschung konnte man mir also keinesfalls vorwerfen. In den letzten Wochen hätte es allerdings genug Möglichkeiten gegeben, das anzusprechen. Keine davon hatte ich genutzt. Bewusst. Ich wollte Daniel Bernhaugen sein. Das wusste ich. Falls ich nicht Bernhaugen war, müsste es Naoko allerdings wissen. Wer, wenn nicht sie? War es überhaupt möglich, einen Fremden für den eigenen Ehemann zu halten, mit dem man unzählige Erinnerungen und viele Jahre gemeinsam verbracht hat? Doch was war mit Yuki? Auch sie hatte mich sofort und zweifellos erkannt. Wieso? Ich musste Daniel Bernhaugen sein. Seit meiner Geburt. Der Absturz hatte nur meine Erinnerungen und mein Leben aus dem Gedächtnis gelöscht. Die Erinnerungen würden wiederkommen.

Ich stellte mein Glas ab, strich Naoko über die Wange und verdrängte alle Zweifel. Ich war bereit, die Rolle ihres Mannes einzunehmen. Entweder zum zweiten oder zum ersten Mal. Stumm sahen wir uns in die Augen. Suchend. Wir fanden uns in einem weit entfernten Vakuum, hörten weder die Rettung, die direkt unter dem Balkon vorbeiraste, noch die Straßenbahn, die nur wenige Meter entfernt an der Haltestelle zischend zum Stillstand kam. Wir hatten viel zu entdecken und kamen uns langsam immer näher, bis sich unsere Lippen berührten. Später schliefen wir erschöpft auf der Couch ein.

9

»Americans are obliged to defend themselves and the world«, insistierte der stämmige Mann bereits zum siebten Mal, als er mit seiner Bestellung an der Reihe war. »One Cappuccino, extra large, for here!«

Zwischen dem Amerikaner und mir turtelten zwei Pärchen, die den seltsam wirkenden Mann nicht zu bemerken schienen. Die Barista wandte sich zur Zubereitung des Kaffees ab, doch als sie mit der Tasse fertig war, hatte sie beinahe die Hälfte verschüttet. Ihre Kollegin, die sich bis jetzt diskret zurückgehalten hatte, nahm ihr die Tasse sanft aus der Hand, legte ihr die andere Hand beruhigend auf die Schulter und flüsterte ihr ein paar Sätze ins Ohr, woraufhin die junge Frau nickte und im Küchenbereich verschwand. Die Kollegin stellte die Tasse in die Spüle, nahm eine saubere und bereitete eine neue Tasse XXL-Cappuccino für den verschrobenen Gast zu.

»Extra shot on the house, Sir?«, fragte sie ihn mit einem breiten Lächeln und verneigte sich. »Sorry for the delay. Sumimasen.«

»No.«

Die Frau nickte und lächelte weiter.

»Americans are obliged to defend themselves …«, wiederholte er. Diesmal allerdings um einige Nuancen ruhiger. Fast resignativ.

»Yes, Sir, of course«, sagte sie und überreichte ihm die Tasse. »Enjoy your coffee.«

Grußlos verließ er die Theke und setzte sich an die hohe Tischreihe am Fenster, wo sein riesiger Rucksack bereits einige Sitzplätze blockierte. Der Mann schien unfähig, sich angemessen zu benehmen. Immer wieder hatte er diese absurd klingende Phrase wiederholt. Warum nur? Ich beobachtete die anderen Gäste des Cafés, die darum bemüht schienen, ihn zu ignorieren. So als würden sie sich für sein ungebührliches Verhalten schämen. Als ich bestellte, hatte die junge Frau wieder zu ihrer ruhigen Art zurückgefunden. Ich schenkte ihr ein breites Lächeln, bemüht, möglichst höflich und zuvorkommend zu sein, und streute ein paar Höflichkeitsfloskeln auf Japanisch ein.

Da Naoko seit gut fünf oder sechs Wochen überraschend beschäftigt war, immer öfter musste sie kurze Dienstreisen auf Kyushu unternehmen, hatte ich große Teile der Stadt allein und zu Fuß erkundet. Zusätzlich hatte ich häufiger in der Buchhandlung mitgearbeitet, wo Yuki mir mit Rat und Tat geduldig zur Seite stand. Inzwischen konnte ich sogar die Schriftzeichen lesen, die man für die Bedienung der japanischen Kasse kennen musste. Dabei hatten wir viel Zeit zum Reden gefunden. Ich wusste jetzt, dass sie nur ein paar Jahre jünger als ich war und dass sie seit einigen Jahren halbherzig an einem zweiten Roman schrieb. Mit fünfundzwanzig hatte sie ihren ersten Roman in einem großen Verlag veröffentlicht. Ein Roman, der die Situation einer von ihrem Mann verlassenen Frau in der japanischen Gesellschaft schilderte. Der allerdings bis auf einzelne, sehr positive Rezensionen kaum Beachtung gefunden hatte. Danach war in ihrem Leben kaum etwas nach Plan gelaufen. Enttäuschungen, falsche Entscheidungen und eine Zeit der kompletten Erstarrung, bis sie die Arbeit in der Nagasaki Bookworld gefunden hatte. Leider gab es ihren ersten Roman nur auf Japanisch, ich hätte ihn nur zu gern gelesen. Über ein privates Ereignis am Beginn der Enttäuschungen erzählte sie mir noch nichts. Ich vermutete jedoch, dass es eine unglückliche Ehe oder Beziehung war, über die sie einfach kein Wort verlieren wollte. Jedenfalls musste ich aufpassen, dass ich mich nicht zu sehr zu ihr hingezogen fühlte. Das fiel mir mit jedem gemeinsam verbrachten Tag schwerer.

Mit der Tasse Cappuccino und einem glacierten Donut sah ich mich nach einem Platz um. Es waren nur noch die Stühle in der Reihe neben dem Amerikaner frei. Ärgerlich, dass ich mich nicht für einen Pappbecher zum Mitnehmen entschieden hatte. Als ich mich setzte, sah mich der große Kerl skeptisch an. Auf dem Hochstuhl sitzend wirkte er noch grobschlächtiger als stehend. Sein ausrasierter Nacken wies schlecht verheilte Narben auf und er hatte einen scheinbar frischen Riss im Ohrläppchen. Es sah fast danach aus, als ob ihm jemand erst vor Kurzem einen Ohrring mit Gewalt aus dem Ohr gerissen hätte, was mich bei seinem Benehmen nicht überrascht hätte.

»I hope you're gonna be friggin' quiet here, man«, sagte er.

Ich hob entschuldigend die Schultern und deutete auf die besetzten Tische und meinen Kaffee. Die Lust, mich mit dem Typen anzulegen, hielt sich in Grenzen, den Cappuccino und den Donut wollte ich allerdings in Ruhe genießen. Ich wandte mich von ihm ab und beobachtete die Gleise des Bahnhofs von Nagasaki. Ein klassischer Kopfbahnhof, in dem allerdings nur Regionalzüge verkehrten. Außer einem aus Fukuoka eintreffenden Zug und einem abfahrenden Pendlerzug nach Omura war nicht viel los. Ich steckte mir das letzte Drittel des Donuts in den Mund, als mir der Amerikaner auf die Schulter klopfte.

»What are you doin' here?«, fragte er mich.

Ich deutete erneut auf meinen Kaffee. Er schüttelte den Kopf.

»In Nagasaki«, stellte er klar.

Ich musterte den Stiernacken, schluckte und erklärte, dass ich Freunde besuchen würde. Das sollte reichen, um den Kerl loszuwerden, dachte ich. Der hatte sich bereits wieder kommentarlos abgewandt. Wenig später brachte ich das Tablett zur Abgabestelle, lächelte den Baristas zu, verabschiedete mich und verließ eiligen Schrittes das Café. Obwohl das Knie erneut schmerzte, wollte ich dennoch viel gehen, nicht nur, weil Miyamoto das empfohlen hatte. Vor dem Bahnhofsgebäude sah ich mich um und bestaunte wieder einmal das über der Kreuzung angelegte Fußgängerbrückensystem. Ich schlug die Karte auf und prägte mir den Weg zum Nagasaki Atomic Bomb Museum ein. Ich fand die Neue-Uragami-Straße und ging in Richtung des auf einer Anhöhe gelegenen Memorial Parks los. In einem Lawson Store kaufte ich eine Schachtel Lark. Da auf den Straßen Rauchverbot galt, stellte ich mich fast schuldbewusst in die vorgesehene Raucherecke vor dem Geschäft und zündete mir eine Zigarette an. Ich genoss den ersten Lungenzug und freut mich über das angenehme leichte Schwindelgefühl, als der Amerikaner vor mir stand.

»Got one for me, buddy?«, fragte er höflich.

Der Vergleich zu seinem Verhalten zuvor im Café verwunderte mich. Ich ließ ihn eine Zigarette nehmen und gab ihm Feuer.

Ein paar Züge später fragte er: »German?«

Ich schüttelte den Kopf: »Austrian.«

Nachdenklich nickte er. Ich vermutete, dass er überlegte, ob ich das Land mit den Kängurus oder das mit den Alpen gemeint hatte, und rügte mich postwendend dafür, so klischeehaft zu denken.

»Hitler«, sagte er nach einer Weile.

»Yes, unfortunately.«

Ich hatte weder Lust darauf, hier und jetzt auf das Thema einzugehen, noch dem Amerikaner zu erklären, dass Österreich zwar eines der niederträchtigsten Monster der Geschichte hervorgebracht hatte, doch auch andere Seiten hatte. Patriotische Verklärung war mir fremd. Sollte er doch denken, was er wollte.

»Gehst du ins Museum?«, fragte er, plötzlich Deutsch sprechend.

Ich nickte und zündete mir am Stummel der fast aufgerauchten Zigarette gleich eine neue an. Ich bot ihm ebenfalls eine zweite an, die er dankend annahm. Wieso sprach auch dieser ungehobelte Amerikaner Deutsch?

»Charles W. Sweeney Jr.«, sagte er und streckte mir die Hand entgegen.

»Daniel Bernhaugen.«

»Was machst du hier?«, fragte ich, um die Stille zwischen den Lungenzügen zu überbrücken.

»Atoning …«, sagte er. »Büßen …«

Ich hatte mit einigen Antwortmöglichkeiten gerechnet, mit dieser allerdings nicht und konnte mir auch nicht vorstellen, dass dieser wie ein wegen Trunkenheit oder disziplinärer Schwierigkeiten aus der Armee hinausgeworfener Ex-Marine aussehende Mann ernsthaft hier in Nagasaki war, um zu büßen. Wofür sollte er hier büßen wollen? Ich überlegte, mir das Museum doch an einem anderen Tag anzusehen, ohne den Verrückten im Schlepptau.

»Der Amerikaner muss sich und die Welt verteidigen«, sagte Charles.

»Ja, das hast du im Café bereits oft genug gesagt.«

»Nur hat mir niemand widersprochen. Wieso sagt kein Mensch, halt die Klappe, fuck off, oder sonst was? Ich mache das seit acht Tagen täglich, immer wieder, immer in der Hoffnung, zumindest zurechtgewiesen zu werden. Weshalb duldet man den Satz, auf den eigentlich but they didn't have the fuckin' right to drop an atomic bomb on this city folgen sollte?«

Ich zuckte mit den Schultern. Wusste nicht, was er eigentlich wollte. Wieso sollte er die Menschen hier provozieren wollen, was hatte er davon?

»Why don't they just beat the bloody shit out of me?«

»Ich weiß es nicht, Charles«, sagte ich. »Es könnte sein, dass die Menschen hier denken, dass du seltsam bist. Deshalb sehen sie dich nicht vielleicht als Gefahr, sondern eher als eine Art Kuriosum.«

Er nickte.

»Vielleicht sind sie aber auch nur viel zu höflich. Wer weiß, was sie wirklich denken, wenn du so eine Show abziehst«, fügte ich hinzu.

Charles sah einer vorbeigehenden Japanerin nach, die, als sie registrierte, dass wir sie beobachteten, die Augen senkte und ihre Schritte beschleunigte.

»Es ist allerdings nur eine Vermutung«, sagte ich. »Ich bin kein Psychologe. Und schon gar kein Kenner der japanischen Mentalität.«

»Sie lieben alles Amerikanische, es ist ein Wahnsinn. Baseball ist in Japan sogar ein Nationalsport«, raunte er. »Sie imitieren auch die Roadside Diners inklusive des absolut ungenießbaren Kaffees, von dem man für einen Dollar so viel trinken darf, wie man schafft, bevor man höllisches Sodbrennen spürt. Und Burger sowieso. Es gibt sogar ein Hotel in der Nähe von Tokio, das dem Bates Motel nachgebaut ist. Und ein Disneyworld haben sie auch. Dabei sollten sie uns und alles Amerikanische doch hassen, findest du nicht?«

»Ich weiß es nicht«, sagte ich.

»Komm, gehen wir ins Museum«, sagte Charles, »ich will dir dort was zeigen.«

Ich folgte ihm. Wir schritten die Straße entlang, bergauf, am Inoue Spital und einem riesigen Einkaufszentrum vorbei, auf dessen Dach man ein rosarotes Riesenrad gestellt hatte.

»Siehst du, wie das hier angelegt ist?«, fragte er und zeigte auf die Berge, die am Ende der Stadt emporragten. »Dort, wo sich alles auf einer Anhöhe zusammenspitzt. Das ist wie eine Rinne, verstehst du?«

Ich verstand nicht, nickte aber. Charles seufzte.

»Das hat dazu geführt, dass nach dem Aufprall und der

Detonation der Bombe etwas weiter oben, innerhalb dieser Rinne fast niemand überlebt hat. Das Feuer breitete sich in wenigen Sekunden aus. Ein höllischer Feuerball, der mit seinen sechstausend Grad Celsius alles vernichtete, was sich ihm in den Weg stellte. Die Menschen hatten keine Chance. Du wirst es im Museum sehen. Es ist unfassbar.«

Ich hatte den Kerl vielleicht falsch eingeschätzt. Gut, das konnte ja passieren. Dennoch verstand ich den Zweck des Gesprächs nicht. Die Tragödie, die sich hier vor fünfundsiebzig Jahren ereignet hatte, schien ihn wahrhaftig zu quälen. Ich verstand das einerseits gut, andererseits kam mir vor, dass da noch etwas anderes als die historische Tragödie dahinterstecken musste. Immerhin war er kein Japaner, sondern Amerikaner. Ich konnte die Scham, Wut und Trauer, die Schuld, die Charles empfand, tatsächlich nachempfinden. Wie auch nicht, wenn man aus Österreich stammte und kein beschissener Nazi war? Es schien mir eine ausschließlich private Angelegenheit zu sein, die ihn hier, fünfundsiebzig Jahre nach der Tragödie, zur Buße rief.

»Schau, wir hatten Hitler und den Holocaust. Ich denke, ich muss nicht mehr dazu sagen. Die Schuld, die da verborgen liegt, kann man einfach nicht in adäquate Worte fassen. Man muss es sich zur Aufgabe machen, zu erinnern, zu gedenken und vor allem zu verhindern, dass je wieder etwas passiert, das dem auch nur ansatzweise ähnelt. Es ist nur dann unsere Schuld, wenn wir das nicht tun.«

Charles schien den Tränen nahe zu sein.

»Komm«, sagte er.

Eine Dreiviertelstunde später erreichten wir das Museum. Den Memorial Park und das Epizentrum wollten wir erst nach dem Museum besichtigen. Das Gebäude hatte man zum größten Teil in den Hang gebaut, nur ein Vorbau, in dem der Eingangsbereich untergebracht war, und eine Glaskuppel ragten über das Straßenniveau hinaus. Nach dem Eingangsbereich führte ein Weg, der sich sanft am Rande der Kuppe abwärtswand, zu den Ausstellungsräumen. Mit jedem Meter, den wir weiter in die Tiefe des Berges drangen, wuchs meine Beklemmung. Ich spürte die unheimlich schreckliche und zugleich unfassbar würdevolle Größe dieses Ortes. Fassungslos betrachtete ich die verstörenden Fotos der menschlichen Schatten, die der nukleare Feuerball in genau dem Zustand, in exakt der Bewegung, in der sie sich im Moment der Detonation befunden hatten, in Mauern, Straßen und Stufen gebrannt hatte. Ein Mann mit Hund, neben einer Leiter wachend, eine alte Frau mit Stock, scheinbar kurz davor, die Straße zu überqueren, ihr Schatten halb in den Gehsteig, halb in die Fahrbahn gebrannt. Diese Schattenbilder wirkten derart lebendig gezeichnet, dass ich kaum glauben konnte, dass es sich dabei nicht um akribisch genaue Zeichnungen eines zynischen Künstlers handelte. Ich sah ein Springschnur hüpfendes Mädchen, grausam verewigt beim Überspringen des Seils, ein bisschen weniger als einen halben Meter in der Luft. Mit fliegenden Zöpfen. Im Moment der absoluten Freude, vermutlich glücklich kichernd. Ich sah plötzlich verschwommen und verstand, dass ich weinte. Als ich aufblickte, stand Charles vor mir.

»Siehst du?«

Ich nickte.

»Komm mit, ich muss dir jetzt zeigen, weshalb ich büßen muss.«

Ich folgte Charles, der zielstrebig in den nächsten Raum stapfte. In seinen Cargohosen, dem bis knapp über die Ohren rasierten und vernarbten Schädel, den Doc Martens, groß und schwer, gab er ein wahrlich schräges Bild ab. In diesem Museum wirkte er wie ein schrecklicher Riese. Im nächsten Ausstellungsraum sah ich sofort, wohin Charles mich führen wollte. Er winkte mich zu einem großen, gelben Ausstellungsstück, das sich als Double der abgeworfenen Atombombe entpuppte.

»Das hier ist die Ersatzbombe, identisch mit *Fat Man*, natürlich entschärft und längst harmlos«, sagte Charles. »Dieses Ding, kleiner als ein Volkswagen-Golf, das ist der Grund für meine Buße.«

Ich trat an die Infotafel heran, las die Informationen durch und hoffte herauszufinden, wieso Charles dezidiert die Bombe als Epizentrum seines persönlichen Problems sah. Ich las den Text ein zweites Mal, verstand die Tragweite des Gelesenen, sah aber noch immer keinen Zusammenhang.

»Na gut, willst du mir nicht doch sagen, was es mit der Bombe und deiner Buße auf sich hat, ich verstehe es nicht.«

»Achte auf die Namen der Besatzung der *Boxcar*.«

Ich las die Namen ein zweites, ein drittes und ein viertes Mal. Erst danach dämmerte mir endlich, worauf Charles hinauswollte.

»Oh fuck, der Pilot, der Nagasaki als Ersatz für die Militäreinrichtungen in Kokura-shi angeflogen ist und die Bombe trotz mangelnder Sicht über Nagasaki abgeworfen hat, der hieß auch Charles Sweeney.«

Er nickte.

»Tut mir leid«, sagte ich, »das ist aber auch echt ein blöder Zufall.«

»Nein, das war nicht nur irgendein Typ, der durch eine Fügung des Schicksals ebenfalls Charles Sweeney hieß. Das war mein Großvater. Ich wurde zu seinen Ehren Charles getauft. Er starb erst vor wenigen Jahren. Damals, 1945, war er gerade mal fünfundzwanzig und schon Major. Ich habe ihn oft gefragt, wie er es geschafft hat, einfach auf diesen Knopf zu drücken, der die Bombe unaufhaltbar aus dem Flugzeug katapultiert hat … Tausende Male habe ich ihn gefragt. Wie er so lang leben konnte, im Wissen, dass er, auch wenn er nur einen Befehl ausgeführt hat, am Tod von insgesamt mindestens siebzigtausend Menschen schuld ist. Wie er diesen Befehl ausführen konnte. Wie er es danach geschafft hat, ruhig zu schlafen, so viele Jahre lang. Ob er es nie bereut hat. Wie er lachen, weinen, ins Kino gehen, Kinder zeugen, eine Frau lieben konnte.«

»Und?«, fragte ich.

Charles atmete tief durch.

»Er hat es nie bereut. Keine Sekunde lang. Die aufsteigende Pilzwolke über Nagasaki, die er nach einem dem Abwurf folgenden Wendemanöver sah und fotografierte, beschrieb er als atemberaubend, faszinierend und bedrohlich. Er war bis zu seinem Tod davon überzeugt, dass der Abwurf, der Befehl Trumans, nicht nur eine sinnvolle, sondern die einzig richtige Entscheidung war. Und er war stolz darauf, dass er mit dieser ehrenwerten Aufgabe betraut worden war. Ich meldete mich nur deshalb zur Armee, weil ich verstehen wollte, wie man unschuldige Menschen auf Befehl töten konnte. Was das mit dir anstellt, wenn du das tust. Nach der Ausbildung schickte man mich sofort in den Irak. Erster Einsatz mit neunzehn. Wenige Wochen später war ich zurück in Oklahoma, unehrenhaft aus der Armee entlassen. Wegen Befehlsverweigerung. Ich hatte es bereits bei meinem ersten Einsatz nicht geschafft, das fuckin' missile auf die beschissene Siedlung abzufeuern. Ja, da hatten sich Terroristen verschanzt. Natürlich. Aber da lebten auch Frauen, Kinder und alte Menschen. Zivilisten! Mein Colonel meinte nur, Kollateralschaden, fuck it. Nobody gives a shit. Ich konnte es nicht. Auch wenn er mir minutenlang wie besessen ins Ohr schrie. Er drückte den Auslöser selbst und lachte. Vierunddreißig tote Zivilisten, sieben tote Islamisten, sagte der offizielle Bericht. Dass ich dafür, dass ich ihm daraufhin die Nase brach, nicht vor das Militärgericht kam, verdanke ich ausschließlich meinem Namen. Nicht einmal da durfte ich büßen.«

Er atmete erneut tief durch.

»Zwei Tage später war ich wieder daheim. Seither suche ich das Licht. Mein persönliches Licht. Ich suchte es in Vietnam, bin den verfluchten Scheiß-Mekong rauf- und runtergefahren. Kambodscha. Sah mir an, was wir dort alles verbrochen haben, lernte Nachkommen der Napalm-Opfer kennen, Jahrzehnte später geboren, doch noch immer missgebildet. Es ist nicht auszuhalten. Ich zog mir alle möglichen Krankheiten zu, hatte Durchfall ohne Ende, wochenlang anhaltendes Fieber um die vierzig Grad, Eiterbeulen überall und hatte Würmer im Körper, die, als man sie aus mir herausholte, schon fast zwei Meter lang waren. Aber das ist alles nichts gegen das Leid, das die Menschen dort durch die verdammten United States of America erlitten hatten. Verstehst du? Not even fuckin' close to it! Jetzt bin ich hier.«

Ich nickte.

»Time to pay.«

Was meinte er nur damit? Zeit, zu zahlen. Zahltag? Das klang wie der Wunsch nach einem reinen Tisch. Tabula rasa.

»Du weißt aber schon, dass nicht du im Flugzeug gesessen bist und die Bombe abgeworfen hast.«

»Sure.«

Ich nickte erleichtert.

»Lass uns was trinken gehen, ich lade dich ein«, sagte Charles mit belegter Stimme.

Wir wählten eine unscheinbare Izakaya in der Nähe des Museums, ließen die Schuhe am Eingang zurück und waren dankbar für den zugewiesenen Platz in einer ruhigen Ecke. Als ich mich auf das auf der Tatami aufgelegte Sitzkissen hockte, fühlte ich mich leer. Eine heftige Geschichte. Während Charles kurz auf der Toilette verschwand, versuchte ich zu überlegen, ob ich damit umgehen könnte, wenn es mein Großvater gewesen wäre. Oder ob ich damit leben könnte, wenn es sich bei Heinrich Gross oder Franz Murer um meinen Großvater gehandelt hätte. Ich schaffte es nicht. Wir bestellten Sake, Bier und eine Menge kleinere Speisen, redeten, aßen und tranken bis spät in die Nacht. Bis uns der Besitzer der Kneipe höflich bat, nach Hause gehen zu dürfen. Betrunken torkelten wir die Straße hinab in die Innenstadt. Vor dem Hotel, in dem der Amerikaner wohnte, umarmten wir uns linkisch, unsicher, was wir von der Begegnung halten sollten.

Ich lehnte die Angebote der Taxifahrer ab und schwankte in Richtung Buchhandlung. Von dort zur Wohnung sollte ich sogar in betrunkenem Zustand finden. Das wusste ich. Vor der Buchhandlung blieb ich stehen und betrachtete die beleuchteten Auslagen. Ich hatte es gut getroffen, dessen war ich mir bewusst. Ich musste jetzt nur noch endgültig wieder Daniel Bernhaugen werden. Als ich die Tür zur Wohnung leise aufschloss, fand ich Naoko in völliger Dunkelheit auf der Couch sitzend.

»Weißt du eigentlich, wie sehr ich in Sorge um dich war?«, flüsterte sie.

Ich entschuldigte mich und erzählte ihr von meiner Bekanntschaft mit Charles W. Sweeney Jr., vom Besuch des

Atombombenmuseums und dem darauffolgenden Trinkgelage in der Izakaya.

»Morgen treffen wir uns noch einmal, er will mir die eine oder andere Sache in Zusammenhang mit der Atombombe zeigen. Am späteren Nachmittag.«

Naoko nickte.

»Und du glaubst, dass er tatsächlich der Enkelsohn von diesem Sweeney ist? Nicht nur irgendein Verrückter, der sich als jemand ausgibt, der er gar nicht ist? Ein Betrüger oder Wichtigtuer?«

Ich fragte mich, ob Naoko bewusst Zweifel säen oder mich einfach nur vor Leichtgläubigkeit warnen wollte. Eher Letzteres. Weshalb sollte er eine derart absurde Geschichte erfinden? Ich konnte mir jedenfalls nicht vorstellen, dass sie nicht stimmte. Ich gab Naoko einen sanften Kuss.

»Tut mir leid, ich hätte dir sagen sollen, dass es später wird. Ich muss mir endlich ein Mobiltelefon zulegen. Bitte verzeih mir.«

Als wir uns umarmten, spürte ich heftiges Verlangen. Ich drückte sie fest an mich, in der Hoffnung, dass sie mich und meine Erregung spüren würde. Feine, kleine Elektroschocks kitzelten mich da, wo ihre zarten Finger mich berührten. Meine Erektion schmerzte vor Lust. Naoko spürte meine Unruhe, öffnete Gürtel und Reißverschluss meiner Jeans und ließ sie auf den Boden gleiten. Sie zog die Boxershorts ein wenig tiefer und umfasste meinen Penis fest mit ihrer Hand. Während sie mich zärtlich küsste, führte sie meine rechte Hand unter ihre Bluse. Gleichzeitig bewegte sie ihre Hand, mit der sie mein Geschlecht immer fester umschloss, wie in Zeitlupe langsam auf und ab, bis ich kurz darauf in ihrer Hand kam. Wir lösten uns erst Minuten später. Ich führte Naoko zur Couch. Als sie meine Absicht verstand, schüttelte sie den Kopf.

»Das ist heute leider nicht möglich«, sagte sie und senkte ihren Blick.

Ich zweifelte ein wenig daran, dass das stimmte, zählte im Kopf die Tage, unterließ es jedoch, sie zu bedrängen. Ich lehnte mich zurück, legte meinen Arm um ihre Schulter und schwelgte in Gedanken an das soeben Erlebte. Ich fragte mich, ob es Liebe sein oder zu Liebe wachsen konnte, wenn wir uns, durch einen Wink des Schicksals zusammengewürfelt, bewusst gegenseitig als Ersatz annahmen. Falls es so war.

»Lass uns schlafen«, sagte Naoko.

Im Schlafzimmer rollten wir unsere Futons nebeneinander aus. Ich zog mich aus und legte mich nackt unter die Decke. Naoko ließ ihre Kleidung in der Dunkelheit fallen und schlüpfte aus ihrer Unterwäsche. Dabei konnte ich ihre Konturen mehr als deutlich erkennen und spürte eine neue Welle der Lust in mir aufsteigen. Seufzend schloss ich die Augen.

10

Als mich die Straßenbahn mit ihrem Quietschen weckte, hatte Naoko die Wohnung bereits verlassen. Am Küchentisch fand ich die Nachricht, dass sie auf dem Weg nach Fukuoka sei, um einen Vertreter von Kodansha wegen einiger neuer Übersetzungen ins Japanische zu treffen. Am Abend sei sie wieder zurück. Ich duschte und frühstückte, ein wenig abgelenkt durch die Erinnerungen an die vergangene Nacht. Neben der Kaffeemaschine lag das Buch, das Naoko gerade las, aufgeschlagen und mit durchgedrücktem Buchrücken. Ich entzifferte die Schriftzeichen und erkannte, dass es sich um *Böse Absichten* von Keigo Higashino handelte. Seltsam, dass sie das Buch so zurückgelassen hatte. Ich bildete mir ein, dass sie die Fahrt nach Fukuoka gestern Nacht nicht erwähnt hatte. Ganz sicher war ich mir allerdings nicht. Ich wäre gerne mitgefahren. War ihre gelegentliche Unzugänglichkeit, die mit der Zeit häufiger und stärker in Erscheinung trat, einfach Teil ihres Wesens? Ich hatte den Eindruck, dass wir uns gleich nach meiner Entlassung aus dem Krankenhaus viel näher gewesen waren als jetzt. Kurz darauf hatte es eine Veränderung in ihrem Verhalten gegeben. Nicht richtig greifbar, doch deutlich vorhanden. Aber vielleicht bildete ich mir das auch nur ein. Andererseits, ich hatte ihr vom geplanten Treffen mit Charles erzählt. Vermutlich hatte sie einfach meine Pläne nicht durchkreuzen wollen. Mir blieben noch acht Stunden bis zu dem Treffen.

Nach dem Frühstück wollte ich die Gelegenheit zur Besichtigung von Dejima nutzen, spazierte hin und musste feststellen, dass man das Areal der ehemaligen niederländischen Handelsinsel wegen Sanierungsarbeiten geschlossen hatte. Ich staunte über die vielen nebeneinander existierenden Baustile, die hier in der Gegend zu finden waren. Man merkte der Stadt noch immer den frühen Kontakt zu anderen Kulturen an. Als die fächerförmige künstliche Insel Dejima der einzige erlaubte Zugang der westlichen Händler zu Japan war. Aber auch den chinesischen Einfluss sah man deutlich, und das nicht nur in Chinatown. Die frühe Internationalität prägte alle Teile der Stadt. Auch die Steinbrücken über den an unserem Wohnhaus vorbeiführenden Nakashima-Fluss wirkten wie aus einer anderen Welt und waren doch so typisch für Nagasaki. Straßenverkäufer und verschiedenste Restaurants belebten die Gegend, boten überall gegrillte, eingelegte oder gebackene Spezialitäten an. Ziellos flanierte ich durch die Stadt und ließ mich dabei von den mundwassernden Gerüchen leiten. Ich probierte lokale Köstlichkeiten, von frittierten Tintenfischbällchen und verschiedenartigen Schweinespießchen bis hin zu unzähligen, in unterschiedlichsten Varianten dargebotenen Klebreisbällchen. Danach besichtigte ich einige Tempel und Gärten.

Zur Mittagszeit fand ich mich zufrieden und satt in der Buchhandlung ein. Yuki war mit einem Ehepaar beschäftigt, das mich herzlich als Daniel-san begrüßte. Der Mann sprach mich sogleich auf Japanisch an, redete munter drauflos und schien keine Zweifel zu haben, dass ich ihn verstand. Yuki erklärte dem Ehepaar, dass ich beim Absturz nicht nur Teile des Gedächtnisses, sondern auch meine Japanischkenntnisse verloren hatte. Der Mann staunte und verzog das Gesicht zu einer bestürzten Grimasse. Die Frau sah mich hingegen mit dem mitfühlenden Blick eines Kindes an, das soeben von der unheilbaren Erkrankung seines geliebten Hundes erfahren hatte. Ich lächelte, verneigte mich und bat Yuki den Kunden zu sagen, dass ich eifrig daran arbeitete, bald wieder fließend Japanisch sprechen zu können. Die beiden schienen mit meiner Antwort zufrieden zu sein und verbeugten sich ein paarmal, als sie die Buchhandlung mit zehn neuen Büchern verließen. Selbst die Stammkunden hatten keine Zweifel an meiner Identität. Ich war offenbar wirklich der Einzige, der noch immer skeptisch war.

Beim Verlassen der Buchhandlung fiel mir Yoko Ogawas Roman *Insel der verlorenen Erinnerung* auf. Ich überflog die ersten beiden Seiten, klappte das Buch zu und steckte es ein. Dann verabschiedete ich mich von Yuki, die besorgt wegen der Abwesenheit Naokos wirkte. Sie machte ein paar vage Andeutungen, wollte aber nicht mehr dazu sagen. Da ich von Naokos Treffen in Fukuoka wusste und ahnte, dass sie erst spät zurückkommen würde, sah ich keinen Grund zur Sorge. Noch drei Stunden bis zum Treffen.

Auf dem Weg nach Hause setzte ich mich in eine Kneipe, bestellte ein Bier und las weiter, wo ich in der Buchhandlung unterbrochen hatte. Ich ärgerte mich jedoch über den im Barbereich lärmenden Fernseher, dem ohnehin niemand Beachtung schenkte. Das Gerät lenkte mich zunehmend vom Lesen ab. Woher kam eigentlich meine ausgeprägte Aversion gegen Fernseher? Ich legte das Buch zur Seite und griff zum Bierglas. Dabei blieb mein Blick am Bildschirm hängen. Ich sah ein blutverschmiertes Zimmer und den Eingang des Hotels, in dem Charles wohnte. Es war eindeutig das Hotel, vor dem wir uns gestern Abend verabschiedet hatten. Leider verstand ich die Information zu den Bildern nicht. Zwei Kellner waren stehen geblieben und verfolgten den Bericht mittlerweile ebenfalls. Dann wurde gezeigt, wie zwei uniformierte Männer einen Sarg aus dem Hotel trugen und die Kamera schwenkte erneut in das Zimmer des unglücklichen Opfers. Ich erkannte den Rucksack, den Charles gestern die ganze Zeit bei sich gehabt hatte. Er lag auf dem Boden, offen und halb leer. Das konnte doch nicht wahr sein! War es Selbstmord? Konnte das die Buße sein, die er im Sinn gehabt hatte? Der Reporter vor Ort verneigte sich und gab zurück ins Studio, wo hinter einer emotionslos wirkenden Nachrichtensprecherin ein mindestens zwanzig Jahre altes Foto des Amerikaners eingeblendet war. Seitenscheitel, Anzug und breites Lächeln. Das Foto ließ ihn gepflegt und freundlich wirken. Ich erkannte den Mann, doch nicht den Menschen, mit dem ich gestern Bekanntschaft geschlossen hatte. Ich winkte einen der Kellner herbei und fragte ihn, was da passiert war. Er erklärte, dass der Mann auf dem Foto letzte Nacht bestialisch ermordet worden sei.

»Some American guy«, sagte er.

Das Ganze sei im Hotelzimmer passiert und die Polizei suche nun nach einem weiteren Ausländer, der den Amerikaner um ein Uhr nachts ins Hotel zurückbegleitet hatte. Es gebe ein Überwachungsvideo, das zeige, wie dieser Ausländer direkt neben dem Hoteleingang in ein Gebüsch pinkelte.

Ich schluckte und fragte ihn, warum man den zweiten Ausländer suche.

»Wait …«, sagte er und hörte der Sprecherin aufmerksam zu.

Als endlich der nächste Beitrag an der Reihe war, erklärte er mir umständlich, dass man den Ausländer als Zeugen suche, hauptsächlich deshalb, weil er der letzte Mensch außer dem Mörder sei, der den Amerikaner lebend gesehen hatte. Kurz darauf musste er nämlich getötet worden sein. Mit einem undurchsichtigen Grinsen fügte er hinzu, es sei allerdings nicht ausgeschlossen, dass man dem anderen Ausländer nur den Mord unterjubeln wolle, weil man einen Schuldigen bräuchte, der nicht zur Yakuza gehören würde.

»Yakuza?«

»Yes, Japanese Mafia, so much blood … big knife …«, sagte er.

Noch immer grinsend schnappte er sich die von der Küche bereitgestellten Speisen vom Tresen und brachte sie zu den wartenden Gästen, die den gewaltsamen Tod meines neuen Freundes offensichtlich gleichgültig zur Kenntnis nahmen. Ich zahlte, packte das Buch ein und eilte nach Hause. Unter Menschen wollte ich jetzt nicht sein. Charles war mir im Verlauf des gestrigen Tages immer sympathischer geworden. Es schmerzte, daran zu denken, dass man ihn ermordet hatte. Ich sollte mich möglichst rasch bei der Polizei melden, doch das wollte ich, ohne Japanisch zu sprechen, nicht ohne Naoko tun. Selbst wenn ich nicht daran glaubte, dass die japanische Polizei einem

Unschuldigen einen Mord anhängen wollte. Doch was, wenn der Kellner recht hatte? Wenn Naoko wieder da ist, werde ich sie bitten, mich zu begleiten, beschloss ich, als ich die Wohnungstür ins Schloss fallen ließ.

Ich kochte Oolong-Tee und setzte mich mit dem Buch auf das Sofa, in der Hoffnung, dass mich der Roman von den grauenhaften Ereignissen ablenken würde. Doch meine Gedanken schweiften immer wieder ab. Ich wollte einfach nicht glauben, dass jemand Charles ermordet hatte. Er konnte doch nicht tot sein. Wer hätte das tun sollen? Auch wenn er verrückte Dinge von sich gegeben hatte, konnte ich mir kein Motiv für einen Mord vorstellen. Von Zeit zu Zeit beschlich mich das Gefühl, dass in der Wohnung etwas anders war, als es sein sollte. Eine beunruhigende Irritation, die ich allerdings auf den Tod von Charles zurückführte. Mir dämmerte, dass ein leichter Hauch eines ungewohnten Geruchs in der Luft lag. Ich stand auf, legte das Buch zur Seite und sah im Schlafzimmer nach. Doch da schien alles in Ordnung zu sein. Auch am Balkon war alles, wie es sein sollte. Ich fischte die Packung Lark aus der Hosentasche, zündete mir eine Zigarette an und beobachtete den Fluss, der zielstrebig ins Meer floss und die beiden Hälften der Innenstadt trennte. Als ich die zweite Zigarette im Aschenbecher ausdämpfte, wusste ich plötzlich, woran mich der Geruch erinnerte. Es handelte sich um die metallische Note, die spezifisch für den Geruch von Blut ist. Ich versuchte mir den Geruch in Erinnerung zu rufen, doch der Rauch hatte alle Duftnoten vertrieben, die hier in der Luft gehangen haben mochten.

Wenig später legte ich das Buch zur Seite. Der Gedanke an Charles' Tod war allgegenwärtig. Vielleicht half ein Bier in der Kneipe ums Eck dabei, die Gedanken an Charles und seinen Tod zu verscheuchen.

Ich ging ins Badezimmer und putzte die Zähne, kämmte mich und trug Aftershave auf. Als ich aus dem Badezimmer in den Flur trat, ließ mich etwas umkehren. Ich schaute dorthin, wo ich aus dem Augenwinkel einen dunklen Fleck gesehen hatte. Da lag etwas in der Badewanne. Ich zog den Duschvorhang zur Seite und schreckte zurück. In einer Blutlache lag ein langes Messer. Ich schätzte die Klinge auf über fünfzig oder sechzig Zentimeter, der mit eleganten Steinen verzierte Griff war ungefähr dreißig Zentimeter lang. Eigentlich sah es eher aus wie ein Dolch. Wie ein Gegenstand aus einem Museum. Das Blut auf der Klinge war bereits trocken. Die museale Stichwaffe musste also schon eine Zeit lang hier gelegen sein. Sie musste in meiner Abwesenheit hier deponiert worden sein.

Ich schnappte mir die Zigaretten und ging auf den Balkon. Beim Rauchen soll man ja klarer denken können. Das Messer musste verschwinden. Nur, was mit dem Blut machen? Scheiß drauf, dazu später. Zuerst musste das Ding weg. Hunderte Fragen drängten sich mir auf. Wessen Blut war da in der Badewanne? Wieso zum Teufel in unserer Badewanne? Mit Schaudern dämmerte mir, dass die Person, die das Messer hier in meiner Abwesenheit platziert hatte, einen Schlüssel zur Wohnung haben musste. Oder sich sonst wie Zutritt verschafft haben musste. Ich prüfte das Türschloss, entdeckte aber keine Beschädigung. War die Person über den Balkon eingestiegen? Nein, unmöglich. War Naoko dagewesen? Diesen Gedanken schloss ich sofort aus. Sie war in Fukuoka. Warum hätte sie zurückkehren sollen, sich nicht bei mir melden und, so nebenbei, einen blutigen Dolch in der Badewanne liegen lassen? Nein, das war absolut unplausibel. Ich erinnerte mich an die Worte des Kellners. Hatten mich die Mörder von Charles gefunden und mir die Mordwaffe untergejubelt? War die Polizei schon auf dem Weg hierher? Oder hatte ich gar etwas damit zu tun? Hastig durchwühlte ich den Wäschekorb nach der Kleidung, die ich gestern getragen hatte. Sie stank erbärmlich nach Rauch, Kneipe und Schweiß, die Boxershorts zierte ein eingetrockneter Spermafleck. Doch nichts davon war blutbefleckt. Auf dem Messer konnten auch keine Fingerabdrücke von mir sein. Selbst wenn jemand versuchte, mich auf diesem Weg zu belasten, konnte mir nichts passieren. Oder doch? Mittlerweile schien mir alles möglich zu sein. Ich musste raus aus der Wohnung und einen klaren Kopf bekommen. Ich zog mir hastig die Schuhe an, hetzte die Treppen hinab und lief schnurstracks auf die Buchhandlung zu. Yuki schien nicht sonderlich überrascht, mich zu sehen.

»Hat sich Naoko bei dir gemeldet?«, fragte sie.

Ich schüttelte den Kopf.

»Ich weiß nicht, was es ist«, sagte sie, »aber irgendetwas stimmt nicht. Ich spüre das schon den ganzen Tag.«

Ich musterte sie. Eine widerspenstige Strähne hing ihr ins Gesicht und lenkte meine Aufmerksamkeit auf ihre Augen, die mich warm anstrahlten. Die Strähne forderte mich geradezu auf, sie zu berühren und sanft hinter Yukis Ohren zu führen. Ich hielt mich davon ab, dieser Regung zu gehorchen.

»Du spürst das?«

»Ja, ich wollte es dir schon sagen, als du vorhin hier warst, wollte dich aber nicht beunruhigen. Es sind heute einfach einige ungewöhnliche Dinge passiert. Der Manager von Kodansha hat in aller Früh angerufen, um den Termin morgen hier in der Buchhandlung zu bestätigen. Nicht heute und nicht in Fukuoka. Heute hat Naoko gar keinen Termin in Fukuoka. Zumindest nicht mit Kodansha. Sie geht auch nicht ans Telefon, ruft nicht zurück und antwortet nicht auf SMS. Seit ungefähr einer Stunde erreiche ich nur die Mailbox«, sagte Yuki.

Alle Möglichkeiten, mit denen ich mir Naokos Verschwinden erklären wollte, bereiteten mir Unbehagen. Entweder hatte jemand Naoko bewusst aus Nagasaki weggelockt, oder sie war in eine krumme Sache involviert. Hoffentlich war ihr nichts zugestoßen. Existierte doch eine Verbindung zwischen Naokos Verschwinden und dem Messer in der Badewanne? Ich ging ins Büro, holte ein Bündel alter Zeitungen aus dem Altpapier und griff nach den Papiertüten der Buchhandlung. Die legte ich jedoch gleich wieder zurück. Saublöde Idee.

»Wenn sich Naoko meldet, ruf bitte bei uns am Festnetz an. Ich muss noch schnell ein paar Sachen kaufen und eine Sache erledigen, werde aber in der Wohnung auf sie warten«, sagte ich.

Ich deponierte die Zeitungen daheim und hetzte zum nächsten 7-Eleven. Dort besorgte ich zwei Stangen Lark, eine Großpackung Haftklebebänder, zwei Packungen der unfassbar köstlichen schokoladeüberzogenen Meiji-Almonds und sechs Dosen Bier. Der zerrupfte Supermarktverkäufer wunderte sich zwar, dass ich drei dicke und übergroße Plastiktüten für den Einkauf wollte, hatte aber offenbar keine Lust zu diskutieren und händigte sie mir unwirsch aus.

Auf dem Heimweg kletterte ich zum Flussufer hinunter, sah mich um und suchte vier mittelgroße Steine aus, die ich möglichst unauffällig in die Einkaufstüten verschwinden ließ. Zu Hause reinigte ich den Dolch mehrmals gründlich, übergoss ihn mit dem Wundreiniger aus dem Arzneimittelschrank und wickelte ihn zusammen mit den Steinen in die Zeitungen ein. Das Paket steckte ich nacheinander in die drei Plastiktüten. Anschließend umwickelte ich es mit dem Haftklebeband.

Danach war die Badewanne dran. Ich holte die Putzchemikalien und reinigte die Wanne gründlich. Vermutlich nicht gründlich genug, doch das sollte für den Moment reichen. Erst musste das Messer verschwinden. Forensiker würden hier hoffentlich nicht so bald nach Spuren suchen. Ich duschte, schlüpfte in frische Kleidung und verstaute das Dolchpaket in einem Rucksack. Zum Nagasaki Seaside Park fuhr ich mit einem Taxi und hoffte, dass dort gerade nicht viel los war. Ich fand eine ruhige Sitzbank direkt an der Hafenpromenade, rauchte eine Zigarette nach der anderen und wartete ungeduldig auf den richtigen Moment, um die Tüte loszuwerden.

Es dauerte fast eine Stunde, bis ich mich unbeobachtet fühlte. Ich warf das Paket möglichst weit ins Wasser. Die Wassertiefe war mir unbekannt, doch da hier Schiffe verkehrten, musste die Stelle zumindest tief genug sein, um als sicheres Versteck zu dienen. Ich zündete mir noch eine Zigarette an und sah einer größeren Fähre zu, die den Hafen gerade in Richtung offenes Meer verließ. Ich hatte sie gar nicht bemerkt. Wohin sie wohl unterwegs war? Ich fragte mich auch, ob jemandem an Bord ein großer, westlicher Mann beim Entsorgen einer unförmigen Plastiktüte aufgefallen war. Resigniert nahm ich zur Kenntnis, dass ich jetzt nichts mehr daran ändern konnte. Ich fuhr ein paar Stationen mit der Straßenbahn, den Rest des Heimwegs legte ich zu Fuß zurück.

11

Während ich im Stiegenhaus noch nach dem Wohnungsschlüssel in der Hosentasche suchte, hörte ich das Telefon im Wohnzimmer klingeln. Als ich die Tür endlich offen hatte, war es mit einem Mal still. Verflucht! Ich hob den altmodischen Hörer ab, aber nur das Freizeichen dröhnte stur im Ohr. Vermutlich hatte ich einen Anruf von Naoko oder Yuki verpasst. Ich wählte Yukis Nummer, doch sie ging nicht ans Telefon. Danach wählte ich Naokos Mobiltelefonnummer, doch da schaltete sich sofort die Mailbox ein.

»Bitte ruf mich an«, sprach ich auf das Band. »Ich mache mir große Sorgen.«

Ich hoffte weiterhin, dass sie einfach nur zu beschäftigt war oder einfach keinen Empfang hatte. Vielleicht war auch ihr Akku leer und sie hatte das Ladekabel vergessen oder irgendwo unterwegs verloren. Es ließ sich zweifellos alles leicht erklären. Ich rief noch einmal an.

»Ich vermisse dich«, sprach ich auf die Mailbox und legte auf.

Bei einer Zigarette am Balkon überlegte ich meine nächsten Schritte. Viele Möglichkeiten hatte ich nicht. Ich konnte in die Buchhandlung gehen, doch warum sollte Naoko dort sein? Ihr Weg wird sie hierherführen, sagte ich mir, obwohl ich nicht recht daran glaubte. Irgendetwas war hier faul. In der Hoffnung auf einen klaren Gedanken schenkte ich mir ein Glas Whisky ein und beobachtete die Menschen auf der Straße, die lachend, verliebt oder auch allein dahinflanierten oder irgendwohin eilten, die demnächst in ein Lokal einkehren würden oder auf dem Weg nach Hause waren. Ich erinnerte mich an den Handyshop im chinesischen Viertel gegenüber. Ein Mobiltelefon wollte ich mir sowieso schon seit längerer Zeit kaufen.

Auf dem Weg über die kleine Brücke spürte ich wieder stärkere Schmerzen im Knie, was mich daran erinnerte, dass ich auf längeren Spaziergängen doch wieder die Krücken verwenden sollte. Der Ladeninhaber begrüßte mich wie einen alten Freund. Als er erkannte, dass ich ihn nicht verstand, verdrehte er die Augen, wechselte aber freundlicherweise ins Englische. Er kannte meinen Namen und fragte mich, ob ich mir schon wieder ein neues Telefon zulegen wollte.

»You always lose new phone, Daniel-san«, sagte er und kicherte.

Skeptisch begutachtete ich die Modelle, die er mir anbot. Als ich mich für ein simples Mobiltelefon entschied, das außer Telefonie und SMS keine weiteren Möglichkeiten bot, konnte der Mann seine Enttäuschung kaum verbergen. Es wirkte, passend zum Festnetztelefon in der Wohnung, wie ein Relikt aus vergangenen Zeiten. Dazu wählte ich eine Prepaid-SIM-Karte mit einem Guthaben von fünfundzwanzigtausend Yen, was dem Besitzer des Ladens ein versöhnliches Lächeln ins Gesicht zauberte. Das sollte für eine Weile reichen. Auf meine Bitte hin legte der Mann die SIM-Karte ein und aktivierte das Telefon.

Auf dem Weg zurück in die Wohnung schmerzte das Knie noch stärker, sodass ich doch den kleinen Fahrstuhl nahm, der mir bei jeder Fahrt klaustrophobische Zustände bescherte. Auch hier hing ein eigenartiger Geruch in der Luft, den ich nicht einordnen konnte. Kaum hatte ich meine Schuhe ausgezogen, klingelte das Festnetztelefon wieder. Ich preschte hin und hob ab.

»Hallo«, rief ich. »Naoko?«

Vom anderen Ende der Leitung kam nur Schweigen. Als ich genauer hinhörte, konnte ich jemanden leise, aber druckvoll ausatmen hören. Die Person rauchte. Ich versuchte es mit einem »Hello?« Das auf meinen Ruf folgende Fragezeichen brannte sich in die Stille der Leitung. Die Person zog an der Zigarette und stieß kurz darauf Rauch aus. Ich setzte mich im Schneidersitz auf das Sofa und horchte.

»Who are you«, fragte ich. »What do you want?«

Ich wartete ein wenig ab und legte dann auf, vergewisserte mich, dass das Kabel lang genug war, und nahm das Telefon mit auf den Balkon. Dort zündete ich mir eine Zigarette an. Die Person, die soeben angerufen hatte, würde wieder anrufen, davon war ich überzeugt. Fünfzehn Minuten später war es so weit. Sofort hob ich ab. Diesmal schwieg ich. Nichts. Langsam verlor ich die Geduld. Ich sah auf meine Armbanduhr und beschloss, dem Anrufer genau dreißig Sekunden Zeit zu geben. Ich zählte innerlich mit und legte bei dreißig auf. Nachdem ich die Telefonnummern von Naoko, Yuki und Doktor Miyamoto im neuen Mobiltelefon gespeichert hatte, schickte ich allen eine Kurznachricht, dass sie mich unter dieser Nummer erreichen konnten. Ich trank noch einen Whisky und machte es mir auf der Couch bequem. Die Sache mit den stummen Anrufen gefiel mir gar nicht. Genauso wenig wie die Tatsache, dass Naoko nicht erreichbar war. Wenn ich an das Messer dachte, wurde mir flau im Magen. Immerhin hatte ich zumindest diese Angelegenheit gelöst, indem ich es in der Bucht versenkt hatte. Ich streckte mich auf der Couch aus und schloss die Augen.

Das Klingeln des Telefons riss mich unwirsch aus dem Schlaf. Ich warf einen Blick auf die Uhr. Dreiundzwanzig Uhr. Offenbar hatte ich mehr als drei Stunden geschlafen. Ich hob ab, meldete mich aber nicht. Wieder Schweigen.

»Tell me what you want, or I'll put the phone down again«, sagte ich möglichst emotionslos.

»Wo ist es?«

Das verräterische Ein- und Ausatmen der verzerrten Stimme klang grotesk. Es erinnerte mich an einen Film, den ich vor Ewigkeiten gesehen hatte. Eine bösartige Figur mit schwarzer Helmmaske. Und dazu genau dieses peinliche Atmen.

»Wo ist was?«, fragte ich genervt.

Ich verstand nicht, was der Anrufer von mir wollte, und spürte, dass ich allmählich richtig wütend wurde. Die Atemgeräusche des Anrufers klangen jetzt heftiger, er schien sich ebenfalls zu ärgern. Das registrierte ich mit Genugtuung.

»Du weißt es.«

Für solche Spielchen habe ich keine Zeit, sagte ich mir.

»Ich weiß es nicht, sonst wüsste ich ja, was du meinst, verstehst du mich, du blöder Wichser«, brüllte ich in den Hörer. »Also entweder sagst du mir, was du genau willst, oder ich lege auf. Und zwar sofort! Ich zähle bis drei, alles klar?«

Die Leitung war tot, bevor ich bis drei zählen konnte. Der Anrufer hatte sich nicht verwählt, auch wenn ich nicht wusste, was er von mir wollte. Der wichtigste Beweis dafür war, dass er Deutsch gesprochen hatte. Zwar nur wenige Wörter und es war nicht ausgeschlossen, dass er dazu ein Übersetzungsprogramm verwendet hatte, doch das war sicherlich kein Zufall. Er wollte etwas von mir. Die Möglichkeit, dass es sich bei dem Typen um einen seriösen Geschäftspartner handeln könnte, schloss ich aus. Mein Bauchgefühl sagte mir jedenfalls, dass ich dieser Person besser aus dem Weg ging. Wieder meldeten sich nagende Zweifel über meine tatsächliche Identität. Wäre ich wirklich Bernhaugen, müsste ich doch eigentlich wissen, was der Typ von mir wollte. Oder hatte ich das auch einfach vergessen? Ich fragte mich, wo die Verbindung zwischen Naokos Fahrt nach Fukuoka, Yukis Besorgnis um Naoko, den Anrufen und womöglich dem Mord an Charles war. Es waren definitiv ein paar Zufälle zu viel. Zur Entspannung trank ich noch einen doppelten Whisky.

Ein Spaziergang würde mich besser beruhigen, sagte ich mir, schnappte meine Krücken und machte mich auf den

Weg. Erfreut stellte ich fest, dass es regnete. Schwere Tropfen klatschten auf das Kopfsteinpflaster. Es gibt kaum etwas Angenehmeres, als mit leicht alkoholisiertem Kopf im Regen zu spazieren. Obwohl Yuki sicher nicht mehr in der Buchhandlung war, schlug ich den Weg in diese Richtung ein. Als ich um die Ecke bog, sah ich, dass kein Licht im Laden brannte. Ich zündete mir unter dem Vordach eines Restaurants eine Zigarette an und beobachtete die Buchhandlung. Etwas irritierte mich. Ich begriff nur nicht, was es war. Ich wählte Yukis Nummer am Mobiltelefon. Wieder ertönte sofort die Mailboxansage. Wo konnte sie sein? Natürlich zu Hause. Wo sonst. Es war spät und sie hatte längst Feierabend. Sicher schlief sie schon. Vielleicht hatte sie doch einen Freund, der jetzt, in diesem Moment, neben ihr lag? So genau hatte ich mich darüber nie erkundigt.

Während ich meine nächsten Schritte überlegte, nahm ich im hinteren Teil der Buchhandlung eine Bewegung wahr. Ich duckte mich hinter den üppigen Ginkgobaum, der wenige Meter vom Eingang der Buchhandlung entfernt stand. Kurz darauf wurde die Tür geöffnet. Yuki trat vorsichtig ins Freie. Sie zitterte und hatte eine kleine Platzwunde an der Stirn. Ich wollte auf sie zulaufen, bemerkte aber gerade noch rechtzeitig den ihr folgenden Schatten. Die im Halbdunkel verborgene Gestalt herrschte Yuki mit furchteinflößender Stimme an. Der Mann trug einen eng anliegenden Ganzkörperanzug. Nur seine Augen sah man durch einen Schlitz. In der Hand, die Yuki vorwärtsschob, glänzte eine Pistole mit montiertem Schalldämpfer.

Aufmerksam beobachtete der Mann die Straße. Er schien auf etwas zu warten, auf einen Komplizen oder ein Auto vielleicht. Immer wieder versetzte er Yuki einen Stoß in den Rücken, fauchte sie dabei an. Wenn ich Yuki helfen wollte, musste ich schnell handeln. Auch wenn mir die Idee, mich mit dem Typen anzulegen, gefährlich und wenig aussichtsreich schien. Doch ich musste etwas tun, und das möglichst rasch. Yuki befand sich in einer Notlage. Mit den Fäusten hatte ich keine Chance. Sonst hatte ich nichts. Ich stützte mich auf den Krücken ab und verstand schlagartig, dass sie die einzig verfügbare Waffe für einen Überraschungsangriff waren. Ich schätzte die Entfernung und rechnete mir aus, dass ich genau drei rasche Schritte mit den Krücken in Angriffsstellung machen musste, um den Mann mit zwei gezielten Schlägen zu überrumpeln. Dann so fest wie möglich zuschlagen. Ohne zu zögern. Eine Krücke auf den Kopf, die andere in den Schritt.

Ich hörte Yuki leise wimmern und sah, dass der Mann durch sein Mobiltelefon abgelenkt war. Das ist meine Chance, überlegte ich, während der Zorn in mir anwuchs. Ich zählte von fünf bis eins, in der naiven Hoffnung auf eine zufällig genau jetzt vorbeifahrende Polizeistreife. Nichts. Auch nicht, als ich zum zweiten Mal bei eins ankam. Ich nahm meinen ganzen Mut zusammen, jetzt oder nie, und stürmte mit erhobenen Krücken schreiend auf den noch immer mit seinem Telefon beschäftigten Mann zu. Er sah mich verdutzt an, unfähig, rechtzeitig zu reagieren, da meine beiden Hiebe genau trafen. Der Schlag in den Schritt ließ ihn mit einem Winseln zusammensacken, der nächste Schlag auf den Kopf war so hart, dass die Krücke brach. Der Mann wand sich am Boden, eine Hand an den Genitalien, die andere am Schädel. Ich packte Yuki an der Hand. Wir rannten los. Sie zog mich in Richtung des Kofukuji-Tempels, bog aber ab, bevor wir ihn erreichten. Mein Keuchen übertönte den Regen. Ich war zu langsam für eine Flucht und erinnerte mich an Miyamotos Worte.

»Bring du dich in Sicherheit, ich warte allein hier auf den Typen und lenke ihn ab, wenn er auftaucht«, keuchte ich, doch Yuki schüttelte den Kopf und zerrte mich in einen maximal sechzig oder siebzig Zentimeter breiten Spalt zwischen zwei Häusern. Widerwillig folgte ich ihr. Hier stank es nach verfaulten Lebensmitteln und Verwesung. Wir eilten weiter. Alle paar Meter schlug ich mit den Armen oder dem Kopf irgendwo dagegen und spürte, wie mir Blut über das Gesicht rann. Ich trat auf weiche Häufchen und spürte immer wieder hektisches Gewimmel zwischen den Schuhen, das mir einen Schauer über den Rücken jagte. Es gab Horden von riesigen, fetten Ratten, die hier ideale Lebensbedingungen gefunden hatten. Yuki bog mal rechts, mal links ab. Es blieb immer eng und dunkel. Aus diesem Labyrinth finde ich allein nie wieder heraus, dachte ich, mittlerweile komplett außer Atem. Die Aussicht auf eine Wiederbegegnung mit dem Kerl, der Yuki bedroht hatte, war mir allerdings noch weniger sympathisch als dieser Fluchtweg. Ohne das Überraschungsmoment wäre mein Angriff vorhin in die Hose gegangen, dachte ich, als mir ein dickes, fettes Ginkgoblatt eine schmatzende Ohrfeige verpasste.

»Halt«, flüsterte Yuki.

Ich bemühte mich, nicht zu keuchen, während Yuki aufmerksam lauschte. Sie hielt sich den Zeigefinger vor den Mund. Ich nickte. Leise klopfte sie an die Hoftür eines Hauses rechts von uns. Kurz darauf öffnete eine ältere Frau mit rundlichem Gesicht das Fenster neben der Tür. Die beiden flüsterten aufgeregt. Die alte Frau zeigte dabei immer wieder auf mich und schüttelte entschieden den Kopf. Yuki gab nicht auf. Die Alte schloss das Fenster und ließ uns kurz darauf durch die Hoftür ins Haus. Dankend verneigte ich mich vor der Frau, die bei näherer Betrachtung noch viel älter aussah, als ich zuerst gedacht hatte. Sie musterte mich argwöhnisch, sagte ein paarmal »oh, oh, oh« und zeigte hektisch auf meine Schuhe. Ich schlüpfte rasch aus den Turnschuhen, die bei der Flucht richtig schmutzig geworden waren. Yuki deutete mir, dass wir in das Zimmer weitergehen sollten. Sie diskutierte kurz mit der alten Frau, die daraufhin widerwillig alle Lichter löschte. Yuki schaute immer wieder vorsichtig am Vorhang vorbei hinaus.

»Danke für vorhin«, sagte sie. »Die wollten mich mitnehmen.«

»Warum?«

»Das ist eine lange Geschichte, die erzähle ich dir, sobald wir wissen, wo Naoko ist.«

Ich ahnte, dass ich bis zum Hals in eine Sache verwickelt war, die noch viel gefährlicher werden konnte, als sie es bereits war.

Yuki schaute erneut auf die enge Gasse und zischte die Alte an, die gerade eine Kerze anzünden wollte. Kurz darauf schreckte sie vom Fenster zurück, sie musste draußen etwas gesehen haben.

»Sie sind jetzt zu dritt«, flüsterte sie. Die alte Frau zitterte und die Tatsache, dass man, um ins Haus zu gelangen, vermutlich keine besondere Kraft brauchte, beunruhigte mich zunehmend. Auf dem Wohnzimmertisch lag ein Kugelschreiber. Ich schrieb mir das Wort Polizei und ein Fragezeichen auf die Hand und zeigte sie Yuki. Sie schüttelte den Kopf. Etwas später setzte sie sich zu uns.

»Ich höre und sehe die drei Männer jetzt nicht mehr, ich denke, sie sind weg. Wir sollten ein paar Stunden zuwarten, dann müssen wir einige Dinge aus der Wohnung holen.«

Ich horchte auf.

»Wie? Was müssen wir aus der Wohnung holen?«, fragte ich.

»Waschzeug, Kleidung und so. Wir müssen uns auf die Suche nach Naoko machen.«

Ich nickte. Zusammen hätten wir sicherlich viel bessere Chancen, sie zu finden.

»Vielleicht ist Naoko in der Zwischenzeit wieder in der Wohnung, dann passt ja alles«, sagte ich, ohne daran zu glauben.

»Ja, vielleicht …«

Yuki lächelte plötzlich und sah mich überrascht an.

»Was ist los?«, fragte ich verwirrt.

»Ich dachte immer, du bist ein …«, sie überlegte. »Ah ja, ein Otaku, ein Nerd.«

»Ach ja, dachtest du das?«

»Ja, echt«, sagte sie und verstummte.

»Tja, so kann man sich täuschen …«

»Tut mir leid, ich habe es nicht beleidigend gemeint.«

»Ich muss dir gestehen, dass ich mir auch nie gedacht hätte, dass ich jemals einen bewaffneten Kerl in Nagasaki mit Krücken fertig mache.«

»Vorhin, da warst du ein richtiger Held. Wie James Bond«, kicherte sie.

Ich musste lachen. Yukis Worte schmeichelten mir. Ich konnte selbst kaum fassen, dass ich den Mann niedergeschlagen hatte. Yuki legte der Frau liebevoll den Arm um die Schulter und führte sie in die Küche, wo die beiden Tee tranken und flüsterten. Sie hatten offensichtlich einiges zu besprechen. Es war bereits nach Mitternacht und wir hielten die Frau von ihrer Nachtruhe ab. Hin und wieder sah Yuki durch die offene Tür zu mir und verdrehte die Augen. Sie wird schon wissen, was sie tut, sagte ich mir, lehnte mich zurück und versuchte mir auszumalen, was auf mich zukam. Der Mann, den ich zusammengeschlagen hatte, hatte mich sicher viel zu kurz gesehen und würde mich wahrscheinlich auf der Straße nicht erkennen. Ebenso wenig wie ich ihn. Allerdings gab es hier nicht allzu viele Europäer, die zusätzlich noch eine Verbindung zur Buchhandlung und Yuki hatten. Es sollte für die Typen kein großes Problem darstellen, mich ausfindig zu machen. Der Gedanke gefiel mir nicht. Wenig später verschwand die alte Frau im Schlafzimmer und Yuki setzte sich zu mir auf die Couch.

»Meine Urgroßmutter lässt dich grüßen und bedauert, dass ihr euch unter solch widrigen Umständen kennengelernt habt.«

Es überraschte mich, dass sie zu ihrer Urgroßmutter geflüchtet war. Wäre Yuki das Zielobjekt der Typen, hätten sie sicherlich gewusst, in welchem Haus sie suchen müssen, vermutete ich. Eine positive Erkenntnis.

»Wir sollten mindestens bis drei Uhr warten, bevor wir die Dinge aus der Wohnung holen«, sagte sie.

Ich nickte.

»Lass uns zumindest ein paar Stunden schlafen«, sagte sie, während sie den Wecker auf drei Uhr stellte. »Es wird ein harter Tag.«

Ich befürchtete, dass sie recht hatte.

12

Unerbittlich riss uns der Wecker viel zu bald aus dem Schlaf. Es regnete noch immer. Allerdings war es nur mehr ein stetiger Nieselregen, der die engen Wege zwischen den Häusern weiterhin rutschig machte. Obwohl wir nun viel langsamer unterwegs waren, war es eine Herausforderung, nirgendwo anzustoßen oder auszurutschen. Mein Körper fühlte sich an, als ob ich die Schläge mit den Krücken nicht ausgeteilt, sondern selbst abbekommen hätte.

»Müssen diese Wege denn wirklich so verdammt eng sein«, beschwerte ich mich, als mir eine Antenne das Ohr aufkratzte.

Yuki lachte und erklärte mir, dass es sich hier nicht um Wege oder Gassen handelte, sondern um den, im Falle eines Erdbebens, notwendigen Sicherheitsabstand zwischen den Häusern.

»Damit sie schwingen können«, erklärte sie.

Ich sah zwar nicht, was hier schwingen sollte, nickte aber.

»Das ist nicht dazu gedacht, um als Fluchtweg zu dienen«, sagte sie schmunzelnd. »Ich kenne diese Abkürzungen zum Haus meiner Urgroßmutter seit meiner Kindheit. Allerdings war damals das Durchkommen viel einfacher.«

Mürrisch nahm ich das zur Kenntnis, da ich die Enge bereits als richtiggehend qualvoll empfand. Endlich in der Fußgängerzone angekommen, atmete ich erleichtert auf. Langsam bewegten wir uns in Richtung Wohnung. Yuki sah sich andauernd nervös um und zuckte bei jedem noch so kleinen Geräusch zusammen. Wir kamen an der Buchhandlung vorbei und sahen, dass jemand mit silberner Farbe japanische Schriftzeichen auf die Auslage gesprayt hatte.

»Wir haben drei Tage«, übersetzte Yuki.

»Wofür?«

»Das ist eine lange Geschichte …«, sagte sie und bat mich, draußen zu warten.

Sie verschwand in der Buchhandlung und kam kurz darauf mit einem großen Wischmopp und einem Eimer zurück. Die Farbe ließ sich unerwartet leicht vom Glas entfernen. Danach schrieb sie ein Schild, das darüber informierte, dass die Buchhandlung bis Ende der Woche aus persönlichen Gründen geschlossen sei, hängte es hinter die Tür und versperrte die Nagasaki Bookworld.

»Gut, lass uns in die Wohnung gehen.«

Neben dem Hauseingang lag ein riesiges, in eine gelbe Plane gewickeltes Paket. Ich inspizierte es aus der Nähe und sah an einer Stelle ein Ohr herausschauen. An einer anderen Stelle ragte ein Fuß ins Freie. Ich schaute genauer hin und erkannte, dass sich die Plane leicht hob und senkte. Hier lag ein Mensch und schlief. Ich blickte zu Yuki. Sie machte eine ungeduldige Handbewegung. Ich verstand, dass wir keine Zeit zu verlieren hatten, auch wenn es mir schwerfiel, die Person hier einfach liegen zu lassen. Ich steckte den Schlüssel in die Haustür, als ich eine Hand um meinen Knöchel spürte.

»Daniel«, rief das menschliche Paket.

Yuki kreischte erschrocken auf und schlug auf die Hand ein, als ich bemerkte, dass mir das Gesicht, das aus der Plane zum Vorschein kam, bekannt war.

»Charles?«

»Yeah, man.«

»Du lebst?«

»Ja. Wie du siehst. Es ist zwar nicht lustig, hier im Regen herumzuliegen und geschlagen zu werden, nur du warst ja die ganze Nacht nicht da«, sagte er und schaute Yuki böse an.

»Was ist passiert?«, fragte ich.

»Willst du mich nicht zuerst hineinbitten und der Lady vorstellen?«

»Klar …«, sagte ich und bat beide ins Haus.

»Charles, das ist Yuki. Yuki, das ist Charles. Er ist eigentlich in einem Hotelzimmer ermordet worden, doch dafür sieht er ziemlich lebendig aus, findest du nicht?«

Yuki sah mich entgeistert an, sagte aber kein Wort. Misstrauisch nickte sie dem Amerikaner zu. Da wir zu dritt nicht in den Fahrstuhl passten, nahmen wir die Stiege. Charles stapfte hinter Yuki die Treppe hinauf und ächzte dabei bei jeder Stufe.

Oben angekommen, sah ich, dass er stark schwitzte. Ich griff ihm auf die Stirn. Er glühte. Yuki hielt sich im Hintergrund. Es war ihr deutlich anzusehen, wie unbehaglich sie sich in Charles' Gegenwart fühlte. Er schlüpfte aus seinen Schuhen und wollte sich auf die Couch werfen.

»Nein, Charles, zuerst nimmst du eine Dusche«, sagte ich.

Er salutierte sarkastisch, ließ sich aber anstandslos ins Badezimmer führen. Ich brachte ihm saubere Kleidung, ein Handtuch und zeigte ihm das Duschgel.

»Lass dir Zeit«, sagte ich und schloss die Tür.

»Bist du verrückt«, sagte Yuki. »Was soll das? Wer ist der Typ? Und was sollen wir mit ihm machen? Wir müssen Naoko finden!«

Ich schilderte ihr die Geschichte rund um Charles und seinen Großvater. Und erzählte ihr von seiner angeblichen Ermordung.

»Wie ist es möglich, dass er jetzt im Badezimmer duscht, wenn man ihn ermordet hat?«

»Eine Antwort auf diese Frage hätte ich auch gerne. Allerdings wüsste ich auch gerne, wer der ganz und gar nicht charmante Kerl im schwarzen Bodysuit war«, sagte ich. »Was ist das für eine Geschichte? Was wollte der von dir?«

Yuki überlegte. Wir hörten Charles im Badezimmer pfeifen. Er war offensichtlich bereits fertig geduscht und trocknete sich mit dem Handtuch ab.

»Ach ja, noch eine wichtige Frage hätte ich. Was ist mit Naokos Fahrt nach Fukuoka? Gibt es da einen Zusammenhang zu dem, was heute vor der Buchhandlung mit dir passiert ist?«

»Viele Fragen …«, sagte sie und sah mich verzweifelt an.

»Oh, eine sehr wichtige Frage habe ich noch, bevor Charles wieder bei uns ist. Bitte sei ehrlich zu mir, ich muss das wissen. Bin ich wirklich Daniel Bernhaugen?«

Wenn sie die bisherigen Fragen erwartet hatte, diese hatte sie nicht erwartet.

»Ja, natürlich!«

Ich beobachtete ihre Mimik und kam zu dem Schluss, dass sie tatsächlich davon überzeugt war, mit Daniel Bernhaugen zusammenzusitzen. Es gab drei Möglichkeiten, die ich in Betracht zog. Erstens: Yuki log. Wenn ja, weshalb? Zweitens: Yuki log nicht, irrte sich aber. Wenn ja, wie war das möglich? Drittens: Ich war Daniel Bernhaugen.

»Wirklich?«

»Natürlich bist du Daniel Bernhaugen«, sagte sie. »Ich kenne dich schon lange, da besteht überhaupt kein Zweifel. Auch Naoko hat dich erkannt. Alle erkennen dich.«

»Du hattest bisher keine Zweifel?«

»Doch, als du mit den Krücken eine Samurai-Vorstellung gegeben hast. Das hätte ich dir so nicht zugetraut. Womöglich noch in der einen oder anderen Situation ... du hast dich seit dem Unfall schon ein wenig verändert, doch grundsätzlich habe ich keine Zweifel.«

Ich holte drei Dosen Bier und die Meiji-Almonds aus der Küche. Ein paar Sekunden später erschien Charles geduscht, gekämmt und in meiner frischen Kleidung. So wirkte er gleich viel freundlicher.

»Perfektes Timing«, sagte er und deutete auf die Bierdosen.

Wir stießen an und tranken.

»Ich denke, es ist Zeit für ein paar Erklärungen«, sagte ich und ließ meinen Blick zwischen Yuki und Charles hin- und herwandern. Für den Bruchteil einer Sekunde fragte ich mich, ob die beiden sich bereits kannten. Ob da nicht ein abgekartetes Spiel dahintersteckte. Ein großer, ziemlich verworrener Plan. Eine Verschwörung. Ich verwarf die Gedanken jedoch sofort. Unmöglich. Nichts von all dem, was mir bisher passiert war, hätte man planen können.

Das Klingeln des Telefons riss mich aus den Gedanken. Ich sah, dass es kurz vor fünf Uhr war. Um diese Uhrzeit kann das nur Naoko sein, dachte ich und griff aufgeregt nach dem Hörer.

»Wo ist es?«, fragte erneut die verzerrte Stimme.

»Fuck off«, sagte ich und knallte den Hörer auf die Gabel.

Charles und Yuki starrten mich entgeistert an.

»Wer war das?«, fragte Yuki.

Ich erzählte den beiden von den Anrufen und der verzerrten Stimme und sah, wie Charles nervös wurde.

»Shit«, sagte er.

»Ja, das denke ich auch«, erwiderte ich. »Ich weiß nur überhaupt nicht, was der Verrückte von mir will.«

»Ich fürchte, ich sollte erzählen, was gestern passiert ist«, sagte Charles. »Jetzt, wo sie dich bereits ausfindig gemacht haben.«

»Wie bitte?«

»Sie haben dich gefunden, tut mir leid, Buddy«, sagte er.

Ich ahnte, dass eine Menge weiterer Probleme auf mich zukam. Charles hatte nicht zufällig vor dem Haus gewartet, das war mir schlagartig klar geworden. Mit Sicherheit spielte der blutige Dolch bei dieser Sache eine Rolle. Ich steckte tief in der Scheiße. Bis zum Hals. Verflucht. Wieso brauchte ich immer derart lange, um zu verstehen?

»Geht es dir gut?«, fragte Yuki.

»Nein, eigentlich nicht«, erwiderte ich und sah Charles finster an.

»Sorry.«

»Sag bitte, dass die Sache nicht mit einem Dolch, Messer oder gar einer musealen Stichwaffe zu tun hat, die heute …

ähm, gestern jemand in meinem Badezimmer hinterlegt hat«, sagte ich.

»Ich wollte dich gerade fragen, wo das Ding ist.«

»Das willst du nicht wissen«, antwortete ich leise. »Erzähl mir lieber, wie es hier in der Badewanne gelandet ist.«

Yuki starrte uns sprachlos an.

»Will mir jemand sagen, was hier los ist?«, fragte sie.

»Ja, Charles wollte gerade beginnen«, erwiderte ich.

»Na gut, das muss wohl sein«, sagte Charles leise.

Ich schüttelte den Kopf. Charles räusperte sich, trank einen Schluck Bier und unterdrücke ein leises Rülpsen.

»Also, nachdem wir uns verabschiedet hatten, habe ich unten in der Bar noch ein Bier getrunken. Irgendwie hatte ich da schon das Gefühl, dass mich der Kellner komisch ansieht. Doch ich bin ja ein wenig paranoid … Dann bin ich rauf. Die Tür zu meinem Hotelzimmer war nur angelehnt. Wenn man einmal darin geschult ist, einen versteckten Feind zu riechen, hat man immer die Antenne ausgefahren. Das werde ich nicht los. Ich spüre also, dass da jemand im Zimmer ist, mache das Licht bewusst nicht an und höre einen Typen neben dem Bett atmen, den anderen direkt vor mir. Ungefähr zwei Meter entfernt. Einer fragt mich, wo das Geld ist. Ich antworte, dass ich keine Ahnung habe, welches Geld sie meinen. Während ich mir eine Taktik überlege, mit den beiden fertig zu werden, stürzen sie sich auf mich.«

»Welches Geld?«, fragte Yuki.

»Ich weiß es wirklich nicht.«

Ich zündete mir eine Zigarette an, holte die Flasche Whisky und drei Gläser.

»Du musst doch wissen, welches Geld die meinen«, sagte Yuki genervt.

»Ich weiß von keinem Geld. Ehrlich. Das müsst ihr mir glauben. Einen konnte ich mit einem Faustschlag außer Gefecht setzen. Der andere stürzte sich mit dem Messer auf mich. Es war ein ziemliches Gerangel, die wollten mich umbringen. Am Ende lag einer mit dem Dolch in der Brust da. Es war Notwehr. Auch das müsst ihr mir glauben.«

»Es war also sein Blut am Dolch …«, überlegte ich laut.

»Nicht nur seines«, sagte er und zog sich das T-Shirt über den Kopf.

Er wickelte den durchfeuchteten Verband ab, den er um die rechte Schulter trug. Darunter kam eine übel aussehende Stichwunde zum Vorschein, die unbedingt rasch behandelt werden musste.

»Wir müssen ihn in ein Krankenhaus bringen«, sagte Yuki und hielt die Hand entsetzt vor den Mund.

Charles schüttelte den Kopf. Wir durften ihn nicht in irgendein Krankenhaus bringen. Bei einer Stichwunde wie dieser würde man sicherlich automatisch die Polizei informieren. Ich verstand, dass er schlechte Karten hatte, wenn er Notwehr beweisen wollte. Außerdem war er offiziell tot. Die dringende Versorgung der Wunde war dennoch notwendig.

»Ich überlege, ob Doktor Miyamoto ein vertrauenswürdiger Ansprechpartner sein könnte. Da ich hier sonst keinen Arzt kenne, muss ich es wohl riskieren.«

»Lass uns gleich direkt in die Klinik fahren«, sagte Yuki. »So sparen wir Zeit, wer weiß, wie schlimm die Wunde wirklich ist. Wenn Miyamoto nicht dort ist, können wir ihn noch immer anrufen.«

»Wie sollen wir hinfahren?«, fragte ich. »Mit einem Taxi? Das ist mir zu riskant.«

»Nein, ich habe ein Auto. Und ich habe fast keinen Whisky

getrunken«, sagte sie und zeigte auf ihr noch immer volles Glas. »Ich hole euch in fünfzehn Minuten an der Straßenbahnhaltestelle vor dem Haus ab.«

Da sich Charles nicht dagegen wehrte, nickte ich und trank Yukis Whisky aus.

Mit dem Amerikaner im Schlepptau wartete ich an der um diese Uhrzeit noch einsamen Haltestelle auf Yuki, die pünktlich in einem schwarzen Toyota Crown erschien. Wir setzten Charles in den Fond und ich stieg vorne ein.

»Erinnerst du dich an den Weg zur Klinik?«, fragte sie. »Ich konnte sie vorhin leider nicht im Internet finden, was aber nichts bedeuten muss.«

Ich nickte. Yuki fuhr zu Beginn ein wenig ruppig, doch legte sich das nach ein paar Minuten.

»Dein Auto?«, fragte ich.

»Ja, ein Erbstück meines Vaters. Er hat über zweihunderttausend Kilometer mit dem Crown zurückgelegt. Ich fahre ihn nicht oft«, sagte sie, während ich ihr den Weg in Richtung der Bergstraße wies, die zum Krankenhaus führte.

Als wir die letzte Kurve vor der Klinik nahmen, sah ich auch schon die Auffahrt zum Krankenhausparkplatz. Ich zeigte Yuki die Abzweigung und wir fuhren den steilen Weg bergauf. Der Parkplatz war verlassen. Yuki parkte und wir stiegen aus. Charles ließen wir im Auto dösen. Es war definitiv das Krankenhaus, in dem ich wochenlang behandelt worden war, nur brannte nirgendwo Licht. Die Schilder, die das Gebäude als Klinik deklariert hatten, waren allesamt verschwunden. Der Vorbau zur Notaufnahme, vor der immer ein Rettungswagen geparkt hatte, war ebenso verwaist wie der Rest des Gebäudes. Es schien, als ob das Gelände seit Jahrzehnten kein Mensch mehr betreten hatte. Ich lief zum

Haupteingang, suchte die Portiersloge. Die Tür war nicht abgeschlossen. Da die Lichtschalter nicht funktionierten, holte ich mir eine Taschenlampe aus dem Auto. Da, wo ich erst neulich über blankgescheuerte Laminatböden zwischen meinem Zimmer und dem Parkplatz hin- und hergehumpelt war, lag jetzt ein tiefer Teppichboden. Er sah ebenso ungepflegt aus wie der verwilderte Garten. Die wenigen Kronleuchter, die jetzt anstelle der Neonröhren von der Decke hingen, waren mit Spinnweben überzogen. Von den Wänden lösten sich gemusterte Tapeten ab. Alles hier litt unter Feuchtigkeit und Schimmel. Das Gebäude war unbewohnbar. Ich suchte und fand mein Zimmer, das so aussah, wie ich es in Erinnerung hatte. Die medizinischen Geräte waren allerdings ebenso verschwunden wie die Matratze. Das Bettgestell hatte Rostflecken und stand verlassen im Raum. Nur der Tisch am Fenster war noch genau so wie in meiner Erinnerung. Auf dem Tisch stand die Vase mit einer einsamen roten Rose. Ich trat näher heran. Die Rose wirkte frisch. Ich blickte aus dem Fenster und erkannte alle Orientierungspunkte, die ich monatelang studiert hatte. Das war definitiv mein ehemaliges Krankenzimmer. Das ist doch nicht möglich, dachte ich, als ich mich auf den Weg zurück zum Auto machte. Warum ist das Krankenhaus so völlig verlassen? Hier war jedenfalls niemand, der Charles helfen konnte. Als ich die Treppe ins Erdgeschoß nahm, floh eine Rattenschar vor dem Lichtstrahl der Taschenlampe. Yuki wartete vor dem Eingang auf mich. Sie warf mir einen fragenden Blick zu.

»Ich verstehe das nicht. Ich weiß, dass man mich hier geheilt hat. Mein Zimmer sieht so aus wie vor wenigen Wochen. Nur scheint es, als wäre seit Ewigkeiten kein Mensch mehr hier gewesen.«

»Du solltest Miyamoto anrufen«, sagte sie. »Wer weiß, was passiert ist. Vielleicht hat man das Krankenhaus in ein anderes Gebäude verlegt?«

»Meinst du?«

»Es muss ja eine Erklärung geben.«

Ich nickte, wusste aber, dass der Zustand des Areals nicht das Resultat von wenigen Wochen oder Monaten Leerstand sein konnte. Unmöglich. Das Krankenhaus hatte zwar nicht besonders modern gewirkt, doch es war blitzblank, sauber und hell gewesen. Es war mir unverständlich, wieso alles hier so verlassen und desolat aussah. Ich zündete mir eine Zigarette an und wählte Miyamotos Nummer. Nach nur zweimaligem Läuten hob er ab.

»Schön, von dir zu hören, Daniel-san. Ich habe deinen Anruf längst erwartet.«

DRITTER TEIL

13

Das Gebäude lag auf der anderen Seite der Bucht an einem Hang nahe des Atomic Bomb Memorial Parks. Ein fast drei Meter hoher Lanzenzaun sicherte das Anwesen. Yuki hielt vor dem Sicherheitstor. Wir stiegen aus und sahen uns um, während die Überwachungskamera unseren Bewegungen folgte. Das kann doch nicht Miyamotos Haus sein, überlegte ich, während ich zwischen den Zaunstangen durchsah und mir ein Bild des Grundstücks machte. Hochgewachsene Zypressen säumten einen asphaltierten Weg, der zwischen den offensichtlich mit äußerster Sorgfalt gepflegten Rasenflächen zu einem Springbrunnen führte. Dahinter lag das in dieser Nachbarschaft wie ein Fremdkörper wirkende Haus. Der Anblick der fast quadratischen Villa, die von zwei kleineren, wie Schatullen wirkenden Nebengebäuden flankiert wurde, wirkte auf mich wie eine Illusion. Das Gebäude war massiv gebaut, rechts und links des vorgezogenen Eingangs befand sich, symmetrisch genau angeordnet, jeweils ein Fenster. Ich überlegte, ob mir nur der italienisch wirkende Neurenaissancestil bekannt vorkam oder ob ich diesen Prachtbau schon einmal gesehen hatte.

»Ist das wirklich die Adresse, die Miyamoto uns gegeben hat?«, fragte ich Yuki skeptisch.

Sie nickte, kontrollierte allerdings noch einmal die notierten Anweisungen, die ich ihr diktiert hatte.

»Ja, bestimmt. Er meinte auch, dass wir rechts neben dem Tor läuten sollen«, fügte sie rasch hinzu.

Ich sah nach dem im Fond schlafenden Charles. Er atmete schwer. Am Tor betätigte ich die ungefähr fünfzehn Zentimeter große bronzene Richard-Wagner-Büste, die sich als Glocke entpuppte. Wenige Sekunden später bat mich eine Frauenstimme über die Gegensprechanlage freundlich, wieder in das Auto einzusteigen und bis zum Gebäude vorzufahren und das Auto rechts neben der Tür zu parken.

»Rechts bitte, nicht links«, wiederholte die Frau mit Nachdruck. »Haben Sie verstanden?«

Majestätisch langsam öffnete sich das Tor. Ich stieg wieder ein und sah Yuki besorgt an. Sie schüttelte den Kopf und hob leicht die Schultern. Dabei schenkte sie mir ein nervöses Lächeln und zum ersten Mal bemerkte ich ihre entzückenden Grübchen. Wieso waren mir die bisher nicht aufgefallen? Flüchtig griff sie nach meiner Hand, errötete und zog sie umgehend wieder zurück. Wie schade, dachte ich, als sie den Wagen startete und langsam die hundertfünfzig Meter bis zum Gebäude vorfuhr. Sie zog die Handbremse an und schaltete den Motor ab. Die leichte Erschütterung, die dabei durch den Wagen ging, weckte Charles. Er streckte sich, stöhnte und sah sich gähnend um.

»You're kidding me, where the bloody hell are we?«

Ich erklärte ihm, dass hier der Arzt wohnte, der mich zusammengeflickt hatte.

»Der wird dir helfen.«

»Hier, in diesem Palast? Kann man dem Doc trauen?«, fragte er besorgt.

»Ich weiß es nicht«, erwiderte ich. »Wir haben aber keine andere Wahl, deine Wunde muss so schnell wie möglich behandelt werden.«

»Sure.«

Ich stieg aus und machte mich auf den Weg zum Haupteingang. Im ersten Stock, direkt über dem etwas hervorstehenden Eingangsbereich, sah ich eine in die Wand gemeißelte Darstellung eines bärtigen Mannes mit Stock, dem zwei Frauen und ein Kind mehr oder weniger aufmerksam beim Singen zuhörten. Auf den Schultern des Sängers saßen Tauben. Einige Meter von der Tür entfernt fiel mir eine in der Morgensonne glänzende, rechteckige goldene Plakette auf, die an der Hauswand angebracht war.

Hier wo mein Wähnen Frieden fand –
Wahnfried – sei dieses Haus von mir benannt
Richard Wagner

Noch während ich überlegte, was das bedeuten mochte, öffnete sich die Tür und Tetsuya Miyamoto schritt in einem indigoblauen, plissierten und weit geschnittenen Hosenrock auf uns zu, der seinen stämmigen Körper von der Taille abwärts bedeckte und ihn imposant wirken ließ. Darüber trug er eine grau-rote Jacke. Seine Füße steckten in weißen Socken und japanischen Holzsandalen, die etwas unbequem aussahen.

»Sei gegrüßt, lieber Daniel«, sagte er mit einer feierlichen Verneigung. »Ich freue mich, dich wiederzusehen. Auch wenn du heute leider nicht gekommen bist, um mit mir Wagner oder Bach zu hören.«

»Danke, dass du uns zu so früher Stunde empfängst. Wir wollten auch in die Klinik, nur da ist nichts. Also, das Gebäude gibt es schon … nur ist es tot und verlassen. Dort leben nur Ratten.«

Miyamoto winkte entschieden ab. Er blinzelte, ließ seinen

Blick über die Bucht schweifen und schüttelte ungläubig den Kopf.

»Die Wände haben starken Schimmelbefall«, sagte ich und bemühte mich dabei ruhig zu bleiben. »In den Gängen liegt ein tiefer Teppichboden, der aussieht, als hätte man ihn seit Jahrzehnten nicht mehr gereinigt. Rattenkötel überall. Ich konnte mein Zimmer finden, das allerdings ebenso verwahrlost war. Nur die Rose in der Vase war frisch.«

Miyamotos rechtes Auge zuckte in unregelmäßigen Abständen und er presste die Lippen aufeinander. »Die Rose war frisch?«

Ich nickte.

»Welche Farbe hatte sie?«, fragte Miyamoto.

»Rot.«

Der Arzt nickte zufrieden.

»Unter uns …«, sagte er mit einer verschwörerischen Geste. »Nachdem du uns verlassen hast, haben wir versucht, alle Spuren des Lebens in der Klinik zu tilgen. Das ist uns gelungen, wie ich sehe. Die Ratten mussten wir dazu leider nur extra aus Hokkaido einfliegen.«

»Ich weiß doch, was ich gesehen habe«, sagte ich mit fester Stimme.

»Daniel, du bist echt witzig. Hör zu, wenn ich deinem Freund geholfen habe, dann fahren wir da gemeinsam hin und ich zeige dir, dass alles so ist, wie es sein soll. Ist das ein faires Angebot?«

»In Ordnung …«

»Abgemacht«, sagte Miyamoto lächelnd und ging an Yuki vorbei zum Auto.

Dabei nickte er ihr knapp zu. Charles grüßte er ebenso mit einem Nicken. Nach einem kurzen Blick auf die Wunde rief

Miyamoto ein paar Befehle auf Japanisch in Richtung seiner Villa. Wenige Momente später rollten zwei in Kimonos gekleidete Frauen einen Rollstuhl zum Auto, halfen Charles hinein und schoben ihn ins Haus. Eine davon war definitiv Nachtschwester Sayaka, an die andere erinnerte ich mich auch, nur fiel mir ihr Name nicht mehr ein.

»Macht es euch in der Zwischenzeit doch im Wohnzimmer bequem«, sagte Miyamoto. »Die Wunde eures Freundes sieht nicht besonders gut aus, aber ich kümmere mich um ihn. Es wird sicher ein paar Stunden dauern.«

»Danke.«

»Ich wollte immer schon jemandem helfen, der seit mehr als vierundzwanzig Stunden tot ist. Auch ohne hellseherische Fähigkeiten zu haben weiß ich, dass mir das diesmal gelingen wird.«

Lachend stapfte er ins Haus. Ein paar Meter entfernt sprach Yuki in ihr Telefon, legte aber gleich wieder auf. Ich zündete mir eine Zigarette an. Wem konnte ich eigentlich noch vertrauen? Sagte Charles die Wahrheit? War Yuki irgendwie beteiligt, und wenn ja, wie? Was war mit Naoko passiert? Welche Rolle spielte Miyamoto? Ich hatte keine Antworten, nur Kopfschmerzen. Wieder wählte Yuki eine Nummer, lauschte und beendete den Anruf nach wenigen Sekunden. Diesmal hatte sie nichts gesagt. Sie suchte meinen Blick, hob ratlos die Schultern und kam auf mich zu.

»Naoko hebt einfach nicht ab, es ist zum Verzweifeln. Ich habe ihr auf die Mailbox gesprochen, denke aber nicht, dass sie die Nachricht abhören kann.«

Schweigend schauten wir hinunter auf die erwachende Stadt. Am gegenüberliegenden Hang sah ich die Umrisse des Krankenhauses. Ich bildete mir sogar ein, einige Fahrzeuge und

Menschen auf dem Parkplatz vor dem Haupteingang auszumachen. Oder irrte ich mich im Gebäude?

»Wir müssen sie finden«, sagte ich.

»Ja, unbedingt«, antwortete Yuki.

Ich nickte.

»Komm, gehen wir hinein«, sagte Yuki, die in der Morgenbrise zitterte.

Im Haus begrüßte uns die Frau, an deren Namen ich mich nicht erinnerte. Sie zeigte uns den Weg zu dem nobel und teuer eingerichteten Wohnzimmer. Der Raum war mindestens viereinhalb Meter hoch und sicherlich an die sechzig bis siebzig Quadratmeter groß. An den Wänden hingen grün-goldene Wandtapeten und am Parkettboden lagen edel aussehende Teppiche. Eine Ecke des Wohnzimmers zierte ein Kamin. In der Mitte des Raumes umstellten vier mit grünem Samt überzogene Sitzgarnituren einen kniehohen Holztisch. Direkt über dem Tisch hing ein Kronleuchter, der genauso gut in Neuschwanstein hätte hängen können. Neben dem Kamin war ein mächtiger Spiegel angebracht, der fast die komplette Raumhöhe auslotete. Yuki lenkte meine Aufmerksamkeit auf die dem Spiegel gegenüberliegende Ecke. Ich erkannte einen massiven, goldverzierten Thron. Es wunderte mich nicht, dass Miyamoto laut Wagneropern hörte, hier störte er wahrlich niemanden. Vielleicht saß er dabei auf seinem Thron? Bei der Vorstellung musste ich schmunzeln.

Wir setzten uns und warteten gespannt darauf, was jetzt passieren würde. Wenige Minuten später schob die Frau, die uns ins Wohnzimmer geführt hatte, einen Servierwagen ins Zimmer, auf dem sie Kaffee, Tee, Orangensaft, Kuchen und belegte Brote angerichtet hatte. Sie deckte den Tisch und bat uns zuzugreifen. Beim Geruch des frisch gebrühten Kaffees verstand ich endlich, dass mein Kopfweh vom Hunger herrührte. Trotz aller Liebe zur japanischen Küche hatten mir gutes Brot mit Käse und Wurst gefehlt. Bald darauf lehnten wir satt und zufrieden in den royalen Sitzen.

»Erinnerst du dich wirklich an nichts, was vor dem Absturz war?«, fragte Yuki ein wenig später.

»Nicht wirklich. Ich denke immer wieder, mich an Dinge erinnern zu können, doch dann erkenne ich, dass ich nur Naokos geschilderte Ereignisse kenne. In meiner Wahrnehmung vermischen sich ihre Erzählungen mit dem, was ich für eine Erinnerung halte. Verstehst du, was ich meine?«

Yuki nickte nachdenklich. Ich spürte, dass sie einen Gedanken hinzufügen wollte. Etwas hielt sie allerdings davon ab. Immer wieder schien sie ansetzen zu wollen, es war ein Hin und Her, das von ihrer Unentschlossenheit zeugte. Sie wird es mir schon sagen, wenn der Moment für sie passt.

»Wir sollten hier ein kleines Nickerchen machen, wer weiß, wie lange Miyamoto braucht. Geschlafen haben wir ja fast gar nicht«, sagte ich.

Yuki nickte zustimmend, hatte aber feuchte Augen. Ich wusste nicht, wie ich reagieren sollte, und lehnte mich gähnend zurück. Weitere Emotionen konnte ich im Moment nicht ertragen. Auch wenn ich mir dabei armselig vorkam. Nach einiger Zeit war Yuki eingeschlafen und ich betrachtete sie diskret. Sie wirkte seltsam kraftlos, fast gebrochen. Ich fühlte mich noch schäbiger als zuvor und setzte mich zu ihr. Ihr schlafender Körper schmiegte sich in stillem Einvernehmen fest an mich. Ihr Kopf fand den Weg auf meine Brust, ich legte meinen Arm um ihre Schultern und meinte, ein fast unhörbares, zufriedenes Seufzen wahrzunehmen. Die Umarmung ist harmlos und freundschaftlich, sagte ich mir. Auch wenn ich tief im

Inneren spürte, dass das nicht stimmte. Yukis Nähe fühlte sich unglaublich vertraut an. Bei dieser Erkenntnis überkam mich eine leichte Beklemmung. Ein richtiges Flattern im Bauch. Ich wollte sie streicheln, ihr möglichst viel Nähe geben, Wärme und Sicherheit. Doch wir waren auf der Suche nach meiner Frau. Dieses Begehren musste im Keim erstickt werden, bevor es zu Problemen führte. All das, was da in mir vorging, war falsch. Verboten. Und dennoch konnte ich es nicht ignorieren. Oder gar unterdrücken. Verwirrt streichelte ich Yukis Kopf, küsste ihre Stirn und schloss die Augen.

»Eurem Freund geht es den Umständen entsprechend gut«, sagte Miyamoto, der im Arztkittel wieder vertrauenswürdiger wirkte. »Er hatte bereits viel Blut verloren, doch glücklicherweise konnte ich genug Blutkonserven der notwendigen Blutgruppe organisieren. Die ist sonst recht rar.«

»Danke«, antwortete ich und löste mich verstohlen von Yuki, die mich mit einem verschlafenen Lächeln ansah.

Wieder diese liebenswerten Grübchen.

»Ihr habt hoffentlich gut geruht?«

»Ausgezeichnet. Wie spät ist es?«

»Es ist bereits fünfzehn Uhr«, sagte er und lachte.

»Wirklich? Danke für deine Mühe. Was schulde ich dir?«, fragte ich und nahm irritiert wahr, dass mich Yuki verlegen anlächelte.

»Gar nichts, gern geschehen«, erwiderte Miyamoto. »Es freut mich, dass ich eurem Freund helfen konnte.«

Er setzte sich und musterte uns interessiert.

»Wie gefällt euch meine kleine persönliche Villa Wahnfried?«

»Die Villa ist … beeindruckend«, sagte ich und verkniff mir die Frage nach dem Sinn des Nachbaus.

»Sie ist eine exakte Kopie des in Bayreuth stehenden Originals. Auf der Rückseite des Hauses gibt es im Erdgeschoß noch das Klavierzimmer, natürlich mit einem alten Pierre-Érard-Flügel und einem exakt dem Original entsprechenden Runderker, von dem aus dem man auf einen weiteren Springbrunnen sieht. Dazu noch Küche und Esszimmer. Die Ausstattung der Küche ist natürlich der heutigen Zeit angepasst. Ich fahre ja auch mit einem Auto und nicht mit einer Kutsche. Der hintere Teil des Grundstücks ist bewaldet. Die Zypressen entsprechen nicht dem Original, gefallen mir aber deutlich besser als die deutschen Bäume, die Wagner hatte. Ich weiß nicht mehr, welche es waren. Ein wenig Freiheit darf schon sein, oder etwa nicht? Sagt man bei euch nicht, man solle nicht päpstlicher als der Papst sein? Wenn es schon stilisierte italienische Neurenaissance ist, müssen, meiner Meinung nach, auch mediterrane Bäume her. Oben sind die Schlafzimmer. Im Keller habe ich meine kleine, geheime Privatklinik, von der ihr nun wisst«, sagte er. »Allerdings gehe ich davon aus, dass ihr das für euch behalten werdet. Sonst müsste ich euch nämlich leider töten.«

Er sah uns eine Zeit lang ernst an, bevor er sich nicht mehr zurückhalten konnte und ungeniert loslachte. Yuki sah mich an und verdrehte die Augen. Dann lachten wir mit Miyamoto mit und nickten.

»In den letzten vierundzwanzig Stunden hatte ich zwei erstaunlich interessante Patienten hier. Zuerst einen schwer tätowierten Killer, der eine auffallend ähnliche Stichwunde wie euer Freund hatte. Ich könnte mir gut vorstellen, dass derselbe Dolch an beiden Wunden beteiligt war. Das muss ein imposantes Stück sein. Den Kollegen dieses Mannes hat man erst gar nicht zu mir gebracht, sondern gleich in die Leichenhalle transportiert. Dem konnte ich nicht helfen. Und nur wenige Stunden vor euch, da hatte ich einen Mann hier, dem ich leider einen Hoden abnehmen musste. Der war komplett zertrümmert und nicht mehr zu retten. Am Kopf hatte der Typ noch eine Platzwunde. Er meinte, irgendein Ausländer habe ihn mit Krücken niedergeschlagen. Das muss ein richtig gefährlicher Kerl gewesen sein ...«

»Oje, das klingt ja ganz schlimm«, sagte ich und bemühte mich, ein Grinsen zu unterdrücken. »Wer tut denn so etwas?«

Yuki konnte sich das Kichern nicht verkneifen.

»Ja«, sagte Miyamoto, »so etwas kann schon mal passieren, wenn man Aufträge ausführt, die Gewaltanwendung voraussetzen. Einen Hoden hat er immerhin noch. Der Typ ist allerdings stinksauer. Ich denke mir meinen Teil, sehe Zusammenhänge und urteile nicht. Das hier alles kann ich mir nur leisten, weil ich keinen Patienten abweise und manche eine diskrete Privatklinik ohne Meldepflicht bevorzugen. Ihr kennt vielleicht die Geschichte der drei Affen, die nichts sehen, hören oder sagen? Sanzaru, oder sanbiki no saru. Man darf keine Geisel der Moral sein. Dennoch, mein Gewissen drängt mich, euch zu warnen.«

Erwartungsvoll blickte ich Yuki an, die äußerlich ruhig wirkte.

»Ihr habt ein paar Probleme, die richtig unangenehm werden könnten«, fuhr er fort. »Einerseits müsst ihr natürlich Frau Bernhaugen finden. Möglichst rasch, bevor ihr andere auf die Spur kommen. Abgesehen davon, oder damit zusammenhängend, werdet ihr munter von zwei verschiedenen Gruppierungen der Yakuza gejagt. Ein unschönes Wort, oder? Leider ist es in diesem Fall das einzige Wort, das in eurer Lage angemessen ist.«

»Gejagt?«, fragte ich.

»Ja, sie suchen euch nicht nur, sie jagen euch. Die einen haben es jetzt gezielt auf euren Amerikaner abgesehen. Auch wenn ihn die beiden Anfänger nur irrtümlich angegriffen haben. Die hatten sich einfach in der Zimmernummer geirrt, das ist wirklich blöd gelaufen. Sagt man zumindest. Das sind jedenfalls die Typen vom Tomoyama-Clan. Nun wollen sie ihren Kollegen rächen und müssen den Dolch wiederfinden. Dafür werden sie kein Risiko scheuen. Diese Waffe soll, wenn ich das richtig verstanden habe, ein mehrere Jahrhunderte alter Samurai-Dolch sein, der unschätzbar wertvoll ist. Den Dolch einfach zurückzugeben wird nicht reichen, das sage ich euch gleich.«

»Wieso wurde in den Nachrichten gemeldet, dass Charles tot ist?«, fragte Yuki.

»Das weiß ich nicht«, sagte Miyamoto. »Ich denke, der alte Tomoyama will sein Gesicht wahren. Wenn er zwei Profis losschickt, die dann ins falsche Zimmer eindringen und von einem schwindeligen Amerikaner fertig gemacht werden, ist das für jemanden wie ihn wirklich peinlich. Einer tot, der andere verletzt. Und dann verlieren sie auch noch den wertvollsten Familienbesitz, den sie nur für besondere Morde verwenden. Dass das intendierte Opfer den Trubel im Nebenzimmer mitbekam und sich still und leise aus dem Staub gemacht hat, macht die Schmach natürlich noch größer. Deshalb hat er vielleicht seine Kontakte genutzt, um die Wahrheit an seine Bedürfnisse anzupassen. Und Druck auf euren Amerikaner auszuüben. Wer tot ist, kann nur schwerlich ausreisen. Wenn man tot ist, ist das Leben überhaupt viel schwieriger … Auf diese Weise steht er vor seinen Gegnern und Freunden jedenfalls besser da. Doch wie gesagt, das ist nur eine Vermutung. Aber ich weiß natürlich nicht, was im Kopf eines Verbrechers vorgeht«, fügte er schulterzuckend hinzu.

Wieso hatte ich den Dolch nur im Hafenbecken entsorgt? Wie konnte ich nur so blöde sein?

»Die zweite Gruppierung, die hinter euch her ist, ist die vom Tsubuya-Clan. Die suchen Frau Bernhaugen und dich, Daniel. Der Mann, der nur mehr einen Hoden hat, ist der

Lieblingsschwiegersohn vom alten Tsubuya. Das solltet ihr vielleicht noch wissen.«

»Weshalb suchen die Naoko und mich?«, fragte ich.

»Das müsstet ihr doch selbst wissen«, sagte er irritiert. »Ich habe nur gehört, dass es mit irgendwelchen Geschäften zu tun hat. Sonst nichts.«

»Scheiße«, entkam es mir.

Miyamoto nickte.

»Was wissen Sie noch«, fragte Yuki. »Wo ist Naoko?«

Jetzt lächelte Miyamoto breit.

»Wieso stellen eigentlich immer nur Frauen die richtigen Fragen?«, fragte er und zwinkerte mir verschwörerisch zu. »Ich weiß natürlich nicht, ob sie noch dort ist, aber zuletzt konnte man ihr Mobiltelefon am Oda-Fluss in der Nähe des Berg Aso orten. Vielleicht habt ihr eine Idee, wo sie da sein könnte.«

»Woher weißt du das?«, fragte ich ihn.

»Kontakte, Kontakte …«, antwortete er nachdenklich.

»Da müssen wir hin. Ich denke, ich weiß, wo sie da sind. Da war ich vor einigen Jahren mit Naoko«, rief Yuki.

»Wenn wir das jetzt von dir erfahren haben, dann werden es die Tsubuya-Typen doch auch längst wissen, oder?«

»Daniel«, sagte Miyamoto, lächelte und schüttelte den Kopf, »Yuki hat diese Frage gestellt, weil sie über weibliche Logik verfügt. Du nicht. Und diese Tsubuya-Kerle definitiv auch nicht.«

»In Ordnung, lass uns hinfahren«, sagte ich zu Yuki.

Sie sprang eifrig auf, doch Miyamoto deutete ihr mit einer Kopfbewegung, sich wieder zu setzen.

»Den Amerikaner müsst ihr natürlich mitnehmen. Er kann nicht hierbleiben und sollte euch behilflich sein können. Drei sind immer besser als zwei. Er wird gleich hier sein und dann müsst ihr euch schleunigst auf den Weg machen. Übrigens, ich werde nicht lügen, falls ich nach euch gefragt werde. Ich beantworte jedoch nur konkrete Fragen. Nicht mehr und nicht weniger.«

Wir nickten beide, als Charles im Rollstuhl in den Raum geschoben wurde. Er sah etwas verwirrt aus, wirkte aber generell viel fitter als zuvor. Seine Schulter war professionell verbunden. Er rappelte sich aus dem Stuhl hoch und deutete Schwester Sayaka gegenüber eine Verbeugung an.

»Wie fühlst du dich?«, fragte ihn Yuki.

»Reborn«, sagte er lachend und schüttelte Miyamotos Hand. »Ich hoffe, ich kann mich mal revanchieren.«

»Es hat mich sehr gefreut«, sagte Miyamoto. »Es würde mich freuen, wenn wir uns unter anderen, etwas ruhigeren Umständen wiedersehen. Übrigens, neben dem Spiegel ist eine kleine Tür in der Wand. Dahinter findet ihr meinen Waffenraum. Die Tür ist nicht versperrt und ich werde auch nicht sauer sein, wenn von dort nachher etwas fehlt. Unter uns gesagt, ich würde euch sogar dringend dazu raten, etwas mitzunehmen. Ihr findet dort nicht nur Jagdgewehre, sondern auch verschiedene Pistolen und Kampfmesser. Und Munition natürlich. Charles sollte in der Lage sein abzuschätzen, was ihr davon brauchen könnt. Leider muss ich euch jetzt verlassen. Ich wünsche euch aber viel Glück.«

Winkend eilte er davon.

14

Kurz nach einundzwanzig Uhr trafen wir endlich am Hafen von Shimabara ein, wo sich herausstellte, dass wir die letzte Fähre nach Kumamoto um wenige Minuten verpasst hatten.

Yuki schlug vor, die Überfahrt über die Ariake-See zu umgehen und stattdessen den Umweg von ungefähr zweihundertfünfzig Kilometern zurück über Nagasaki und weiter über Saga in Kauf zu nehmen. Eine Strecke, die wir ihrer Meinung nach in ungefähr fünf Stunden schaffen würden. Charles, der zunehmend frischer wirkte, winkte allerdings sofort ab.

»Sollen wir wirklich mitten in der Nacht nach einer abgelegenen Hütte in den Bergen suchen?«, fragte er.

Yuki schüttelte den Kopf.

»Lasst uns hierbleiben und morgen ausgeruht am Vormittag nach Kumamoto übersetzen«, sagte ich.

Wir fuhren zurück in die Stadt, der ein klar erkennbarer Stadtkern zu fehlen schien, und suchten nach einem Hotel. Kaum ein Gebäude hatte mehr als zwei Stockwerke, und obwohl aus einigen Lokalen schwaches Licht kam, wirkte alles verdächtig unbelebt. Nur eine hell erleuchtete Burg diente als prachtvoller Mittelpunkt dieser Stadt. Die ersten zwei Hotels waren ausgebucht und das dritte wirkte verwaist. Im vierten, das auch voll belegt war, konnte Yuki die Nachtrezeptionistin zu weiteren Übernachtungsmöglichkeiten befragen. Vom Auto aus beobachteten Charles und ich, wie die beiden Frauen aufgeregt miteinander sprachen. Dann griff die Rezeptionistin zum Telefon. Bald darauf war Yuki wieder bei uns im Auto.

»Die Frau war äußerst zuvorkommend«, sagte sie. »Eine Bekannte von ihr führt einen kleinen Gasthof am Stadtrand. Eine sehr einfache Herberge, ein Yado. Dort stehen noch ein Zweibettzimmer und ein Einzelzimmer zur Verfügung. Da fahren wir jetzt hin.«

Nach wenigen Minuten Fahrt durch enge Gassen stadtauswärts fanden wir den bescheidenen Gasthof, der von außen nicht einmal gekennzeichnet war. Ein halb zugewachsener Weg führte vom Parkplatz zu einem Gebäude, das in der Dunkelheit etwas ramponiert wirkte. Über der als Eingang dienenden Schiebetür hing nur eine einsame, flackernde Glühbirne. Yuki betätigte die Glocke und eine rundliche Frau mittleren Alters öffnete uns nach wenigen Momenten. Verächtlich verharrte ihr Blick auf Charles, bevor er an mir haften blieb. Sie grunzte, lächelte misstrauisch und grüßte mich mit einem Nicken, das ich nicht deuten konnte. Daraufhin verwickelte sie Yuki in ein längeres Gespräch. Charles und ich nahmen das zum Anlass, auf dem Parkplatz noch eine Zigarette zu rauchen.

»Kennst du die Frau?«, fragte er.

»Nein, wieso?«

»Ist dir nicht aufgefallen, wie sie nur dich begrüßt und angestarrt hat? Richtig spooky.«

»Nein, das bildest du dir ein«, antwortete ich, fragte mich aber insgeheim, ob er nicht doch recht hatte.

Da war schon so etwas wie ein nur mir zugedachtes Nicken gewesen. Doch woher sollte sie mich kennen?

»Was meinst du ...«, sagte er gedehnt und zündete sich eine zweite Zigarette an. »Hält die Frau dicht oder liefert sie uns aus?«

»Wieso sollte sie uns ausliefern? Und an wen?«

»Ich vermute, dass sie Schutzgeld zahlen muss. Wenn wir Pech haben, dann ist eine der beiden Yakuza-Gruppierungen ihr Schutzdach, du weißt schon, was ich meine, oder? Wenn die unsere Fotos ausgeschickt haben, sind wir dran.«

»Charles«, sagte ich, »ich fürchte, du bist ein wenig paranoid.«

»Es ist gar nicht dumm, ein wenig zu vorsichtig zu sein. Diese Typen kennen echt kein Pardon«, sagte er und lachte.

»Daran zweifle ich nicht eine Sekunde.«

»Sag mal, jetzt im Ernst, was hast du wirklich mit dem Dolch gemacht?«, fragte er. »Wo hast du ihn versteckt? Vielleicht wäre es nicht schlecht, wenn wir ihn hätten.«

»Leider habe ich ihn beim Nagasaki Seaside Park im Meer entsorgt. Es schien mir zu gefährlich, ihn daheim aufzubewahren. Ich dachte ja, dass du tot bist und dass man mir den Mord an dir unterjubeln will.«

»Schade …«, sagte er. Und nach einer Weile fügte er hinzu: »Aber mach dir keine Gedanken.«

Charles wirkte bemüht, seine Enttäuschung nicht zu zeigen, und lächelte, als Yuki zu uns stieß und um eine Zigarette bat.

»Wir beide haben das Doppelzimmer«, erklärte sie. »Charles hat das Einzelzimmer. Ich konnte euch nicht zusammentun, da das zu viel Aufmerksamkeit erregt hätte. In diesem Kaff wären zwei Männer in einem Zimmer eine unnötig starke Erinnerung an uns.«

Sie händigte Charles seinen Zimmerschlüssel aus und teilte ihm mit, dass es in jedem Stockwerk je ein Gemeinschaftsbad gab. Ich vermutete, dass sich die Frau in jedem Fall an zwei große Ausländer erinnern würde, behielt das aber für mich. Insgeheim freute ich mich darauf, das Zimmer mit Yuki zu teilen. Ich vermutete, dass sie ihre Begründung für die Zimmeraufteilung nicht ganz der Wahrheit entsprach. Vielleicht hoffte ich auch nur, dass da mehr dahintersteckte als eine Vorsichtsmaßnahme. Ich war mir nicht sicher, was ich mir davon erwartete, aber ich freute mich darauf, die Nacht in Yukis Gesellschaft zu verbringen.

»Sure«, sagte Charles, ohne sich ein zweideutiges Zwinkern zu verkneifen, das Yuki rot werden ließ, und machte sich auf den Weg zu seinem Zimmer.

Yuki und ich rauchten noch eine Zigarette, bevor wir auf

unser Zimmer gingen. Es lag im ersten Stock und war viel größer, als ich erwartet hatte. Neben dem Fenster stand ein kleiner Schreibtisch und an einer Teleskopstange war ein uralter Fernseher angebracht. Statt einem westlichen Doppelbett lagen auch hier zwei Futonmatratzen nebeneinander eingerollt auf der Tatami. Vor dem Fenster wuchs ein riesiger Baum, der im Sommer sicher einen angenehmen Schatten warf. Das Zimmer war zwar abgewohnt, aber es war zweckmäßig und sauber.

»Wie findest du es?«, fragte Yuki. »Es kostet pro Person nur zweitausendfünfhundert Yen, inklusive Frühstück und Badbenutzung.«

»Es ist perfekt«, sagte ich.

»Stört es dich, das Zimmer mit mir zu teilen?«, fragte sie.

»Absolut nicht. Du riechst viel besser als Charles …«, antwortete ich und grinste.

»Danke, das ist ausgesprochen nett von dir«, sagte Yuki lachend. »Magst du zuerst ins Bad?«

»Gerne …«

Nach einer erfrischend kalten Dusche machte ich es mir am Zimmer gemütlich. Es hatte keinen Sinn mehr, mir etwas vorzumachen: Ich fühlte mich in einem Ausmaß, das über freundschaftliche Gefühle hinausging, zu Yuki hingezogen. Ich genoss es, mit ihr unterwegs zu sein, auch wenn ich ein etwas weniger gefährliches Unterfangen und eine Reise zu zweit bevorzugt hätte. Ihr Lächeln und die ganz und gar nicht zufällige Berührung bei der Übergabe des Badezimmerschlüssels vorhin ließen mich hoffen, dass sie ähnlich fühlte. Vergeblich versuchte ich mich zu bremsen. Derartige Überlegungen waren fehl am Platz. Zwischen Yuki und mir durfte nichts sein. Wieso hatte ich kein Buch eingepackt? Lesen hätte mich vielleicht von den zunehmend um Yuki kreisenden Gedanken abgelenkt. Ich öffnete das Fenster und blickte hinaus. Aus dem Garten des Gasthofs vernahm ich ein Zirpen, das mir in der windstillen, lauen Frühsommernacht verdächtig laut vorkam. Es erinnerte mich entfernt an elektronische Klänge aus schlechten Science-Fiction-Filmen. Penetrant hohe, langsame Halbtontriller, die in einen verzerrten Spaltklang übergingen, bevor alles wieder mit denselben Tönen losging. Es wirkte wie das Zirpen von Zikaden, doch das klang viel zu lärmend und mechanisch. Gebannt lauschte ich dem Spektakel und erschrak, als das Licht im Raum ausging und Yuki mir die Hand von hinten auf die Schulter legte.

»Japanische Singzikaden«, sagte sie. »Wenn die loslegen, wissen wir, dass der Sommer kommt. Das sind die männlichen Aburazemi, die um die Gunst der Weibchen buhlen. Obwohl sie maximal acht Zentimeter groß werden, können sie einen Lärm von bis zu einhundertzwanzig Dezibel erzeugen. Im Herbst sind sie dann vom Lärmen derart erschöpft, dass sie tot von den Bäumen fallen. Und sie lieben diese riesigen Kampferbäume.«

»Einfach so?«

»Ja, einfach so.«

Yuki sah mich an und lachte.

»Beeindruckend. Ich frage mich nur, wie ich dieses Geräusch vergessen konnte. Ich muss es vor dem Absturz schon gehört haben.«

»Du hast deine Frau doch auch vergessen, da ist es wohl nachvollziehbar, dass du dich an den Klang dieser Nervensägen nicht erinnern kannst, meinst du nicht?«

In Yukis Tonfall lag etwas Geheimnisvolles. Etwas, das sie bereits verstanden hatte und ich noch nicht. Das ich allerdings langsam ebenfalls verstehen sollte.

»Habe ich das wirklich?«

»Ich weiß es nicht …«, sagte Yuki leise.

Ich registrierte, dass sie nur einen kurzen Kimono über ihrem nackten Körper trug. Sie hatte ein kleines weißes Handtuch um die vom Duschen feuchten Haare gewickelt.

»Warst du mit Naoko schon einmal hier?«

»Nein, noch nie. Naoko und ich waren nur ein wenig in Nagasaki unterwegs. Vielleicht früher, das ist natürlich durchaus möglich. Also wenn, dann nur vor dem Absturz, meine ich.«

»Bist du dir da sicher?«

»Ja. Wieso fragst du?«

Yuki atmete tief durch, schwieg und schaute an mir vorbei in den Garten.

»Naoko war hier …«, sagte sie nach einigen Momenten der Stille.

»Wann?«

»Die Frau meint, gestern Nacht. Und in den letzten zwei Monaten davor immer wieder.«

»Das ist ja großartig! Dann sind wir also auf dem richtigen Weg!«

Sie nickte. Allerdings etwas verhalten. Ich verstand, dass das noch nicht alles war.

»Was ist los? Woher weiß sie von Naoko und ihrer Verbindung zu uns? Hast du sie nach Naoko gefragt und ihr ein Foto gezeigt?«

»Nein, überhaupt nicht. Sie hat das von sich aus angesprochen.«

»Wie kommt sie dann auf den Zusammenhang zwischen uns und Naoko?«

»Ja, das war wirklich seltsam«, sagte sie. »Die Frau vom Hotel behauptet, dass Naoko immer wieder mit dir hier war.

Mindestens vier oder fünf Mal in den vergangenen Monaten. Deshalb hat sie dich auch so komisch begrüßt. Sie wollte mir zuerst das Zimmer gar nicht geben, weil sie dachte, dass du Naoko mit mir betrügst. Ein Irrtum sei ausgeschlossen, sagt sie. Ich konnte sie ein wenig beruhigen, indem ich ihr gesagt habe, dass wir gemeinsam Naoko suchen.«

»Das ist einfach nicht wahr«, sagte ich und ärgerte mich über die unverschämte Lüge der Frau. »Ich war noch nie hier. Und schon gar nicht seit dem Absturz. Die Frau lügt. Nur, wieso tut sie das?«

»Nein, ich glaube ihr eigentlich. Ich denke aber auch, dass du die Wahrheit sagst.«

»Wie soll das möglich sein?«

»Keine Ahnung. Wir müssen Naoko möglichst rasch finden, dann wird sich hoffentlich alles klären«, sagte sie, zog sich das Handtuch vom Kopf und schmiegte sich an mich.

Ich sah, wie der Mond aus einem Wolkengebilde in Erscheinung trat. In ein bis zwei Tagen würde Vollmond sein. Ich blickte in Yukis Gesicht. Sie wirkte zufrieden und glücklich.

»Geht es dir gut?«, fragte ich sie.

Sie nickte lächelnd. Yuki duftete nach dem herben Duschgel, das im Badezimmer bereitgestanden war. Ihre feuchten Haare kitzelten meine Schulter. Ich wollte mehr. Doch wie? Zärtlich fasste ich sie um die Taille. Ihr Körper entspannte sich augenblicklich.

»Das fühlt sich gut an«, flüsterte sie.

»Yuki, ist das nicht falsch, was wir hier tun?«, fragte ich.

Was für eine dumme Frage. Ich ließ zu, was gerade passierte, es verlangte mich danach. Selbst, wenn es nicht richtig war. Yuki griff nach meiner Hand. Ich schaute sie an.

»Ich denke, dass du vielleicht doch nicht Daniel Bernhaugen

bist, auch wenn du ihm so ähnlich siehst, dass du sein eineiiger Zwillingsbruder sein könntest. Du bist Daniel Frey«, sagte sie und strich mir über die Wange. »Deshalb erinnerst du dich nicht an Details deiner Ehe mit Naoko und die Jahre in Japan. Aus diesem Grund sprichst und verstehst du kein Japanisch. Du hast nicht viele Jahre deiner Ehe vergessen, Naoko war einfach nie deine Frau. Das wäre doch eine plausible Erklärung für all die Fragen, die du dir stellst, oder?«

»Ja«, sagte ich nachdenklich. »Ich hatte selbst immer wieder Zweifel, tatsächlich Bernhaugen zu sein.«

»Meiner Meinung nach ist das die einzig logische Erklärung.«

»Gut, nehmen wir an, du hast recht. Ich verstehe immer noch nicht, was passiert ist. Wieso hat mich Naoko als ihren Mann erkannt? Wieso ist dir nichts aufgefallen? Bis jetzt jedenfalls.«

»Das weiß ich nicht«, antwortete sie. »Irgendwie wurdest du zu Daniel Bernhaugen. Einen Gedächtnisverlust hattest du in jedem Fall, nur so war das überhaupt erst möglich. Wieso das passiert ist, müssen wir erst herausfinden. Meine ersten Zweifel an deiner Identität kamen mir erst neulich, als ich ein paar Eigenschaften an dir entdeckt habe, die Bernhaugen definitiv nicht besitzt.«

»Du weißt schon, dass dieser Daniel Frey verdächtigt wird, seine Frau getötet zu haben?«, fragte ich und drückte Yukis Hand. »Außerdem, und das ist sicherlich nicht unwichtig, kann ich mich auch an kein Leben als Daniel Frey erinnern.«

»Natürlich weiß ich, dass man diesen Frey verdächtigt.«

»Aber wäre das nicht furchtbar? Ich könnte also ein Mörder sein. Und noch dazu einer, der sich nicht daran erinnert, getötet zu haben.«

»Nein, du hast sicherlich niemanden umgebracht«, sagte Yuki. »Das wäre einfach unvorstellbar.«

Und wenn doch? Die Albträume mit der rotblondgelockten Frau deuteten doch darauf hin, dass mich etwas quälte. Hatte ich ein schlechtes Gewissen? Bruchstücke einer Trennungsszene spulten sich wie Filmsequenzen vor meinen Augen ab. Ich sah mich geknickt aus einer Wohnung davonschleichen, ohne der rotblondgelockten Frau etwas angetan zu haben.

»Die zeitliche Abfolge der Ereignisse deutet offenbar darauf hin, dass dieser Frey nichts damit zu tun haben kann. Falls ihr überhaupt jemand etwas angetan hat, weil eine Leiche hat man nicht gefunden, dann war es ihr neuer Freund. Ein Boxer. Der ist ebenso verschwunden wie sie. Mehr konnte ich nicht herausfinden«, entgegnete Yuki.

»Woher weißt du das eigentlich?«, fragte ich.

»Naoko hat einmal bei einem Telefonat den Namen Daniel Frey erwähnt, dann aber derart verdächtig geleugnet, ihn je genannt zu haben, dass ich einfach im Internet danach suchen musste. Nur hatte ich bis vor Kurzem nicht gedacht, dass das wirklich du sein könntest.«

War ich tatsächlich Frey? Das schien mir nun eine plausible Erklärung zu sein, ich begriff nur überhaupt nicht, wie das alles zusammenhing.

»Wie ist es möglich, dass die Frau meint, mich erst gestern Nacht hier gesehen zu haben? Da waren wir beide immer gemeinsam unterwegs.«

»Ich habe eine Vermutung …«, erwiderte Yuki nachdenklich.

»Und wie sieht die aus?«

»Dass Daniel Bernhaugen lebt. Und Naoko weiß das nicht nur, sondern ist jetzt mit ihm unterwegs.«

Wieso hatte Naoko mich im Krankenhaus für ihren Mann gehalten? Wo hatte sich Bernhaugen all die Zeit aufgehalten? Seit wann hatte Naoko gewusst, dass er lebt? Wieso hatte sie mich nicht aufgeklärt, wenn sie schon seit mindestens zwei Monaten immer wieder mit ihm unterwegs war?

»Was ist los mit dir?«, fragte mich Yuki. »Du wirkst richtig blass.«

»Ich weiß es nicht. Das ist alles ein wenig viel. Und außerdem habe ich Angst. Angst, dass wir da in etwas hineinschlittern, das viel zu groß für uns ist.«

Yuki nickte.

»Entspann dich … Leg dich auf den Rücken.«

In Boxershorts legte ich mich auf die Futonmatratze und staunte, als Yuki ihren Kimono öffnete, auf den Boden gleiten ließ und sich nackt neben mich hinkniete. Ich konnte meine Augen nicht von ihrem Lächeln, ihrer glatten Haut, ihren Rundungen, den Pobacken und ihren Brüsten abwenden. Sie setzte mit den Händen an meinen Schläfen an, drückte mit den Daumen sanft genau auf die jeweils richtige Stelle. Ich schloss die Augen. Zärtlich entzogen die sanft kreisenden Daumen dem Übel jegliche Kraft und binnen kürzester Zeit war die Angst verschwunden. Ich entspannte mich und spürte einen behutsamen Kuss zuerst auf dem einen, dann auf dem anderen Augenlid.

»Lass die Augen geschlossen«, flüsterte sie.

Behutsam legte sich Yuki auf mich. Ich fühlte die zarte Irritation ihres gegen meinen Bauch drückenden Schamhügels und spürte das irritierende Kitzeln ihrer Schamhaare. Eine Brust streifte meine Lippen leicht, drängte nach, ließ mich kurz die Brustwarze küssen und entzog sich verspielt dem Versuch, sie mit den Lippen zu umschließen.

»Bleib ruhig«, flüsterte sie. »Lass es einfach geschehen.«

Daraufhin spürte ich die andere Brust sanft auf meinem Mund. Es war ein berauschender Zustand, in dem ich schwebte. Yuki rollte sich langsam von mir ab, legte ihre Finger auf meine Augen.

»Lass sie zu.«

Sie hob mein Becken leicht an. Dabei kam ich ihr nur allzu gerne entgegen. Ich spürte ihre Finger am Bund der Boxershorts und kurz darauf hatte Yuki sie abgestreift. Es fiel mir zunehmend schwer, all das einfach geschehen zu lassen, ohne Mitwirkung, ohne Initiative, ohne zu wissen, was als Nächstes passieren würde. Eine leichte Drehung Yukis ließ mich erahnen, dass sie sich jetzt verkehrt auf mir positionieren wollte. Ich spürte ihre Oberschenkel neben den Ohren und konnte meine Lust kaum zügeln, als ich ihre Scham zärtlich über Stirn, Nase, Augen und Mund reiben spürte. Ich öffnete die Augen und fühlte in dem Moment, wie Yukis Lippen meinen Penis umschlossen. Ein Schauder lief mir über den Rücken, als meine Zunge fand, was sie suchte.

Später lagen wir uns zugewandt nebeneinander. Ich ließ die Hände über Yukis Körper gleiten. Ich wollte jeden Millimeter ihres Körpers ertasten.

»Was denkst du gerade?«, fragte sie leise.

»Dass du wunderbar bist. Dass ich mich an dir gar nicht sattsehen kann. Dass ich mich in dich verliebt habe. Dass ich lesen will, was du geschrieben hast. Dass ich dich viel besser kennenlernen will, ohne Yakuza, ohne Charles, und dass ich mich unendlich darüber freuen würde, wenn sich herausstellt, dass ich tatsächlich nicht Daniel Bernhaugen bin.«

»Du denkst aber viel auf einmal«, sagte sie und drückte mir einen Kuss auf die Nase. »Fühlst du auch etwas oder denkst du nur?«

»Und wie ich fühle. Ich fühle Glück. Ich fühle mich wie ein anderer Mensch, neuwertig, vollwertig, besser. Viel größer und freier als je zuvor. Ich fühle, dass ich mich längst verliebt habe, eigentlich schon, als wir uns da vor der Buchhandlung wahrscheinlich zum allerersten Mal gesehen haben. Und ich wage gar nicht daran zu denken, dass womöglich irgendein erratischer Romancier mein Leben morgen wieder in völlig andere Bahnen lenken könnte! Ich würde ihn mit den bloßen Händen töten!«

Yuki lachte herzhaft.

Bald darauf hörte ich, wie sie mit einem leisen Seufzen einschlief. Die männlichen Singzikaden lärmten draußen noch immer um die Gunst der Weibchen, doch ich wollte nicht aufstehen und das Fenster schließen. Der Mond hing nun links vom Kampferbaum und in der Ferne hörte ich ein immer wiederkehrendes, fast einschläfernd sanftes Schiffshorn. Da Yukis Kopf auf meiner Schulter lag, unterdrückte ich den Wunsch, für eine letzte Zigarette nach draußen zu gehen, und versuchte, das Glück zu begreifen, das ich hier erfuhr. Falls Daniel Bernhaugen lebte und Naoko das seit einiger Zeit wusste – dass sie es immer gewusst hatte, konnte ich einfach nicht glauben –, erklärte das ihre immer stärker werdende Unnahbarkeit in den letzten Wochen. Wieso hatte sie mir nicht einfach mitgeteilt, dass ihr richtiger Mann lebte und dass ich Daniel Frey bin?

Eine leichte Brise umwehte unsere nackten Körper. Gebannt beobachtete ich, wie der Mond in Zeitlupe links aus dem Fensterrahmen glitt, und lauschte dem unermüdlichen Wechselspiel der Zikaden und dem immer wiederkehrenden, vereinsamten Schiffshorn, das trübselig in der Ferne nach einem Gefährten rief. So lange, bis ich gar nichts mehr hörte.

15

Als wir im Frühstücksraum erschienen, saß Charles bereits vor einer Reisschale mit Curry. Verdrießlich stocherte er darin herum, sah auf und deutete ein Lächeln an. Sein Gesichtsausdruck zeigte mir, dass er das mit Yuki und mir sofort verstanden hatte. Er deutete auf die freien Stühle an seinem Tisch. Außer uns befand sich nur eine alte Frau im Raum. Sie saß an einem Fenstertisch und war mit ihrem Smartphone beschäftigt.

»Nicht ganz meine Art von Frühstück«, sagte Charles. »Macht allerdings satt.«

»Also, wie geht es jetzt weiter?«, fragte er, nachdem wir uns auch eine Schale mit Reis und Curry und Oolong-Tee geholt hatten.

Yuki erklärte uns, dass wir mit der Fähre nach Kumamoto mussten und von dort weiter in die Berge. Eine Tante von Naoko hatte da eine kleine Holzhütte, in die sich Naoko und ihr Mann in der Vergangenheit immer wieder zurückgezogen hatten.

»Und du vermutest, dass sie sich dort aufhält?«, fragte Charles.

»Ich hoffe es«, antwortete sie. »Wenn nicht, dann weiß ich wirklich nicht, wo sie sein könnte. Sollte Miyamotos Aussage stimmen, dann müsste sie zumindest in der Gegend sein. Dieses Häuschen liegt jedenfalls so abgeschieden, dass es ein perfektes Versteck ist.«

Charles musterte mich mit einem Mal interessiert. Es schien, als hätte er unverhofft etwas verstanden.

»Du bist gar nicht Naokos Mann, richtig?«

Yuki schüttelte den Kopf.

»Ich denke nicht«, sagte ich und sah, wie er nickte und sich wieder seiner Reisschüssel widmete.

Bald danach fuhren wir zum Fährhafen. Da Yuki die Hütte erst ein Mal besucht hatte, vermutete sie, dass sie sich vom Beifahrersitz besser an den Weg erinnern würde, und da Charles nicht fahren wollte, fuhr ich. Der Crown fuhr sich wie eine Luxusjacht, leicht schaukelnd in den Kurven, mit samtweicher Lenkung und einem ungemein noblen Fahrgefühl. Dieses Auto war eindeutig nicht für ruppiges Fahren oder Rasen gedacht. Ein Fahrzeug, das man eigentlich nur mit weißen Handschuhen lenken sollte, dachte ich, während ich den Wagen auf die Rampe gleiten ließ, die uns in den mächtigen Bauch der Fähre führte. Charles blieb im Innenbereich der Fähre, Yuki wollte an die frische Luft und ich begab mich auf die Suche nach einem Café. Mit zwei Kaffeebechern folgte ich Yuki wenige Minuten später auf das Oberdeck und fand sie an die Reling gelehnt am Bug der Fähre, ihr Blick gedankenversunken auf unser Ziel Kumamoto gerichtet. Das leichte Baumwollkleid umspielte sanft ihre Oberschenkel. Der Fahrtwind fuhr durch ihr loses, in der Sonne glänzendes Haar. Einige Minuten beobachtete ich Yuki. Minuten, die mich zumindest kurzfristig vergessen ließen, dass wir uns in einer gefährlichen Lage befanden. Ich räusperte mich, umarmte Yuki von hinten und drückte ihr einen Kaffeebecher in die Hand.

»Danke! Ist er genießbar?«

»Hoffentlich. Ich hatte bis jetzt keine Zeit zum Probieren, da ich dich beobachten musste.«

»Musstest du das?«, fragte sie lächelnd und schmiegte sich an mich.

Bis kurz vor der Einfahrt in den Hafen von Kumamoto umarmten wir uns schweigend. Den Kaffee entsorgten wir.

Als wir uns dem Crown näherten, sahen wir, dass Charles sich hinter einem Kastenwagen versteckt hatte. Besorgt sah er in alle Richtungen. Er bemerkte uns und deutete durch eine Kopfbewegung an, dass wir uns beim Auto treffen sollten.

»Alles in Ordnung?«, fragte Yuki im Auto.

»Nope, those Wankers found us. Die sind uns auf der Spur«, sagte er.

»Wer?«

»Vermutlich die Typen, die auf der Suche nach Naoko sind. Es sind nämlich zwei Männer an Bord, die hier absolut nicht ins Bild passen. Zwei übertrieben coole Typen, Gel in den Haaren, Goldketten an den Handgelenken und um den Hals, protzige Uhren und dazu Gesichter, die nur so vor überheblicher Dummheit strotzen. Ach ja, und tätowiert sind sie auch, was hier in Japan ja eine ganz andere Bedeutung als bei uns hat. Ich sah sie herumschleichen und folgte ihnen. Richtige Creeps. Einer saß am Oberdeck und rauchte eine Zigarette nach der anderen, während er euch im Visier hatte. Die fahren den weißen Subaru Impreza mit Heckspoiler, der drei Autos hinter uns geparkt ist.«

»Wieso meinst du, dass es sich nicht um die Typen handelt, die es auf dich abgesehen haben?«, fragte Yuki.

»Weil ich dieses Auto heute Früh schon am Parkplatz des Gasthofs gesehen habe. Wären sie hinter mir her, hätten sie mich noch dort erledigt. Euch sind die nur nicht aufgefallen, weil ihr ... sagen wir mal, weil ihr dafür keine Augen hattet.«

Im Rückspiegel sah ich ihn grinsen. Er bemerkte, dass ich ihn beobachtete, und zwinkerte mir zu. Yuki nickte sichtlich nervös und wollte sich gerade umdrehen, als ihr Charles sanft die Hand auf die Schulter legte und sie davon abhielt.

»Nein, nicht umdrehen«, flüsterte er, als hätte er Angst, die

Männer könnten uns hören. »Hast du einen kleinen Spiegel, vielleicht einen Schminkspiegel?«

Yuki nickte, durchwühlte ihre Tasche und reichte den Spiegel unauffällig zwischen den Sitzen nach hinten.

»Daniel, du fährst und behältst den weißen Impreza im Blick«, sagte er. »Aber bitte, konzentrier dich auf die Straße, es genügt, wenn du immer zumindest ungefähr weißt, wo die gerade sind. Ich werde Yukis Spiegel zur genaueren Beobachtung verwenden. Sie sollen nur möglichst lange nicht bemerken, dass wir sie entdeckt haben. Im Moment fühlen sie sich unentdeckt, deshalb verhalten sie sich unvorsichtig. Wir müssen sie nur rechtzeitig abhängen, bevor wir Naoko finden.«

Mir war es sehr recht, dass er das Kommando übernahm. Vermutlich hatte er als Einziger Erfahrungen mit Begebenheiten dieser Art. Obwohl er nur eine Woche im Irak verbracht hatte, war er sicherlich davor auch darin geschult worden, Verfolger abzuhängen. Das hoffte ich jedenfalls.

»Sie wissen offensichtlich nicht, wo Naoko ist, sonst wären sie längst dort. Das heißt, wir müssen sie abhängen, bevor wir einen Weg einschlagen, der sie auch ohne uns zu ihr führen wird«, sagte Charles eindringlich.

Charles bat Yuki, den Standort des Hauses zumindest ungefähr auf der Karte anzuzeichnen, die Yuki am Fährhafen besorgt hatte. Er wollte nach einer Stelle suchen, an der wir die Typen abhängen könnten. Sie nickte und zeichnete ein X auf die Karte, das, soweit ich das vom Fahrersitz sehen konnte, im Niemandsland inmitten von Bergen lag. Charles studierte die Karte sehr genau. Dann klopfte er mir auf die Schulter.

»Bleib einfach mal die nächsten fünfzehn Kilometer auf der Straße in Richtung Aso. Ich gebe dir rechtzeitig Bescheid, wo wir abfahren.«

»Okay«, erwiderte ich und reihte mich in den Verkehr der Überlandstraße ein, die uns zuerst durch Kumamoto führte.

»Fahr bitte möglichst unauffällig. Also so, als hättest du keine Ahnung, dass sie hinter uns sind.«

Charles hatte sich nicht geirrt. Der weiße Impreza fuhr drei bis vier Autos hinter uns und wechselte immer dann die Spur, wenn ich das tat. So blieb der Abstand zwischen uns annähernd gleich.

Eifrig lotste mich Yuki durch Kumamoto. Im zähen Vormittagsverkehr kamen wir nur langsam voran. Wir mussten beinahe an jeder Ampel halten. Kurz nach Kumamoto näherten wir uns als erstes Auto einer Kreuzung, als die Ampel gelb zu blinken begann.

»Gib Gas«, rief Charles plötzlich aufgeregt, »schau, dass du noch über die Kreuzung kommst! Sie sind momentan vier Autos hinter uns.«

Entschlossen trat ich das Gaspedal voll durch und war überrascht, dass der Crown wie eine Rakete davonschoss. Bei Rot flogen wir über die Kreuzung. Ein Blick in den Rückspiegel bestätigte mir, dass Charles die Situation perfekt eingeschätzt hatte. Die Autos aus der querenden Straße bogen bereits in die Hauptstraße und der Impreza steckte fest. Wir hatten also zumindest eine Ampelphase gewonnen.

»Fahr schneller«, sagte Charles aufgeregt. »Scheiß auf die erlaubte Höchstgeschwindigkeit. Vertrau mir, ich weiß, was ich tue.«

Ich beschleunigte auf hundertzwanzig, erlaubt war hier fünfzig, und überholte ein Auto nach dem anderen. Ich war gezwungen, viel mehr Risiko einzugehen, als mir lieb war. Immer wieder musste ich kurz vom Gas gehen, nur um kurz darauf erneut zu beschleunigen und das nächste Überholmanöver zu starten. Nach einigen Kilometern bemerkte ich, dass mir diese Jagd richtig Spaß machte. Wir mussten den Vorsprung auf den Impreza weiter ausbauen. Kurz vor der nächsten Kleinstadt sah ich links von uns ein Motel, auf dessen Parkplatz vier Sattelschlepper quer zur Straße parkten. Zwischen dem dritten und vierten Lkw erblickte ich einen freien Stellplatz und lenkte steil in die Richtung des Parkplatzes, stieg abrupt auf die Bremse, wobei das Heck ein wenig ausscherte, erlangte wieder Kontrolle über den Crown und brachte ihn mit quietschenden Reifen zwischen zwei Riesen zum Stillstand. Charles sprang aus dem Wagen, während ich mich zitternd am Lenkrad festhielt, bis ich wieder einigermaßen ruhig atmen konnte. Ich stieg aus und stellte fest, dass meine Beine schlotterten. Ich konnte kaum stehen. Mein Körper vertrug die Aufregung eindeutig schlechter als mein Kopf. An die Fahrerkabine eines riesigen Sattelschleppers gedrängt, beobachteten wir die Straße, bis wir kurz darauf den Impreza mit überhöhter Geschwindigkeit an uns vorbeirasen sahen. Erleichtert blickten wir uns an.

»Holy shit«, sagte Charles und klopfte mir auf die Schulter. »Way to go, man!«

Yuki küsste mich und eine Welle Stolz überrollte mich. Ich fühlte mich verwegen und unbesiegbar.

»In wenigen Kilometern kommt unsere Abzweigung«, sagte Yuki.

»Lass uns weiterfahren, wir dürfen keine Zeit verlieren. Sie werden nämlich bald merken, dass wir sie ausgetrickst haben. Wenn sie zurückkehren, und das werden sie, sollten wir bereits auf der Bergstraße sein. Dort werden wir nämlich kaum mehr Möglichkeiten finden, um ihnen zu entkommen«, sagte Charles.

Als wir losfahren wollten, sah ich hinter dem Motel das Gelände eines Autohändlers. Er schien nicht nur Gebrauchtwagen zu verkaufen, sondern betrieb offensichtlich auch einen Autoverleih.

»Lasst uns den Crown hier abstellen und einen Wagen mieten oder einen Gebrauchtwagen günstig kaufen«, schlug ich vor. »Sie suchen doch nach einem schwarzen Crown, davon gibt es nicht allzu viele, die nicht als Taxi herumfahren, oder? Es sollte also ein Auto sein, das diesem gar nicht ähnlich ist«, erklärte ich meine Idee.

Charles und Yuki waren sofort einverstanden. Wir einigten uns darauf, dass Yuki allein vorfahren und ein geländetaugliches Auto mieten sollte. Nur für zwei oder drei Tage. Sie würde bar bezahlen und den Crown quasi als Sicherheit dalassen. Hier in den Bergen sollte kein Autoverleiher Fragen stellen, wenn man mit einem Crown erschien und stattdessen einen Geländewagen mieten wollte. Charles und ich sollten unauffällig in der Nähe des Motels auf sie warten.

Eine halbe Stunde später fuhr Yuki in einem kastenförmigen, hellblauen Geländewagen auf uns zu. Er war nicht der neueste, schien aber gut in Schuss zu sein. Sie bremste ab, zog die Handbremse und rutschte auf die Beifahrerseite. Charles hievte sich auf den Rücksitz.

»Nissan Patrol, Baujahr 1988. Er gehört uns. Falls wir ihn unbeschädigt zurückbringen, kauft er uns den Wagen fast um den gleichen Preis wieder ab. Der Crown steht dafür ab jetzt versteckt in seiner Garage. Er hat mir versprochen, gut auf ihn aufzupassen«, sagte sie lachend und erzählte, wie sie dem Verkäufer geschildert hatte, dass sie von ihrem krankhaft eifersüchtigen Ex-Mann mit seinem Freund verfolgt wurde und wie der Mann daraufhin versprochen hatte, sich nicht an sie zu erinnern.

Gangschaltung und Kupplung des Patrols waren etwas streng eingestellt, sollten aber keine Probleme bereiten. Eine Klapperkiste mit Vierradantrieb, die sicherlich auch durch einen Gebirgsbach kam, falls es notwendig sein sollte. Yuri hatte eine ausgezeichnete Wahl getroffen. Ob der Jeep auf einer guten Straße die einhundertsechzig Stundenkilometer, die laut Tachometer seine Höchstgeschwindigkeit waren, erreichen konnte, bezweifelte ich stark. Wir näherten uns bereits der angepeilten Kreuzung, als mir Charles zurief, dass ich den Blinker sofort wieder abstellen und geradeaus fahren sollte.

»Da drüben sind sie, gleich das zweite Auto, das uns an der Ampel entgegenkommt. Seht ihr? Die haben schnell bemerkt, dass wir sie überlistet haben. Scheiße. Wenn wir jetzt abbiegen, könnten sie uns erkennen, auch wenn wir nicht mehr im Crown unterwegs sind.«

Er legte sich auf der Rückbank quer. Yuki machte sich ebenfalls so klein wie möglich. Ich hielt meine rechte Hand angewinkelt im Fenster und achtete darauf, mein Gesicht möglichst gut zu verdecken. In der Mitte der Kreuzung fuhren wir aneinander vorbei. Ich atmete erleichtert aus, sie hatten uns offenbar nicht gesehen. Sofort bog ich nach rechts auf das Gelände einer Tankstelle ab, fuhr an den Zapfsäulen vorbei zurück auf die Straße und reihte mich wieder in den Verkehr ein. Auf der Bergstraße freuten wir uns, dass wir die Typen endgültig abgehängt hatten, doch Charles tippte mir sachte auf die Schulter.

»Ich will euch den Spaß ja nicht verderben, aber die Arschlöcher sind wieder hinter uns«, sagte er ruhig. »Give them the shits!«

Der Nissan hatte einen erfreulich starken Motor, der uns mit viel Getöse bergaufwärts half. Nur die kurvige Bergstraße mit den engen Kehren, vor denen man fast bis auf Schritttempo abbremsen musste, erwies sich als denkbar ungeeignet für eine Verfolgungsjagd. Der Impreza klebte sofort an uns, hängte sich bis auf wenige Meter an uns dran, ließ den Motor laut aufheulen, beschleunigte, blieb jedoch seltsam passiv. Wollten uns die Typen nur ärgern? Immer wieder kamen uns auf der Straße Autos, Lastautos und Busse entgegen, es war nahezu unmöglich, die Kurven sicher und schnell zu nehmen, um den Subaru auf Abstand zu halten. Auf einem geraden Straßenabschnitt beschleunigte ich viel stärker als zuvor. Der Impreza heulte auf und fuhr besonders dicht an unser Heck heran.

»Festhalten«, rief ich, gab noch mehr Gas, und stieg gleich danach, überraschend früh vor der Kehre, mit voller Wucht auf die Bremse.

Der ungebremste Aufprall des Subarus riss uns in den Sitzen nach vorne. Gut, dass der Patrol durch einen am Heck angebrachten Reifen und eine Anhängervorrichtung geschützt war. Im Rückspiegel sah ich die beiden Airbags des Imprezas wie Riesenkaugummis in den Gesichtern der dümmlich glotzenden Männer platzen. Der verunstaltete Impreza schlitterte nach links und blieb mit der linken Reifenseite in der gefährlich nahe zur Fahrbahn gebauten Abflussrinne hängen. Ich schaffte es gerade noch sicher aus der Kehre und lenkte den Patrol unbeirrt weiter die Straße hinauf.

»Aus der Rinne kommen die nicht ohne fremde Hilfe«, rief ich schadenfroh. »Und selbst wenn, mit dem Impreza kommen die nirgendwo mehr hin.«

»Holy shit«, meldete sich Charles von hinten, »you're a fuckin' maniac!«

»Ungefähr in fünfhundert Metern müssen wir nach links abbiegen«, sagte Yuki mit zitternder Stimme, »da haben wir dann fast dreißig Kilometer schlechte Straße vor uns. Naoko wollte die nicht nehmen, als wir damals gemeinsam hier unterwegs waren. Sie meinte, dass man dazu einen Geländewagen benötigt. Stattdessen nahm sie die viel längere Strecke, zeigte mir aber, wo diese wirklich miese Straße rauskommt. Dort kenne ich mich dann sicher wieder aus.«

Ich bog ab und wunderte mich noch ein wenig über den offenen Schranken, auf dem ein Schild in japanischer Sprache hing. Ein Fahrverbotsschild sah ich nicht. Die Straße war anfangs asphaltiert, bis vereinzelte Abschnitte auftauchten, die entweder geschottert waren oder einen sandig-erdigen Belag hatten. Die Schlaglöcher wurden immer größer und häufiger. Gut, dass uns niemand entgegenkam. Im Rückspiegel sah ich auch kein Auto. Ich wollte mich nicht wieder zu früh freuen, hoffte aber, dass wir die Typen im Subaru nun endgültig los waren. Vorsichtig wich ich allen Hindernissen aus, zum Glück war es noch hell genug. Es ging steil bergab, dann wieder bergauf und ohne Vorwarnung standen wir nach einer engen Kurve vor einem geschlossenen Schranken. Daneben ein mitgenommen aussehendes Stoppschild mit japanischen Schriftzeichen.

»Was steht auf dem Schild?«, wollte ich von Yuki wissen.

»Da steht, dass die Straße wegen Unpassierbarkeit gesperrt ist«, sagte sie.

Charles stieg aus und ging zum Schranken. Er sah sich das Vorhängeschloss an, zog die aus Miyamotos Waffenkammer mitgenommene Pistole, entsicherte sie und zielte auf das Schloss. Der Schuss zerriss die Stille.

»Long live Miyamoto«, schrie er in den Wind.

Yuki verdrehte die Augen.

»Jetzt können wir weiterfahren«, rief Charles lachend, als er sich wieder in den Wagen schwang.

Ich fuhr an und die nächsten zwei oder drei Kilometer blieb

die Straße unverändert. Nach einer unübersichtlichen Kurve, die ich im Schritttempo nahm, blieb jäh nur ein knapp eineinhalb Meter breiter Teil auf der rechten Straßenseite übrig. Die linke Hälfte des Weges war offensichtlich bei einem Erdrutsch abgesackt. Ich hielt an, zog die Handbremse und stieg aus. Charles folgte mir. Für den Patrol war der übrig gebliebene Weg gerade breit genug. Rechts neben der Straße wieder die Abflussrinne. Links der abgerutschte Teil. Enger durfte es nicht werden, sonst würden wir bei Dunkelheit im Niemandsland feststecken. Charles ging ein paar Schritte vor, prüfte die Festigkeit des Bodens, lief mit forschen Schritten bis zur Kuppe des Hügels und verschwand außer Sichtweite. Yuki stieg aus und wir rauchten eine Zigarette.

»Denkst du, wir haben die Kerle endgültig abgehängt?«, fragte sie.

»Nein, eigentlich nicht. Wir haben nur Zeit gewonnen.«

»Leider weiß ich überhaupt nicht, was die von Naoko und Daniel wollen. Naoko hat einmal erwähnt, dass sie von einer Organisation verfolgt werden, die sie dazu nötigen will, Schutzgeld zu zahlen. Mehr wollte sie damals dazu nicht sagen. Daniel sollte sich um die Sache kümmern. Deshalb war er auch in Österreich. Mehr weiß ich nicht.«

Fast eine Dreiviertelstunde später tauchte Charles wieder auf und zeigte schon aus der Ferne mit dem Daumen nach oben.

»Also«, sagte er, »ich gehe vor und lotse dich den Weg entlang. Es gibt ein paar Stellen, wo es minimal enger wird, es sollte sich aber ausgehen. An den engsten Stellen ist der Belag erfreulicherweise aber auch am Abgrund fest genug. Danach wird die Straße, wenn man sie so nennen will, wieder breiter. Mit maximal fünf bis zehn Stundenkilometern sollte es kein Problem sein. Traust du dir das zu, Stunt Boy?«

Ich nickte und fragte mich, ob mich alle guten Geister verlassen hatten. Ob ich von Sinnen war. Das konnte doch nicht gut ausgehen. Ich sah uns im Patrol schon spektakulär bergabrutschen, sah den Tank explodieren und uns in den Flammen sterben. Ich schüttelte diese unangenehmen Gedanken ab. Yuki und ich stiegen in den Wagen, und ich zwang mich, ruhig zu atmen. Dann fuhr ich vorsichtig an. Die harte Kupplung war bei niedrigen Touren nicht hilfreich, dauernd ruckelte der Patrol ruppig. Hochtourig funktionierte es dann doch, auch wenn ich teilweise langsamer als im Schritttempo fahren musste. Charles wies mich perfekt die Straße entlang, fast als würde er mich durch ein Minenfeld leiten.

»Jetzt fehlt ihm nur mehr ein Stirnband«, sagte Yuki.

Nach einer gefühlten Ewigkeit befanden wir uns wieder auf einer mehr oder weniger fahrbaren Straße. Das beruhigte mich, änderte aber nichts daran, dass ich komplett nassgeschwitzt war. Die restlichen Kilometer im Wald schafften wir ohne weitere Probleme, bis auf die Schlaglöcher, die mich immer wieder daran erinnerten, nicht zu sehr auf das Gaspedal zu drücken. Als wir aus dem Waldstück herauskamen, wirkte die Vegetation mit einem Mal anders. Dichtes, hohes Gras säumte die Straße, die hier wieder asphaltiert war. Es dämmerte bereits. Jetzt würde es bald dunkel sein und wir hatten Naoko noch immer nicht gefunden. Während Yuki nervös wirkte, übte sich Charles in stoischer Ruhe. Einige Minuten später erreichten wir den nächsten Schranken und sahen bereits die dreißig Meter entfernt querende Straße.

»Dort müssen wir rechts fahren«, sagte Yuki.

Charles hatte bereits die Finger am Türgriff, wollte vermutlich auch das Vorhängeschloss dieses Schrankens kaputtschießen, als mir der Hauch einer Bewegung im hohen Gras neben dem Schlagbaum auffiel. Ein bewaffneter Arm, der da nicht sein sollte.

»Stay«, rief ich, trat das Gaspedal voll durch und hoffte, dass der Frontschutzbügel stärker als der Schlagbaum war.

Als der Schranken krachend zur Seite flog, hörte ich den Schuss und fast gleichzeitig splitterte Glas. Charles fluchte und erwiderte das Feuer, schoss selbst zweimal, bevor ich mit quietschenden Reifen auf der Landstraße davonbrausen konnte. Im Rückspiegel sah ich, dass die Fensterscheiben hinten nicht mehr vorhanden waren. Charles lud die Waffe nach und sicherte sie.

»Ich habe einen von ihnen erwischt«, sagte er.

»Wie ist das möglich, dass die vor uns da waren?«, fragte ich.

»Auf der linken Seite stand ein Honda am Straßenrand. Ich nehme an, sie haben das Auto einfach jemandem gewaltsam abgenommen. Und als sie uns daraufhin nicht mehr eingeholt haben, da haben sie einfach richtig kombiniert und hier auf uns gewartet. Wir haben auf der Abkürzung doch viel länger gebraucht als die auf dem regulären Weg.«

»Tut mir wirklich leid«, sagte Yuki zerknirscht, »das war eine schlechte Idee von mir. Seht ihr sie hinter uns?«

»Nein, die Idee war ausgezeichnet. Mach dir keine Gedanken«, beruhigte Charles sie. »Einen habe ich an der Schulter erwischt und zusätzlich dazu müssen sie jetzt entweder ein neues Auto organisieren oder den Vorderreifen wechseln, den ich kaputtgeschossen habe. Sorry, dass ich dafür ein Fenster geopfert habe. Ein wenig Zeit haben wir dadurch wieder gewonnen.«

»Das sollte reichen, wir müssen in wenigen Kilometern nämlich auf den Waldweg abbiegen, der zum Haus von Naokos Tante führt«, sagte Yuki.

Obwohl ich langsam fuhr, hätten wir den Feldweg fast übersehen. Im Schritttempo fuhren wir im dicht verwachsenen Waldstück zwischen den Bäumen, ab und zu nahmen wir auf Anweisung Yukis eine kaum erkennbare Abzweigung.

»Die anderen Wege hier sind Sackgassen«, sagte Yuki, »die enden einfach irgendwann im Nichts. Außerdem gibt es da keine Wendemöglichkeit. Wenn man sich geirrt hat, muss man im Retourgang zurück.«

Nach weiteren zehn Minuten auf dem Feldweg spürte ich, wie wir über eine laubbedeckte Eisenplatte rumpelten, und stieg vorsorglich auf die Bremse. Ein aus dem Boden aufpoppendes Stoppschild hinderte uns am Weiterfahren, während ein auf uns gerichteter Scheinwerfer anging und eine Überwachungskamera sichtbar wurde.

»Jetzt weiß Naoko immerhin, dass wir sie gefunden haben«, sagte Charles. »Das Sicherheitssystem ist gut.«

Wie von unsichtbarer Hand gelenkt, klappte das Stoppschild wieder zurück auf den Waldboden und wir fuhren weiter. Der Weg fiel plötzlich steil nach rechts ab, die Straße war hier wirklich nur mehr mit Vierradantrieb zu bewältigen. In der Talsohle angekommen, mussten wir erneut durch einen Wildbach. Dann führte uns der Weg leicht bergauf und nicht einmal hundert Meter später erreichten wir unvermittelt eine an einen Steilhang grenzende Lichtung. Das kleine Haus befand sich rechts am Waldrand. Von diesem Miniplateau hatte man bei Tageslicht sicherlich einen schier endlosen Ausblick. Als hätte Yuki meine Gedanken gelesen, bestätigte sie, dass man von hier eine ungestörte Sicht auf den Berg Aso hatte.

»Das ist übrigens ein ständig aktiver Vulkan …«, fügte sie hinzu und verstummte mitten im Satz.

Ich folgte ihrem Blick und sah Naoko in der Tür stehen. Aus

dem Zimmer dahinter drang warmes Licht. Wir stiegen aus und bewegten uns auf das Häuschen zu. Yuki griff nach meiner Hand. Ich drückte sie und zeigte ihr und allen anderen damit, dass ich fest an ihrer Seite stand. Naoko bemerkte die Geste sofort. Ein seltsam wehmütiger Blick huschte über ihr Gesicht. Wieso kam sie uns nicht entgegen, wieso sagte sie kein Wort? Irgendetwas stimmt da nicht, dachte ich, als ich den Gewehrlauf sah, der von links auf Naokos Kopf gerichtet war.

»Fuck«, sagte Charles.

Yuki drückte meine Hand noch fester. Ich ärgerte mich, dass wir uns dem Haus nicht vorsichtiger genähert hatten, und sah, dass Charles enttäuscht mit den Schultern zuckte.

»Come in«, sagte die Stimme eines Mannes, der Naoko daraufhin aus dem Türrahmen ins Innere der Hütte zog. »Slowly, one for one. And don't try anything stupid.«

Charles ging geknickt voran, seinen hängenden Schultern sah man die Niederlage deutlich an. Yuki folgte ihm. Ich schlich betrübt als Letzter zur Hütte. Als ich eintrat, sah ich sofort den an einen Stuhl gefesselten Mann. Obwohl Yuki und ich geahnt hatten, dass er nicht tot war, überraschte es mich, Bernhaugen tatsächlich lebend zu sehen. Er sah entsetzlich mitgenommen aus, hatte blaue Flecken im Gesicht und auf den Unterarmen. Das rechte Auge war stark angeschwollen und es fehlte ihm ein Ohr. Yuki und Charles standen in einer Ecke neben einem Mann, der sie mit einer Waffe in Schach hielt. Ein anderer Kerl fesselte in der Zwischenzeit ihre Hände und schob Charles zu Naoko. Ihr Gesicht drückte eine besorgniserregende Leere aus. Was sind das nur für Scheusale, fragte ich mich, als mich der Mann wahrnahm, der soeben Yuki und Charles gefesselt hatte. Er stieß einige derb klingende Wort auf Japanisch aus und lief wütend auf mich zu. Er blieb nur Millimeter entfernt vor mir stehen und starrte mich wutentbrannt an.

»You stupid piece of shit«, schrie er mir ins Gesicht. »I'm going to kill you!«

Ich fragte mich noch, was ich ihm angetan hatte, als ich seine bösartig funkelnden Augen erkannte. Sein rechter Fuß traf mich am Brustkorb und nahm mir den Atem, bevor mich sein linker Fuß Momente später im Schritt erwischte. Ich hörte seltsam gedämpft Yukis entsetzte Schreie, merkte, dass ich um Luft ringend auf den Knien war. Hilfesuchend blickte ich nach oben und sah noch einen Pistolengriff auf meine Stirn zurasen, bevor ein höllisch stechender Schmerz das Licht löschte.

16

Das unnachgiebige Klopfen in meinem Kopf zwang mich dazu, die Augen zu öffnen. Mir war unsäglich übel, ich sah verschwommen und spürte getrocknetes Blut im Gesicht. Ich schloss die Augen. Mein Kiefer fühlte sich wund an. Mit der Zunge tastete ich die Zähne ab. In der unteren linken Reihe fehlte vorne ein Zahn, die Zähne daneben wackelten. Es dauerte ein wenig, bis ich mich an die Geschehnisse erinnerte. Ich konnte meine Arme nicht bewegen und bemerkte, dass man mich an etwas Weiches gebunden hatte. Ein wenig entfernt von mir sah ich Charles und Naoko sitzen, Rücken an Rücken aneinandergebunden. Also hatte man mich vermutlich an Yuki gebunden.

»Yuki«, flüsterte ich.

»Oh, Daniel, du bist wach, wie fühlst du dich?«

»Es ging mir schon mal besser. Sag mir lieber, wie geht es dir? Ich hoffe, sie haben dir nichts angetan.«

»Der Typ hat nur dich geschlagen, bevor er einen Rüffel von einem der anderen Kerle bekommen hat. Ich verstehe das nicht. Wieso verprügelt er nur dich?«

»Das ist der Mann, den ich mit den Krücken geschlagen habe. Ich konnte seine Augen erkennen. Rache für den fehlenden Hoden vielleicht? Wo sind die Männer jetzt?«

»Sie sind vor der Tür. Wenn ich das richtig verstanden habe, soll jeden Moment der Boss eintreffen.«

»Konntest du mit Naoko sprechen?«

»Nur kurz, bevor sie uns befohlen haben zu schweigen. Sie konnte mir gerade noch erzählen, dass sie erst seit zwei Monaten weiß, dass Bernhaugen lebt. Er hat sie eines Tages vor der Haustür überrascht. Ich hätte sie gerne noch gefragt, wieso sie die Sache nicht aufgeklärt hat, aber da sind dann gleich die beiden Typen dazwischengegangen. Vor ein paar Minuten hat das Telefon von dem Anführer dieser Kerle geklingelt und seither sind sie draußen vor der Tür.«

Naoko und Charles schienen zu schlafen.

»Haben die Männer sonst noch irgendetwas gesagt?«

»Nein, abgesehen davon, dass sie sich heftig darüber gestritten haben, dass der Typ dich ja nicht noch einmal anrühren soll, bevor der Boss es erlaubt, haben sie geschwiegen. Sie waren nur sehr klar in einer Sache: Wenn sie uns gerade keine Fragen stellen, sollten wir besser schweigen. Falls wir wert auf unsere Zungen legen würden. Sie meinten, Bernhaugen habe nicht hören wollen …«

Ein schon lange nicht mehr verspürter Ärger wallte in mir auf. Diese verfickten Unmenschen. Ich wollte sie eigenhändig grün und blau schlagen, die Hütte niederreißen und jedes einzelne Holzstück langsam, Stück für Stück in ihre Rachen stopfen, bis sie daran erstickten.

»Sie kommen«, flüsterte Yuki, »bitte sei still …«

Die Tür flog auf und krachte gegen die Wand. Ich spürte, wie Yukis Körper sich sofort anspannte. Dumpf klingende Schritte kamen näher. Ich bemühte mich, den Kopf in Richtung der Schritte zu drehen, doch die Schmerzen bereiteten mir Schwindel und Brechreiz. Mit letzter Kraft konnte ich mich beherrschen. Die Kopfschmerzen wurden immer unerträglicher. Die Person, die eben eingetreten war, erreichte die Mitte des Raumes und hielt an. Einer der Männer lief hektisch mit einem Stuhl an mir vorbei und stellte ihn unweit von mir ab. Er verneigte sich unterwürfig in Richtung der stehen gebliebenen Person und eilte davon. Wieder bewegten sich die dumpfen Schritte, nun von heftigem Keuchen begleitet, bis sie den Stuhl erreichten.

Ich schaute träge auf und sah ihn. Er deutete eine minimale Verbeugung an. Dann setzte er sich hin. Manche Menschen sehen wie Verlorene aus. Der kahlrasierte Mann im schwarzen Cape sah genau so aus. Wie ein Verlorener. Das Gesicht war ledrig, die rechte Wange und den Hals zierten zwei längst verheilte, bedrohlich aussehende Narben und seine Augen strahlten eine Leere aus, die bei mir ein Gefühl des Grauens auslöste. Ich zweifelte nicht daran, dass er schon unzählige Tote zu verantworten hatte. Dass der Auftrag, jemanden exekutieren zu lassen, für ihn ungefähr dieselbe Bedeutung hatte wie für mich der Schlag nach einer lästigen Fliege. Ich bemühte mich, sein Alter zu schätzen, doch er hätte sechzig, siebzig, achtzig oder auch hundert Jahre alt sein können. Wenn der Teufel wirklich existierte, dann saß er in diesem Moment einen Meter von mir entfernt.

Lethargisch bewegten sich seine Augen. Musterten den Raum bis ins kleinste Detail. Verweilten auf Bernhaugen,

Naoko, Charles, Yuki und erstarrten, als sie erneut bei mir ankamen. Emotionslos und ohne den Blick von mir abzuwenden, sprach er ein paar Worte auf Japanisch. Der Mann, der mich geschlagen hatte, lief gestikulierend zu ihm, deutete auf mich, brabbelte hektisch drauflos, redete auf den Alten ein. Er schien ihn von irgendetwas überzeugen zu wollen. Unbeeindruckt hob der Alte die Hand und brachte den Kerl augenblicklich zum Schweigen. Es war eine Geste, die jeden einigermaßen intelligenten Menschen zum Schweigen gebracht hätte. Der Alte schloss die Augen, zeigte emotionslos zur Tür und wartete, bis der Mann wie ein geprügelter Hund davonschlich. Still, den Kopf eingezogen. Sollte sich ihm eine Gelegenheit bieten, würde er Rache an mir nehmen, das war mir klar. Er hatte gerade vor mir sein Gesicht verloren, das würde er mir nicht verzeihen.

»Es tut mir leid, er hätte dich nicht schlagen dürfen. Ich hatte es ihm sogar ausdrücklich verboten. Auch wenn er wegen dir einen Hoden verloren hat«, sagte der Alte wieder mit dieser ruhigen, emotionslosen Stimme.

Auch er sprach Deutsch. Fast akzentfrei. Wie war es möglich, dass ich nur auf Menschen traf, die Deutsch sprachen?

»Wie heißt du?«

»Daniel.«

»Weiter.«

»Daniel Frey.«

»Weshalb warst du nach dem Absturz er?«, fragte er und zeigte mit seinem verknöcherten Zeigefinger auf den verletzten Bernhaugen.

»Ich weiß es nicht. Ich suche selbst noch nach Antworten«, sagte ich und hoffte, dass er mich noch lange genug leben ließ, um sie auch zu erhalten.

Mit versteinerter Miene starrte er mich schweigend an. Ich zählte die Sekunden der tickenden Wanduhr mit. Nach drei Minuten irrte ich mich und unterließ die sinnlose Beschäftigung. Unvermittelt zeigte der Alte wieder auf Bernhaugen.

»Er schuldet mir dreißig Millionen Yen. Wenn ich auf die Zinsen verzichte. Wusstest du das?«

Ich schluckte. Das klang nach einer unüberschaubaren Menge Geld.

»Nein, davon weiß ich nichts.«

»Das dachte ich mir schon«, sagte der Alte, scheinbar mehr zu sich selbst als zu mir.

»Wieso schuldet er dir diese Summe?«

»Das soll er dir selbst erzählen, wenn alles vorbei ist«, sagte er. »Dafür haben wir jetzt wirklich keine Zeit.«

Er stellte Naoko auf Japanisch eine Frage.

»Ja, Daniel, ich fürchte, das stimmt«, sagte sie leise. »Es tut mir leid.«

»Scheiße.«

»Willst du, dass seine Frau und er am Leben bleiben?«

Ich nickte, konnte mir aber nicht vorstellen, wie ich das Leben der beiden retten sollte.

»Du kannst auch aussteigen. Ich möchte, dass du von dieser Option weißt. Ich bin ein fairer Mann. Wenn du nein sagst, bringen dich, nur dich, versteht sich, meine Männer sicher zu einem Flughafen und du kommst nie wieder nach Japan«, sagte er. »Du musst dich nur sofort entscheiden.«

Ich schüttelte den Kopf.

»Nein. Ich bleibe.«

Der Alte nickte.

»Gut. Da du lange er warst, sollst du jetzt auch die Chance bekommen, sein Leben zu retten. Und natürlich auf diesem

Weg auch sein Geschäft. Es wäre doch zu schade, wenn es in Nagasaki keine gute Buchhandlung mehr gäbe.«

Ich nickte erneut und diesmal schwappte eine neue, stärkere, unkontrollierbare Welle Übelkeit in mir hoch. Ich kotzte auf den Boden neben mir.

»Du hast sicher eine Gehirnerschütterung«, sagte er unbeeindruckt. »Äußerst schade für dich, ich kann dir nämlich nicht mehr Zeit gewähren.«

»Wie kann ich das Leben von Naoko und Bernhaugen retten?«, fragte ich, nachdem ich mich ein wenig besser fühlte.

Insgeheim befürchtete ich, dass ich der mir noch unbekannten Aufgabe nicht gewachsen war und wir deshalb alle sterben würden. Wieder starrte mich der Alte ausdruckslos an.

»Es ist gleich Mitternacht. In wenigen Minuten beginnt der Montag. Du hast achtundvierzig Stunden, um mir die dreißig Millionen Yen in Nagasaki zu übergeben. Pünktlich um Mitternacht in der Nacht von Dienstag auf Mittwoch werde ich am Parkplatz der verlassenen Klinik eintreffen. Wenn du zu spät kommst oder ohne Geld, dann sterben deine Freunde und mein Schwiegersohn darf sich an dir rächen. Und er findet dich, auch wenn du nicht auftauchst, das verspreche ich dir. Eine geringere Summe nehme ich nicht. Dreißig Millionen Yen für ihr Leben. Hast du mich verstanden?«

»Wie soll ich das Geld auftreiben?«, fragte ich entsetzt. »Ich kann ja nicht einmal Japanisch.«

»Das ist nun wirklich nicht mein Problem. Hast du das verstanden?«

»Ja, ich denke schon.«

»Gut. Wenn du Fragen hast, dann darfst du sie mir jetzt stellen. Du siehst mich und meine Leute nämlich erst in achtundvierzig Stunden wieder. Dazwischen werden wir keinen Kontakt haben.«

»Ich habe schon ein paar Fragen«, sagte ich vorsichtig.

Es war mir unmöglich, die Körpersprache des Alten zu deuten. War es wirklich klug, ihn mit meinen Fragen zu behelligen?

»Bitte. Sprich.«

»Wie kann ich mir sicher sein, dass du Naoko, Daniel, Yuki, Charles und mich am Leben lässt, wenn ich dir das Geld gebe?«, fragte ich und spürte Yukis Angespanntheit.

Der Alte lachte auf und sein Lachen wirkte genauso ausdruckslos wie sein Gesichtsausdruck.

»Da musst du mir wohl einfach vertrauen. Eine andere Wahl hast du nicht«, sagte er und starrte ausdruckslos an mir vorbei.

Ich darf mir meine Angst nicht anmerken lassen, egal wie groß sie ist, sagte ich mir, sonst bin ich dem Wichser ausgeliefert.

»Du bist ein unverbesserlicher, komischer Europäer, aber ich mag das. Weißt du eigentlich, dass du der erste Mensch bist, der mich einfach so duzt? Ohne von mir dazu die Erlaubnis erhalten zu haben. Im Japanischen gibt es das nicht und die Westler, die ich bis jetzt kennengelernt habe, waren vor Angst dermaßen erstarrt, na gut, die meisten von ihnen wussten, dass sie gleich sterben würden, dass sie mir nicht einmal in die Augen sehen konnten. Du dagegen sitzt da, geschlagen von meinem Schwiegersohn, eindeutig mit einer Gehirnerschütterung, kotzt einfach auf den Boden, dir fehlt mindestens ein Zahn und du hast ein blutverschmiertes Gesicht, aber du scheinst überhaupt keine Furcht zu spüren. Zumindest zeigst du keine. Entweder bist du dumm oder ein harter Knochen. Wärst du ein Japaner, hätte ich dich bereits liquidieren lassen. Oder auf die Gehaltsliste gesetzt.«

Wieder lachte der Mann sein ausdrucksloses Lachen.

»Ich habe keine andere Wahl. Wer Angst hat, verliert. Ich habe keine Angst vor dir«, sagte ich und versuchte die Angst, die ich wirklich hatte, zu verbergen.

»Gut. Dann verstehen wir uns«, meinte der Alte zufrieden. »In deinem Zustand kannst du nicht selbst fahren, also wird dich jetzt mein Mitarbeiter nach Nagasaki bringen. In achtundvierzig Stunden siehst du alle hier Anwesenden wieder.«

»Nein, das geht so nicht«, sagte ich.

»Wie bitte?«, fragte der Alte. »Du widersprichst mir?«

»Ja.«

»Interessant.« Der Alte hatte sich auf seinem Stuhl nach vorne gebeugt. Er zeigte ein kurios anmutendes Interesse an meiner Antwort. »Dann erkläre mir doch bitte, wieso das nicht gehen soll?«

»Ich muss den Amerikaner und Yuki mitnehmen«, sagte ich im Wissen, dass ich seine Geduld damit auf eine harte Probe stellte. »Erstens haben die mit der ganzen Sache und dem Geld gar nichts zu tun. Zweitens werde ich ohne sie versagen. Ich kann das allein nicht schaffen. Wenn du dein Geld wiederhaben willst, dann muss das sein. Sonst brauchst du uns die achtundvierzig Stunden gar nicht anzubieten. Entweder mit den beiden oder gar nicht. Dann töte uns alle hier und jetzt und ich erspare mir die sinnlose Mühe, einen utopisch hohen Geldbetrag in einer viel zu kurzen Zeitspanne aufzutreiben. Und wir fahren natürlich selbst. Ich brauche doch keinen von deinen Männern, um uns nach Nagasaki zu bringen.«

Ich war unsicher, ob ich mich jetzt endgültig zu weit aus dem Fenster gelehnt hatte. Dreißig Millionen Yen hatte ich einfach nicht, Yuki ebenso wenig und Charles hatte sicher auch keine vergleichbare Summe am Konto. Das Geld würden wir in achtundvierzig Stunden kaum auftreiben können. Nur vorher aufgeben, das durften wir nicht. Der Alte überlegte eine Weile, sah mir dabei unverwandt in die Augen. Dann nickte er träge.

»Danke«, sagte ich und verneigte mich höflich. »Und eine letzte Sache noch. Ich biete dir statt den dreißig Millionen Yen etwas an, das viel mehr wert ist. Etwas, das exquisit, edel und machtvoll ist.«

Seine Gesichtszüge deuteten nun eine kleine Veränderung an, die mir bestätigte, dass ich sein Interesse geweckt hatte.

»Du bietest mir etwas an, das bedeutender und wertvoller als dreißig Millionen Yen ist, und denkst, dass ich das als Ersatz für eine wirklich große Summe akzeptiere? Etwas, das nicht mit Geld aufzuwiegen ist?«

»Ja.«

»Also dann hoffe ich, dass dein Angebot richtig gut ist, sonst vergesse ich das mit den achtundvierzig Stunden, behalte deine kleine Freundin und die Frau, die nicht deine ist, und lasse meinen Schwiegersohn entscheiden, wie er mit dir, dem Amerikaner und Bernhaugen verfährt. In meinen Bordellen auf Jeju können die beiden Damen das Geld auch langsam abstottern.«

Yuki stöhnte auf. Ich schluckte heftig. Wie ein Pokerspieler hatte ich alles auf einen Bluff gesetzt und jetzt musste ich die Karten auf den Tisch legen.

»Ich biete dir statt dreißig Millionen Yen den alten Familiendolch des Tomoyama-Clans an. Der ist definitiv mehr wert und gibt dir die Macht über Nagasaki«, antwortete ich entschlossen. Einen Weg zurück gab es sowieso nicht mehr. Es hieß jetzt Alles oder Nichts. Sterben oder leben.

»Du bluffst«, sagte er. »Weißt du überhaupt, was du mir da anbietest? Ich verstehe da keinen Spaß!«

»Nein, ich bluffe nicht und ja, ich weiß, was ich dir anbiete. Er ist bei mir. Gut versteckt.«

Der Alte überlegte und ließ dabei seinen Blick über uns schweifen. Daraufhin lachte er wieder und erhob sich. Das Spiel war vorbei. Ich hatte zu hoch gepokert. Vielleicht war der Dolch eine Fälschung und er wusste das?

»Tja … dann stimmt das also, was man in gewissen Kreisen über die Sache mit eurem Amerikaner hört. Du hast Glück. Gut, wir haben also eine Abmachung. Du bringst mir den Dolch oder dreißig Millionen Yen. Wenn du es schaffst, leben die beiden und wir sind alle quitt. Wenn nicht, dann sterben sie. In diesem Fall hat mein Schwiegersohn mit dir eine Rechnung offen. Dann darf er mit dir machen, was er will. Wenn du es schaffst, muss er seine Rache vergessen. Mehr kann ich dir nicht versprechen. Ein Mann muss die Chance haben, sein Gesicht zu wahren. Übrigens, deine Freundin und der Amerikaner interessieren mich überhaupt nicht. Die müssen, das solltest du noch wissen, auch nicht am Treffpunkt erscheinen. Es ist mir egal, wer von euch mit dem Dolch oder dem Geld kommt. Dann lebt ihr drei. Das ist eine Zusage meinerseits. Wie du siehst, ist es für alle Beteiligten vorteilhaft, wenn du nicht versagst.«

Ich nickte, aber mir war in Wirklichkeit zum Heulen zumute. Es war komplett unrealistisch, darauf zu hoffen, dass wir in achtundvierzig Stunden so eine Riesensumme auftreiben würden. Ebenso unrealistisch wie die Hoffnung, dass wir den Dolch wirklich noch am Grund des Hafenbeckens finden würden.

»Eine Sache noch«, sagte ich und bemühte mich, dabei besonders selbstsicher zu wirken. »Ich will in den nächsten achtundvierzig Stunden weder beschattet noch verfolgt werden. Lass uns bitte einfach in Ruhe unser Ding machen.«

»Du willst?«, fragte er kalt. »Treib es nicht zu weit, auch meine Geduld hat Grenzen.«

»Ja, ich will. Sonst können wir nicht frei agieren. Wir wissen ja, dass auch noch andere Personen hinter uns her sind. Wir müssen uns organisieren und einige Dinge klären. Da ist es wichtig zu wissen, dass uns zumindest deine Jungs nicht dabei stören. Wie gesagt, sonst können wir das auch bleiben lassen und du beendest es jetzt.«

Ich bildete mir ein zu spüren, wie sehr er diesen Dolch wollte, und wunderte mich, dass die Angst vor dem Alten und den möglichen Folgen dieses Aufeinandertreffens schlagartig gewichen war, was mich im Umgang mit dem Alten viel freier werden ließ. Er nickte kaum merklich.

»Wie heißt du eigentlich?«, fragte ich.

»Du kannst Mr. Tsubuya zu mir sagen«, erwiderte er kalt. »In fünf Minuten beginnt eure Zeit zu ticken.«

Er deutete seinem Schwiegersohn mit einer Handbewegung, uns zu befreien. Der befreite Charles, Yuki und mich, gab mir dabei einen schmerzenden Tritt in die Seite, den Tsubuya mit einem barschen Kommentar auf Japanisch quittierte. Ich warf Naoko einen beruhigenden Blick zu, sie musste ja nicht wissen, wie unmöglich unsere Aufgabe war. Bernhaugen hing schlaff an seinen Stuhl gefesselt, atmete aber. Wie eine im Kampf gegen ein stärkeres Rudel unterlegene Horde Löwen humpelten wir drei zum Auto. Schwanz eingezogen, Kopf gesenkt.

»Ich fahre«, sagte Charles beim Wagen. »Du bist zu mitgenommen, Yuki soll sich lieber um dich kümmern. Nach Nagasaki finde ich schon, wir nehmen einfach die Autobahn über Saga.«

»Was machen wir mit dem Crown?«, fragte Yuki.

»Den holen wir ab, wenn die ganze Sache ausgestanden ist«, antwortete Charles. »Wenn wir darauf warten, dass der Autohändler aufsperrt, verlieren wir zu viel Zeit.«

Mein Kopf dröhnte, der Unterkiefer und die Gliedmaßen schmerzten. Gut, dass Charles das Kommando übernommen hatte.

»In Ordnung, so machen wir es«, sagte Yuki und holte den Erste-Hilfe-Koffer aus dem Heck des Wagens.

Charles lenkte den Patrol sicher auf dem dunklen Waldweg zurück zur Straße.

»Tut deine Schulter noch weh?«, fragte ihn Yuki.

»Nicht der Rede wert.«

Bald danach fuhren wir auf der Landstraße in Richtung Kumamoto, immer darauf bedacht, die Geschwindigkeitsbeschränkungen nicht zu missachten.

»Ich will nicht, dass uns irgendeine Polizeistreife aufhält«, sagte Charles.

Ich lehnte mich zurück und überließ meinen geschundenen Körper Yuki, die mit der Verarztung begann. Immer wieder blieb ihr Blick an meiner Zahnlücke haften. Vermutlich gab ich in diesem Moment ein besonders bedauernswertes Bild ab.

»Schlaft ruhig ein wenig«, sagte Charles. »Der Weg ist gut beschildert und ich fühle mich wirklich fit. Müde bin ich auch nicht. Kurz vor Nagasaki wecke ich euch dann, damit Yuki mich lotsen kann.«

Ich legte meinen Kopf in Yukis Schoß und spürte eine wohltuende Wärme, eine Zuversicht gebende Nähe, wie sie mir bisher nicht begegnet war. Eine Nähe, die weit über das Verlangen hinausging, die etwas Allumfassendes hatte. Diese Gedanken kamen mir zwar furchtbar kitschig vor, aber sie fühlten sich richtig an. Hatten wir uns gefunden? Yuki streichelte mich, während meine Augenlider immer schwerer wurden. Ich hörte sie »suki da yo« flüstern, nur waren meine Augenlider bereits so schwer, dass ich Yuki nicht mehr sehen konnte, mein Mund so bleiern, dass ich ihn nicht mehr öffnen konnte, und der Geist so trüb, dass ich nicht mehr denken konnte.

»Da rechts entlang, bitte nimm hier die linke Spur, da über die Brücke, dort dann links abfahren«, sagte Yuki. Ich hörte ihre Stimme wie durch einen Nebel. Schlaftrunken öffnete ich die Augen und sah, dass wir bereits das Zentrum von Nagasaki erreicht hatten. Die Schmerzen waren jetzt stärker als vor unserer Abfahrt. Besonders unangenehm fühlte sich der wild pochende Kiefer an. Ich griff nach Yukis Hand.

»Guten Morgen, wie fühlst du dich?«, fragte sie besorgt.

»Als hätte ich eine hitzige Begegnung mit einer Horde wilder Bullen hinter mir«, antwortete ich, vage darauf hoffend, sie so ein wenig aufheitern zu können.

Das zögernde Lächeln, das daraufhin über ihre Mundwinkel huschte, blies die Schmerzen fast weg. Ich blickte mich um. Wir fuhren am Bahnhof vorbei und ich erinnerte mich an den Tag, an dem ich hier auf Charles getroffen war. Es war zwar nur wenige Tage her, fühlte sich aber an, als ob Jahrzehnte dazwischen lägen. Etwas später fuhren wir den Nakashima-Fluss entlang und näherten uns der Wohnung, die nun doch nicht mein Zuhause war.

»Da links, über die Brücke, da ist schon das Haus, siehst du es?«, sagte Yuki zu Charles.

Er nickte und setzte den Blinker. Ich bemerkte die beiden schwarzen Vans mit den getönten Scheiben sofort, die fünfzig Meter vor dem Haus parkten.

»Charles«, flüsterte ich.

»Ja, danke, ich habe sie auch registriert«, sagte er und fuhr ruhig an den beiden Wagen vorbei.

»Womöglich falscher Alarm«, meinte er. »Doch komisch kommt mir das schon vor. Ich denke, die suchen nach mir.«

»Wohin jetzt?«, fragte ich.

»Zu mir«, sagte Yuki. »Aber wir sollten vorsichtig sein, wer weiß, ob die nicht bereits eine Verbindung zwischen mir und Charles hergestellt haben. Wenn sie die Wohnung von Naoko kennen und diejenigen sind, die da mehrmals angerufen haben, dann könnten sie vielleicht auch schon bei meinem Häuschen sein.«

Sie gab neue Anweisungen und leitete uns durch enge Gassen den Hügel hinauf, bis wir vor einem schlichten Häuschen mit winzigem Garten hielten. Wir blieben einige Zeit im Auto sitzen und beobachteten die Umgebung. Es war uns niemand gefolgt. Die Männer in den Vans hatten den Patrol also nicht als verdächtig eingeschätzt. Ich stieg aus und realisierte, dass die Sonne in wenigen Minuten aufgehen würde. Diese Uhrzeit war selbst mit Schmerzen die bezauberndste des Tages.

»Von hier ist der Sonnenaufgang besonders schön«, flüsterte Yuki und umarmte mich.

»Ich hoffe, du nimmst es mir nicht übel, dass ich das sage, aber du siehst richtig beschissen aus«, sagte Charles und zündete sich eine Zigarette an. »Diese Arschlöcher. Ich hoffe, dass wir ihnen das heimzahlen können. Irgendwie. Egal wie.«

»Ja, das hoffe ich auch«, sagte ich und umarmte Yuki.

Rauchend beobachteten wir den Sonnenaufgang.

17

Wir hatten noch zweiundvierzig Stunden und zwei Möglichkeiten. Entweder mussten wir dreißig Millionen Yen auftreiben oder den Dolch im Hafenbecken finden. Beides stellte uns vor unüberwindbare Hürden, da wir zum einen nicht tauchen konnten und zum anderen niemanden kannten, der uns dreißig Millionen Yen leihen könnte. Wir dachten zwar kurz daran, Miyamoto nach einem Kredit zu fragen, aber konnten wir dem Arzt wirklich vertrauen? Wir wussten es nicht.

»Wir müssen den Dolch finden. Das ist unsere einzige Chance. Aber wie sollen wir das schaffen?«, fragte Yuki.

»Ich habe ihn beim Seaside Park am Kai ins Wasser geworfen. Gut verpackt, aber doch. Wenn er direkt da untergegangen ist und die Strömung das Paket nicht weitergetragen hat, dann könnte man da sicher tauchen. Nur habe ich keine Ahnung, wie tief es dort ist.«

»Shit«, sagte Charles.

Schweigend tranken wir in Yukis Küche Tee.

»Ich war schon mal schnorcheln«, sagte Charles nach einer Weile, »aber das hilft nicht wirklich, fürchte ich. Außerdem reden wir hier über eine Hafeneinfahrt, das heißt, das Wasser ist sicher trüb, ölig, kalt und wer weiß wie tief. Das ist nicht wie Schnorcheln auf den Bahamas.«

»Zusätzlich bräuchte man da vermutlich eine professionelle Ausrüstung, Taucheranzug, Luftzufuhr, Unterwasserlicht und so weiter. Ich habe überhaupt keine Erfahrung mit solchen Dingen«, sagte ich.

Wir einigten uns schließlich darauf, dass Yuki und ich zum Kai gehen sollten, um die Gegend auszukundschaften. Währenddessen sollte Charles sich ausruhen. Vielleicht kam uns ja noch eine zündende Idee. Yuki hinterließ Charles ihr Mobiltelefon und ich hatte mein Wertkartenhandy dabei. Wir gingen hinunter in die Stadt, vorbei an erhaben in der Morgensonne ruhenden Tempeln und friedlich schlafenden Haushalten, in denen das Leben in Erwartung eines unspektakulären Tages langsam erwachte.

Bei Dejima nahmen wir die Straßenbahn bis zum Nagasaki Seaside Park. Möwen flogen hysterisch schreiend umher, schnappten sich Fische aus dem Wasser oder durchsuchten weggeworfene Chipspackungen im Müll. Etwas entfernt von uns schlurfte ein greiser Mann mit seinem noch älter wirkenden Hund langsam den Kai entlang. Mit hängenden Köpfen bewegten sie sich vorwärts, grauhaarig und gebeugt. Der Gang der beiden wirkte wie ein Kondukt. Zwei alte, unzertrennliche Freunde, die den Zustand der Welt betrauerten. Ich stellte mir vor, wie die beiden seit einer Ewigkeit genau auf diesem Weg spazierten, zu jeder Jahreszeit, bei Sonne, Wind, Regen und Schnee, ein gewachsenes Ritual, das, sollte es einmal nicht mehr möglich sein, den jeweils anderen seiner Daseinsberechtigung berauben würde. Ich erinnerte mich dabei an das Schattenbild im Museum. Als würden sie seit fünfundsiebzig Jahren unermüdlich denselben Weg abgehen, zwei unendlich traurige Schattenwesen, in der Hoffnung auf endgültige Erlösung. Yuki sah mich an und ich wusste, dass sie ähnliche Gedanken hatte.

»Weißt du noch, wo genau du den Dolch hineingeworfen hast?«

Ich deutete zu der Sitzbank ungefähr hundert Meter vor uns, die der alte Mann und sein Hund soeben passiert hatten. Hand in Hand schlenderten wir zur Bank. Das Wasser im Hafenbecken wirkte viel zu trüb, um die Tiefe schätzen zu können.

Außerdem überraschte mich der heftige Seegang, den ich so nicht in Erinnerung hatte.

»Schau«, sagte Yuki plötzlich, »da draußen, ungefähr fünfzig Meter von hier, da ist diese Sicherheitsboje, die die Abgrenzung zu den Bereichen ist, die von den Schiffen nicht befahren werden dürfen. Wenn wir Glück haben, ist es hier also gar nicht tief.«

Die Boje hatte ich beim Hineinwerfen des Dolches nicht bemerkt. Wenn es hier nicht tief war, hatten wir vielleicht tatsächlich eine Chance. Wir setzten uns und ich legte Yuki den Arm um die Schulter. Schweigend sahen wir Fähren, Frachtschiffen und Yachten beim Ein- und Auslaufen aus dem Hafen zu. Ein einsamer Fischer auf einem Ruderboot warf gerade ein paar Netze aus.

»Ich denke, ich habe eine Idee«, sagte ich.

»Wie bitte?«

»Wir müssen einen Fischkutter finden. Einen Fischer, der ein Netz hat, mit dem man den Boden hier abgreifen kann«, sagte ich und deutete in Richtung des Ruderboots, das mich auf die Idee gebracht hatte. »Ich weiß nicht, wie diese Netze heißen, bilde mir aber ein, dass Austernfischer genau solche Methoden anwenden. Wir brauchen also einen Fischer, der uns hilft. Gegen Bezahlung natürlich.«

»Du meinst, das könnte funktionieren?«

»Ja, ich denke schon. Ich glaube sogar, dass das unsere einzige Möglichkeit ist.«

»Aber wie sollen wir so kurzfristig einen Fischer mit Boot und passendem Netz finden? Einen, der bereit ist, das zu riskieren und dem wir auch vertrauen können. Der Fischer da hinten ist sicher kein Profi. Im Hafenbecken ist das Fischen ja eigentlich verboten«, sagte Yuki.

»Du stellst wirklich immer die richtigen Fragen«, sagte ich, »da hat Miyamoto recht.«

Wir beschlossen, zu Fuß zurück zu Yukis Haus zu gehen. Ich wollte Charles sofort informieren, rief ihn an, doch er ging nicht ans Telefon. Auf dem Weg zu Yukis Haus wählte ich Miyamotos Telefonnummer. Eine bessere Lösung fiel mir nicht ein. Er hob sofort ab.

»Daniel, wie schön, von dir zu hören«, sagte er. »Wie kann ich dir helfen?«

Bemüht, dabei nicht zu viel preiszugeben, erklärte ich ihm unser Anliegen.

»In Ordnung, Daniel, ich schaue, was ich tun kann. Ich muss ein paar Anrufe machen, es gibt da ohnehin einige Leute, die mir noch einen Gefallen schulden. Ich melde mich bei dir.«

Während wir auf seinen Rückruf warteten, erhielten wir eine Nachricht von Charles, der meinte, eine gute Idee zu haben, die er in den kommenden Stunden prüfen wolle.

Miyamotos Rückruf ließ nicht lange auf sich warten. »Kommt um drei Uhr am Nachmittag zu mir. Ich werde euch einen Mann vorstellen, der euch helfen kann.«

Yuki sah lächelnd auf die Uhr und fragte mich, wie wir die nächsten drei Stunden bis zum Lunch, sie sagte das Wort mit Anführungszeichen versehen, verbringen wollten. Ich zuckte kopfschüttelnd mit den Achseln. Mittlerweile konnte ich den jeweils nächsten Schritt kaum mehr erwarten und wollte die ganze Sache so rasch wie nur möglich hinter mich bringen. Um danach mein Leben mit Yuki neu beginnen zu können. In völliger Übereinstimmung liefen wir ein wenig schneller durch die Stadt.

»Wir sollten ein wenig schlafen, der Tag könnte noch anstrengend werden«, sagte ich, als wir bei ihr zu Hause ankamen.

Ich setzte mich an den Küchentisch und spürte eine mir unbekannte bleierne Schwere. Mir war ein wenig übel, was ich auf die gestern eingesteckten Schläge und Tritte zurückführte. Yuki brachte mir wenig später einen lauwarmen Tee gegen die Übelkeit, den ich gehorsam trank. Dann nahm sie mich an der Hand und führte mich ins Schlafzimmer. Linkisch zog ich mich aus und legte mich ins Bett. Yuki schmiegte sich von hinten an mich. Eine Ewigkeit später wachten wir auf und lösten uns voneinander.

»Wie geht es dir?«, fragte sie Minuten später.

»Ich fühle mich ausgeruht. Glücklich und frei …«, flüsterte ich.

»Mir geht es ähnlich«, hauchte sie in mein Ohr. »Ich hätte fast Lust, mit dir zu fliehen, ohne Dolch, ohne Naoko, ohne Charles, ohne Miyamoto und ohne mich darum kümmern zu müssen, dieses Chaos in Ordnung zu bringen.«

Ich nickte und küsste sie.

»Ich muss dir gestehen, dass ich Angst habe«, sagte ich und schämte mich gleich dafür. »Schrecklich viel Angst davor, dass das alles schlecht endet. Wir sind doch diesen Typen nicht gewachsen.«

»Angst habe ich auch«, sagte Yuki leise.

Wenig später klopfte Charles an die Schlafzimmertür.

»Aufwachen«, rief er und pfiff eine Melodie.

»Wir kommen …«

Ich spürte, dass es Yuki genauso wenig peinlich war wie mir. Es war ein merkwürdiges Gefühl, diese fast unbekümmerte Verliebtheit zu erleben, während wir gleichzeitig in Lebensgefahr schwebten. Langsam schälten wir uns aus dem Bett und kleideten uns an. Erst nach einem langen Kuss öffnete ich die Tür.

»Was habt ihr erreicht?«, fragte er, als wir uns zu ihm setzten und zwinkerte mir zweideutig zu.

Wir erzählten von der Idee mit dem Fischernetz und dass wir am Nachmittag mit Miyamoto verabredet waren.

»Was hältst du davon?«, fragte Yuki Charles.

»Die Idee mit dem Netz ist großartig«, antwortete er. »Die Frage ist nur, ob uns Miyamoto helfen kann und will.«

Charles Bedenken schienen mir fehl am Platz zu sein.

»Er hat uns zwar erzählt, dass er sich weigert, Geisel der Moral zu sein, doch frage ich mich, ob wir ihm wirklich vertrauen können. Ich habe seine Villa heute ungefähr eine Stunde lang beobachtet. Ich weiß gar nicht genau, was ich dort wollte, aber ich hatte einfach so ein Gefühl. Ich frage mich schon länger, wie ehrlich er zu uns ist. Wie aufrichtig er sein darf und kann. Er hat gesagt, dass er allen hilft, die ihn bezahlen können, aber wieso hilft er dann uns? Wir entschädigen ihn nicht für seine Hilfe. Bisher jedenfalls. Was hat er davon, uns zu helfen? Und noch etwas interessiert mich … Wer hat eigentlich für deinen Krankenhausaufenthalt bezahlt?«, fragte er.

»Ich weiß es nicht.«

»Auch irgendwie verdächtig, nicht? Jedenfalls war heute Tsubuya, der Alte, mit dem du in Naokos Hütte so lange gesprochen hast, bei Miyamoto, gemeinsam mit zwei anderen Typen, die ganz und gar nicht vertrauenswürdig aussahen.«

»Sollen wir auf seine Hilfe verzichten?«, fragte Yuki.

»Ich weiß echt nicht, ob wir ihm vertrauen können«, antwortete Charles nachdenklich.

»Nein, fahren wir zu ihm und schauen, was er uns anbietet«, sagte ich. »Ich habe zwar auch meine Zweifel an seiner Aufrichtigkeit, doch wir müssen es riskieren, weil wir sonst eine von zwei Möglichkeiten verlieren. Aber wir müssen wirklich vorsichtig sein. Einfach weil wir nicht wissen, ob er für sich behält, was wir planen. Es gibt auch keinen Beweis dafür, dass er gegen uns spielt, das möchte ich schon klarstellen. Nur, der Dolch ist mehr als zweihunderttausend Euro wert, da ist blindes Vertrauen wohl fehl am Platz, vor allem, weil es das Leben von Naoko und ihrem Mann betrifft. Und unseres auch natürlich …«

»Da bin ich ganz bei dir«, bestärkte mich Charles.

»Wie war es bei dir? Warst du erfolgreich?«, fragte ich.

Charles nickte.

»Erzähl bitte«, sagte Yuki.

»Wenn man ein Problem lösen muss, braucht man in der Regel Profis. Deshalb habe ich eine kleine Tauchschule auf der Insel Oshima ausfindig gemacht. Mit dem Auto ungefähr achtzig Minuten entfernt von hier. Dort konnte ich mit einer netten Taucherin sprechen, die uns helfen will. Sie kennt keine Details, weiß nur, dass wir etwas sehr Wertvolles im Hafenbecken verloren haben. Dass wir das dringend wieder brauchen und nicht wissen, wie tief es da ist. Und dass wir nicht tauchen können. Mehr weiß sie nicht. Sie ist jedenfalls bereit, morgen vor Sonnenaufgang herzukommen und uns zu helfen, falls wir sie brauchen. Irgendwie ist das von Ebbe und Flut abhängig, ich verstehe da allerdings nicht viel davon, deshalb konnte ich mir ihre Erklärung nicht merken. Sie hat die passende Ausrüstung. Sie meinte nur, dass es darauf ankommt, ob die Strömung das Paket weit weggetragen hat. Wenn ja, dann wäre es wie das Finden der berühmten Nadel im Heuhaufen.«

»Großartig«, rief ich. »Das klingt in jedem Fall wie eine realistische Chance. Sollen wir jetzt überhaupt noch zu Miyamoto?«

»Natürlich«, antwortete Charles. »Hören wir uns zumindest an, was er zu bieten hat.«

Fünfzehn Minuten vor dem Termin bogen wir im Patrol in die zu Miyamotos Anwesen führende Allee ein. Charles bat Yuki, noch nicht zum Tor vorzufahren, sondern hier stehen zu bleiben. Sie parkte zweihundert Meter vor der Grundstücksgrenze und schaltete den Motor aus.

»Da stimmt etwas nicht«, sagte Charles leise.

»Was meinst du?«, fragte ich ihn.

»Ich weiß es noch nicht, ist so ein Gefühl …«

»Schaut nur, die warten da bereits auf uns«, unterbrach ihn Yuki, »da stehen vier unterschiedliche Autos mit getönten Scheiben strategisch im Quadrat. Vorne am Tor säßen wir in der Falle.«

Mein Telefon vibrierte. Es war eine Textnachricht von Miyamoto: Fühle mich nicht gut, bitte kommt nicht. Ansteckungsgefahr zu groß! Medikament nicht vorhanden. Tetsuya.

»Der Doc ist ein Fuchs«, sagte Charles. »Er hat offensichtlich mitbekommen, dass da ein unfreundliches Empfangskomitee auf uns wartet. Und er teilt uns auf diese Weise mit, dass die Variante mit dem Fischer und dem Netz nicht mehr möglich ist. Warum auch immer. Es tut mir richtig leid, dass ich ihn vorhin verdächtigt habe.«

»Wenn wir jetzt hier wenden, werden die uns definitiv bemerken. Wenn wir an ihnen vorbeifahren, auch. Die beiden fehlenden Fenster hinten sind doch leider ziemlich auffällig«, sagte Yuki. »Im Moment sind wir nur irgendwer, der hier geparkt hat.«

»Sollen wir es riskieren? Wir können versuchen, sie abzuhängen«, sagte ich.

»Auch wenn du das in den Bergen ausgezeichnet gemeistert hast, Daniel, aber im Stadtgebiet von Nagasaki haben wir gegen die vier Autos da vorne keine Chance. Außerdem haben mir Tetsuyas Männer meine Waffen abgenommen. Wir haben jetzt nur Yukis Fleischmesser«, meinte Charles.

»Hast du es wenigstens nachgeschliffen?«, fragte Yuki und verdrehte die Augen.

»Nein, dazu hatte ich keine Zeit mehr.«

»Dann wird das Messer nicht viel ausrichten können.«

»Great«, erwiderte er enttäuscht und ließ den Zeigefinger prüfend die Klinge entlanggleiten. »Blunt as it can be.«

Ich schlug vor, den Wagen hier zu lassen und zu Fuß zu flüchten.

»Der Patrol ist hoch genug, um uns Deckung zu geben, wenn wir alle auf der Beifahrerseite aussteigen. Dann können wir im Gebüsch bis zur Straße gelangen, die hinunter zum Museum führt. Und dort suchen wir uns ein Taxi oder nehmen die Straßenbahn.«

Charles und Yuki nickten. Die ersten paar Meter schlichen wir noch geduckt, dann richteten wir uns auf und gingen die enge Gasse langsam und möglichst unauffällig hinunter. Ich warf dem Patrol einen letzten, wehmütigen Blick zu. Irgendein Auto sollten wir organisieren, zumindest morgen. Wir kamen am Memorial Park vorbei, kurz darauf am Atomic Bomb Museum und erreichten bald den tiefer gelegenen Teil des Parks an der Uragami-Straße.

Mit einem Mal spürte ich, wie Yukis Hände mich zur Seite drehten, nach meinem Kopf griffen und ihn etwas unsanft in eine Kussposition brachten. Das tat sie derart unromantisch, dass ich rasch verstand, dass sie mir damit etwas zeigen wollte. Auch Charles hatte etwas bemerkt. Er bewegte sich zwanglos auf die Auslage einer Cup-Cake-Bäckerei zu und betrachtete die ausgestellten Miniküchlein in ihren kitschigen kleinen Becherchen. An seiner Körperhaltung bemerkte ich jedoch, dass er auf der Hut war. Yuki küsste mich und bat mich flüsternd, auf drei Uhr zu schauen.

»Siehst du die Männer, die vor dem 7-Eleven rauchen?«

»Ja.«

»Dann küss mich jetzt noch einmal und schau dabei auf ungefähr zehn Uhr, dort stehen auch zwei rauchende Männer vor einem Hauseingang.«

»Ja, die sehe ich auch.«

»Gut. Hinter dir, dreh dich bitte jetzt nicht um, ungefähr hundert Meter entfernt, folgen uns noch einmal zwei Männer, die von ihrem Aussehen zu den vier anderen passen. Wir sind, ich sage es nur wirklich ungern, eingekesselt. Was sollen wir jetzt nur tun?«

»Verdammt«, sagte ich, als sich Yuki langsam von mir löste und ich Charles pfeifen hörte. »Lass uns trotzdem ruhig weitergehen. Hier werden sie uns nicht angreifen, es sind zu viele Menschen unterwegs.«

Wir gingen langsam weiter. Charles blieb dabei ein paar Schritte hinter uns. Ungefähr hundert Meter vor uns sah ich den Vorbau des Saint Paul Hotels. Ich führte Yuki in das Hotel, das alle Klischees britischen Wohlbehagens zu erfüllen schien. Der Union Jack hing hinter der verwaisten Rezeption und das berühmte Abbey-Road-Foto der Beatles hing in Plakatgröße über einer gemütlich aussehenden Sitzgruppe. Kurz nach uns erschien Charles in der Lobby. Bei den Aufzügen wartete ein schüchtern wirkender Liftjunge, definitiv noch ein Teenager. Charles lief unbeirrt auf ihn zu, drückte ihm zwei Zehntausend-Yen-Scheine in die Hand und teilte ihm mit, dass wir zu unserem Wagen in der Garage wollten.

»Du hast uns nie gesehen, richtig?«, sagte Yuki und blickte den Jungen eindringlich an.

Der Junge nickte ängstlich. Er rief den Aufzug und ließ uns eintreten. Danach begleitete er uns in die zwei Stockwerke tiefer gelegene Garage, wo er uns stotternd eine gute Fahrt wünschte.

Nachdem sich die Türen des Fahrstuhls hinter dem Jungen geschlossen hatten, eilte Charles hektisch von Auto zu Auto, bis er im hinteren Teil der Garage vor einem Fahrzeug stehen blieb.

»Das ist genau, was wir brauchen«, sagte er und zeigte auf einen Wagen mit getönten Scheiben, eine Art Limousine. »Nicht zu neu, also einfach reinzukommen und kurzzuschließen. Ein Datsun Laurel, gebaut irgendwann in den frühen Achtzigern, einfach ein Traum.«

Mit Yukis stumpfem Fleischmesser machte er sich an der Fahrertür zu schaffen und hatte sie nur wenige Sekunden später offen. Er stieg ein und fummelte an den Kabeln unter dem Lenkrad herum. Murmelte unverständliches Zeug, fluchte ein paarmal und lachte, als der Motor kurz darauf aufheulte.

»Bitteschön«, sagte er und stieg wieder aus, »unser neues Auto. Stunt Boy, ich denke, du solltest fahren, Yuki sitzt vorn bei dir und ich bleibe brav auf der Rückbank und genieße die Fahrt in diesem wundervollen Automobil.«

Ich fuhr an den Ausfahrtsschranken heran und fragte mich gerade, wie wir da rauskommen sollten, als der Schlagbaum von selbst hochging. Wir winkten in die Kamera und fuhren los. Bevor wir in die Straße einbogen, fielen mir noch zwei der Männer vor dem Hoteleingang auf. Sicherlich suchten uns die anderen vier im Hotel.

»Wir haben zumindest einen kleinen Vorsprung herausgeholt«, sagte ich und fuhr möglichst unauffällig los.

Im Rückspiegel sah ich, dass die beiden Männer den Datsun keines Blickes würdigten. Das verschaffe uns noch mehr Zeit.

Yuki lächelte breit und Charles sang einen Song, der ein wenig nach *Hey Jude* klang. Seine Intonation war grauenhaft. Beinahe wie ein sonntäglicher Familienausflug, überlegte ich und musste lachen. Fehlte nur noch der Kirchgang.

»Wusstet ihr«, sagte Charles wenige Takte später, »dass dieser Song Verschwörungstheorien entstehen ließ, die davon ausgingen, dass Paul McCartney tot sei?«

Wir schüttelten beide den Kopf. Im Rückspiegel sah ich, wie er mit ausdrucksloser Miene aus dem Fenster nach draußen starrte. Wenig später räusperte sich Yuki.

»Wir müssen überlegen, wohin wir fahren«, sagte sie.

Zu Yukis Häuschen sollten wir nicht, da waren wir uns einig. Aus einem Bauchgefühl heraus wählte ich den Weg über die Asahio-Brücke auf die andere Stadtseite nach Asahimachi und wollte bereits den Weg bergauf in Richtung des Krankenhauses einschlagen, als mich Yuki bat, nicht abzubiegen und stattdessen dem Straßenverlauf zu folgen.

»Falls die ihre Hausaufgaben gemacht haben, werden sie die Klinik suchen«, sagte sie. »Und finden. Fahren wir lieber in das Kaminoshimamachi-Viertel, da werden sie uns hoffentlich vorerst nicht suchen.«

Wir fuhren weiter und ich erhaschte einen flüchtigen Blick über die Bucht und die Stelle, an der ich den Dolch versenkt hatte. Warum war ich nur so ein Idiot gewesen, dachte ich gerade, als Yuki mir die Anweisung gab, nach rechts abzubiegen. Wir fuhren nun durch ein Wohnviertel, Yuki kannte sich hier offensichtlich sehr gut aus. Kurz darauf kamen wir bei einem quadratischen Zweckbau an. Vor dem Gebäude befand sich ein Parkplatz, daneben ein sandiger Fußballplatz.

»Meine ehemalige Schule«, sagte Yuki.

»Hat sie wenigstens eine Schulküche?«, fragte ich.

»Ja, aber da willst du nicht essen«, lachte sie. »Die Polizei wird vielleicht demnächst auf der Suche nach dem Auto sein. Je nachdem, wie bald der Besitzer, der laut den Papieren im Handschuhfach Aoyama Shigeharu heißt, bemerkt, dass jemand seinen Wagen aus der sicheren Garage des Hotels gestohlen hat. Wir müssen es also loswerden.«

»Ach so«, erwiderte Charles, nun bereits selbst erheitert, »du willst das Auto, diesen wunderschönen Datsun, einfach hier loswerden?«

Yuki nickte.

»Very clever. Aber sehr schade.«

»Wir stellen das Auto hier ab und gehen zu Fuß weiter«, erklärte Yuki.

Ich stellte den Wagen ab und wir folgten Yuki, die auf eine riesige Muttergottes-Statue zusteuerte. Dahinter, mit Blick aufs Meer, stand eine weiße Kirche, die im nahezu tropisch grünen Umfeld einen erhabenen Eindruck machte, aber dennoch auf unerklärliche Weise wie ein Fremdkörper wirkte.

»Wollen wir beten?«, erkundigte sich Charles etwas pikiert. »Ich fürchte, ich bin Atheist.«

»Nein, keine Sorge, ich habe einen Plan. Wir sollten aber zuerst etwas essen, denke ich«, sagte Yuki.

Charles und ich stimmten sofort zu.

»Und danach suchen wir Padre Jorge auf, der wird uns hoffentlich Asyl gewähren und uns helfen.«

»Klingt gut«, sagte Charles.

Wir gingen an der Kirche vorbei, durchquerten ein Wohnviertel und standen kurz darauf im Vorgarten eines unscheinbar wirkenden Hauses. Kanji-Schriftzeichen zierten das Schild über der Eingangstür. Yuki zog an dem neben der Schiebetür hängenden Strick. Ein heller Glockenklang ertönte daraufhin im Haus. Wenige Momente später schob ein älterer, schmächtiger und mürrisch wirkender Mann mit Schürze die Tür auf. Als er Yuki sah, hellte sich sein Gesichtsausdruck augenblicklich auf. Er nahm sie in die Arme und drückte sie fest an sich. Eine Begrüßung wie diese hatte ich in Japan bisher noch nicht gesehen. Auch Charles hatte die Augenbrauen gehoben, lächelte aber breit. Yuki flüsterte dem Mann aufgeregt etwas ins Ohr. Daraufhin trat er zur Seite, verneigte sich und bat uns ins Haus. Wir zogen die Schuhe aus und stellten sie in ein Schließfach. Der Mann ging voraus und führte uns in den hinteren Bereich des Lokals, wo es drei diskrete Séparées gab. Er öffnete eine Tür und bat uns einzutreten, deutete auf uns und stellte Yuki eine Frage. Sie nickte und fragte, ob es irgendetwas gäbe, was wir nicht äßen. Zur Zufriedenheit des Mannes schüttelten wir energisch verneinend den Kopf. Mit einer Verneigung verließ er uns. Wir setzten uns auf die Tatami um den Tisch und Yuki schnappte sich die Fernbedienung des in einer Ecke angebrachten Fernsehers. Sie blickte auf die Uhr und schaltete das Gerät mit dem Beginn der Nachrichten ein.

»Das sind die regionalen Nachrichten«, sagte sie an uns gerichtet, als sie die Lautstärke erhöhte, »ich möchte wissen, ob über etwas berichtet wird, was mit uns zu tun hat.«

Im dritten Beitrag sah ich ein Standbild aus dem Überwachungsvideo vor dem Hotel. Yuki erklärte, dass man weiter nach mir fahnden würde. Allerdings nur im Zusammenhang mit dem Mord an Charles.

»Sie geben sogar die Telefonnummer des zuständigen Kriminalkommissars an. Ein gewisser Inspektor Kusanagi. Den sollten wir gemeinsam mit Charles kontaktieren, wenn das hier vorbei ist. Wenn wir mit dem angeblich Ermordeten auftauchen, können sie dir kaum einen Mord anhängen.«

Nach der Wettervorhersage wandte sich Yuki wieder uns zu. Sie sah blass aus. »Wir haben ein weiteres Problem«, sagte sie. »Ein Sturm ist im Anmarsch und wird in den nächsten ein bis zwei Stunden auf Nagasaki treffen. Dazu Starkregen und Windgeschwindigkeiten bis zu einhundertzehn Stundenkilometer. Der Sturm soll sich leider erst in der Nacht auf übermorgen beruhigen.«

18

Der Inhaber und Chefkoch des Lokals erwies sich als Yukis ehemaliger Schwiegervater. Mit zwanzig hatte sie Yunichiro, seinen Sohn, geheiratet, der allerdings nur wenige Monate nach der Hochzeit mit einer australischen Sängerin oder Stripperin nach Melbourne durchgebrannt war. Er hatte sich scheinbar nicht getraut, seinem Vater zu offenbaren, dass er eine Australierin liebte, noch dazu eine mit einem für konservative Japaner eindeutig fragwürdigen Lebensstil. Während Yuki Yunichiro seither nicht mehr gesehen hatte, besuchte sie seinen Vater mindestens einmal im Jahr.

»Letztendlich war es gut, dass mich Yunichiro verlassen hat«, erzählte sie. »Einen Mann, der eigentlich eine andere liebt und dich nur seinem Vater zuliebe geheiratet hat, den braucht man wirklich nicht. Aber für mein Ansehen in der japanischen Gesellschaft war die Trennung katastrophal. Ein Mann hat immer recht und wenn der Mann die Frau verlässt, ist sie daran schuld. Sagt man jedenfalls. Kenzaburo, mein Schwiegervater, hat mir damals viel geholfen, nicht nur finanziell, sondern auch moralisch. Er mochte mich, das tut er noch immer. Außerdem war ihm das Verhalten seines Sohnes zutiefst peinlich. Das hat ihn sehr gekränkt. Ohne seine Hilfe hätte ich es damals nicht geschafft. Dafür bin ich ihm sehr dankbar. Und er kocht dazu auch noch großartig, ihr werdet es gleich merken.«

Der Mann kehrte mit zwei Tabletts ins Zimmer zurück und verteilte die kleinen Tellerchen am Tisch. Er sagte ein paar Worte, verneigte sich und verließ uns wieder. Yuki übersetzte, dass das die erste Vorspeisenrunde sei, und erklärte uns die Speisen. Es gab Miso-Auberginen, Edamame, kleine Yakitori-Spießchen, Gemüse- und Shrimp-Tempura, eingelegten Tintenfisch, Takoyaki und eine Platte mit den unterschiedlichsten Sashimi-Variationen. Dazu tranken wir Oolong-Tee. Während ich jede köstliche Kleinigkeit probierte, überkam mich eine kindische Art von Eifersucht, wenn ich daran dachte, dass Yuki mit dem Sohn dieses Mannes verheiratet gewesen war. Die Frage, wie viele Männer seit damals Yukis Weg gekreuzt haben könnten, verscheuchte ich gleich wieder aus meinen Gedanken.

»Ist alles in Ordnung?«, fragte mich Yuki. »Du siehst ein wenig blass aus.«

»Ja, alles in Ordnung. Diese Speisen schmecken einfach großartig. Ich glaube, ich habe noch nie so gut gegessen wie hier. Und wenn das nur die Vorspeisen sind, dann frage ich mich, was uns noch bevorsteht.«

»Es ist nicht auszuschließen, dass das unsere Henkersmahlzeit ist«, warf Charles sarkastisch ein, während er sich ein weiteres Stück vom eingelegten Tintenfisch in den Mund stopfte. »Wir sollten sie genießen …« Er schaute sich um und lud seinen Teller eifrig wieder voll.

Auch wenn er recht hatte, wollte ich nicht weiter darüber nachdenken. Die Hauptspeisen lenkten mich ab, es gab Hodate-Ikura Don, Lachs-Teriyaki, in würziger Marinade gegrillte Hähnchenstücke, eine Riesenplatte mit Testunabe Gyoza und für jeden von uns einen Topf mit Motsunade. Je mehr ich davon aß, desto unangenehmer fühlte sich die Vorstellung an, dass dies tatsächlich unsere allerletzte Mahlzeit sein könnte.

Nach dem Essen klingelte Yukis Mobiltelefon. Es war Mieko, die Taucherin von der Oshima-Insel. Auch sie hatte die Wettervorhersage gesehen, wollte es aber dennoch unbedingt versuchen. Ihrer Meinung nach sollte es zwischen drei und fünf Uhr früh am ruhigsten sein.

»In dieser Zeitspanne werden uns auch die Gezeiten helfen, da wird Ebbe sein«, erklärte sie Yuki, »der Wasserstand wird also fast zwei Meter niedriger sein als tagsüber.«

Wir vereinbarten, dass wir uns um drei Uhr nachts vor der katholischen Kirche treffen.

»Sie meint, dass ein Ruder- oder ein Motorboot hilfreich sein könnte, damit sie nicht vom Kai aus tauchen muss«, sagte Yuki, nachdem sie sich verabschiedet hatten. »Und wir müssen einen Strick auftreiben, mit dem wir ihr wieder ins Boot helfen können. Oder eine Strickleiter, das wäre noch besser.«

Charles sah auf die Uhr.

»Es ist bereits nach zwanzig Uhr, wo sollen wir jetzt noch diese Dinge auftreiben?«, fragte er.

Verzweifelt blickte ich zu Yuki, die kurz überlegte. Dann betätigte sie die Rufglocke und wenige Momente später erschien Kenzaburo in der Tür. Er sah die leeren Teller und lachte zufrieden. Charles und ich baten Yuki, ihm zu sagen, wie begeistert wir von seinen Speisen waren. Seine zufriedene Miene war richtig ansteckend. Yuki verwickelte ihn in ein Gespräch. Nach einigen Sätzen schüttelte er bekümmert den Kopf und hockte sich zu ihr auf die Tatami. Er legte ihr vertraut den Arm um die Schulter. Immer wieder blickte er dabei zu Charles und mir. Ich vermutete, dass Yuki ihm unsere Geschichte erzählte.

Vielleicht konnte er uns behilflich sein? Mit einem Mal veränderte sich der Tonfall der beiden und wurde etwas aufgeregter. Kenzaburo zog ein Mobiltelefon aus der Brusttasche, wählte eine Nummer und wartete. Kurz darauf sprach er. Charles war im Schneidersitz eingeschlafen. Immer wieder hörte ich ihn leise schnarchen.

Kenzaburo steckte das Telefon weg und erklärte Yuki ein paar Dinge, stand auf, sah den schlafenden Charles, lächelte und klopfte mir auf die Schulter. Er nickte mir zu und verließ den Raum. Yuki atmete tief durch und deutete fragend auf Charles, der mittlerweile parallel zum Tisch lag und lautstark schnarchte. Ich holte meine Zigaretten aus der Tasche.

»Sollen wir draußen eine rauchen?«, fragte ich sie flüsternd. »Charles können wir hier schlafen lassen, der läuft nicht davon.«

Sie nickte.

»Also«, sagte sie nach dem ersten Zug, »ich hatte meine Hoffnung schon vorher auf Padre Jorge gesetzt und hatte gehofft, dass Kenzaburo uns hier mit seinen Kontakten weiterhilft. Und ich hatte recht, sie kennen sich sehr gut. Der Padre ist hier Stammgast. Wie auch immer, er hat jedenfalls ein Motorboot. Kenzaburo meinte nämlich, dass es besser sei, vom kleinen Yachthafen in Kaminoshima, also nur wenige Meter vor der Kirche, quer über die Bucht zum Tauchspot zu fahren. Das Boot des Pfarrers habe sogar eine eingebaute Treppe zum Ein- und Aussteigen. Padre Jorge wird uns das Boot leihen, wird aber, falls wir erwischt werden oder Probleme auftreten, sagen, dass wir das Boot ohne seine Einwilligung entwendet haben. Offensichtlich muss er aufpassen, dass die Pfarre keine Probleme bekommt.«

Ich nickte. Wieso sollte er auch für uns den Kopf hinhalten?

»Er erwartet uns um viertel nach zwei beim Hintereingang der Kirche.«

Yuki umarmte mich.

»Wir schaffen das. Und dann schauen wir, wie wir weitermachen«, flüsterte sie.

Es war längst dunkel und das angekündigte Unwetter näherte sich rasch. Man spürte es in der Luft und sah es an den aufgestapelten Wolkengebilden, die einschüchternd wirkten. Im ab und zu zwischen den Wolken durchscheinenden Mondlicht sahen wir in der Ferne die Schaumkronen an der Meeresoberfläche, die mit zunehmendem Wind immer größer wurden. Von Zeit zu Zeit blies uns der Wind salzige Gischtwölkchen ins Gesicht. Dass in wenigen Stunden die Ebbe einen Tauchgang möglich machen sollte, konnte ich mir beim besten Willen nicht vorstellen.

»Denkst du, dass wir es schaffen?«, fragte Yuki.

»Ich hoffe es«, antwortete ich.

»Diese Mieko, die Taucherin, sie klang äußerst zuversichtlich. Sie muss sehr tapfer sein«, fügte sie hinzu. »Ich frage mich nur, wieso sie uns helfen will?«

Fragend hob ich die Schultern. Momente später legte der Wind jäh zu und wir sahen einige Blitze zwischen uns und dem Horizont im Meer einschlagen. Es donnerte und mit einem Mal öffneten sich die Schleusen des Himmels. Der Regen, der auf uns niederging, war von biblischer Wucht. Innerhalb von wenigen Sekunden waren wir komplett durchnässt. Ich spürte das Wasser in Schuhen und Hosen, alles hing klamm an mir. Yuki hatte die durchnässte Zigarette ironisch schlaff im Mundwinkel hängen und konnte sich vor Lachen kaum mehr halten.

»Sollen wir reingehen?«

»Nein, nein, es ist ja nicht kalt und nass sind wir schon, da können wir noch draußen bleiben. Ich genieße das gerade sehr«, sagte sie. »Umarme mich einfach, gut?«

Ich nickte und schloss meine Arme um Yuki. Etwas später hörten wir Charles nach uns rufen. Der Regen hatte ein wenig nachgelassen. Von Zeit zu Zeit blitzte und donnerte es allerdings noch. Palmen bogen sich wild im Wind.

»Hey people, enjoying yourselves out here?«, fragte Charles, als er sich zu uns in den Regen stellte.

Yuki erzählte ihm vom Motorboot, von Padre Jorge und dem Telefonat mit Mieko. Er grinste und sah auf seine Armbanduhr.

»Ja, ein paar Stunden haben wir noch«, sagte ich.

»Kommt mit«, sagte Yuki und führte uns zurück zum Haus.

Während Charles und ich tropfend unter dem Vordach standen, lief Yuki barfuß hinein und kehrte wenige Minuten später mit einem Schlüssel zurück. Wir folgten ihr, bis wir im Garten hinter dem Haus einen hohen Bambuszaun mit Tür sahen. Einen halben Meter über dem Zaun befand sich das Dach. Zwischen Zaun und Dach stieg Dampf auf. Yuki öffnete die Gartentür und ging voraus. Ich sah ein ungefähr fünf oder sechs Quadratmeter großes, dampfendes Steinbecken, daneben einen Ruhebereich mit vier Liegen. Obwohl wir uns im Freien befanden, war es durch die Überdachung überraschend gemütlich. Im hinteren Bereich der überdachten Fläche gab es ein paar Schränke, Spiegel, kleine Schemel und an jedem Platz einen Duschkopf. Yuki erklärte, dass das Kenzaburos Onsen sei, den wir gerne benutzen durften. Sie unterwies uns in den notwendigen Prozeduren und brachte uns miniaturhaft wirkende Handtüchlein aus einem der Schränke. Dieses kleine Handtuch war ausschließlich für die Bedeckung des Kopfes im

Wasser gedacht. Sie schärfte uns ein, uns vor der Benutzung des Onsen gründlich zu reinigen, und bat uns, ihre Anweisungen wirklich ernst zu nehmen.

»Badehosen haben wir nicht, doch die sind sowieso verboten. Nackt und sauber muss man sein«, sagte sie.

Wir nickten.

»Eigentlich baden Männer und Frauen mittlerweile nicht mehr gemeinsam, obwohl es früher, vor dem Einfluss der Europäer, üblich war. Wenn es euch beiden aber recht ist, dann bade ich mit euch«, sagte sie.

Ich nickte. Charles nickte auch, bot im Gegenzug sogar an, dass er gerne verzichte, wenn Yuki sich in seiner Anwesenheit unwohl fühlen würde.

»Nein, nein, mich stört das wirklich nicht. Hier geht es ausschließlich ums Baden, um sonst nichts. Körperreinigung und Reinigung des Geistes. Das können wir alle gut gebrauchen«, sagte sie und ging zu einem der Schemel. »Wer weiß, was uns heute noch alles bevorsteht.«

Ich folgte Yuki, während Charles diskret den Waschplatz am anderen Ende der Reihe wählte, und verfolgte ihre routinenhaften Bewegungen beim Reinigen ihres Körpers. Kein Millimeter entging ihren flinken Händen. Charles wusch sich entweder übertrieben gründlich oder trödelte bewusst lange, um Yuki den nötigen Vorsprung zu geben, als Erste im Wasser zu sein.

Interessanterweise bemerkte man hier kaum etwas vom Sturm. Dieser Onsen war bestmöglich witterungsgeschützt. Bei wohlig warmen einundvierzig Grad Wassertemperatur spürte ich, wie meine Gliedmaßen angenehm schwer wurden. Körper und Geist verschmolzen in einem schwebenden Zustand, der losgelöst von den Problemen und Gefahren war, die außerhalb des Beckens lauerten. Es bestand keine

Notwendigkeit zu reden. Charles blickte starr ins Nichts, während Yuki mit geschlossenen Augen in sich gekehrt im Wasser lag. Ich schloss ebenfalls die Augen und versuchte nicht an die kommenden Stunden zu denken. An die lauernde Gefahr. An die Möglichkeit, dass Yuki, Charles oder ich den Tag unter Umständen gar nicht überleben würden. An die Gefahren, denen wir uns demnächst auf dem Wasser bei Sturm und Regen aussetzen würden. Während mein Körper entspannte, sah ich auch Szenen, die ich gar nicht mehr vermisst hatte. Mit einem Mal war da wieder die Frau mit den rotblondgelockten Haaren. Obwohl ich verstand, dass ich in Wahrheit mit dieser Frau verheiratet war, schien sie mir so fremd, wie sie mir vermutlich immer gewesen war. Fremd und weit entfernt. Vieles wurde mir nun klarer. Mir wurde bewusst, dass ich hier in Nagasaki nur eine Gastrolle innehatte. Auch wenn ich emotional längst angekommen war. Bei Yuki. In Nagasaki. Ich muss der bleiben, der ich jetzt bin, ich darf nicht wieder zu dem werden, der ich vorher war, sagte ich mir eindringlich. Wenn ich auch nur irgendetwas in meinem Leben verstanden hatte, dann das.

»Woran denkst du gerade?«, unterbrach Yuki meine Gedanken.

»Ich habe mein bisheriges Leben gesehen«, sagte ich.

Sie legte den Kopf zur Seite und betrachtete mich interessiert. »Und?«

»Ich weiß nur, dass ich mein Leben mit dir leben will. Hier«, erwiderte ich.

Sie lächelte und küsste mich. Wir stiegen aus dem Wasser, duschten kalt und hüllten uns in die warmen Frotteebademäntel, die uns Kenzaburo mit einer Runde Oolong-Tee und einem Kännchen heißer Sake vorbeigebracht hatte, und ruhten bis kurz vor zwei Uhr nachts. Der Wind hatte ein wenig nachgelassen, während der Regen wieder stärker geworden war. Wir schlüpften in unsere klamme Kleidung und machten uns zu Fuß auf den Weg zur Kirche.

Pünktlich zur vereinbarten Zeit klopfte Yuki an die Hintertür der Kirche. Padre Jorge hatte bereits auf uns gewartet.

»Seid gegrüßt! Kommt herein«, sagte er und blickte uns entsetzt an. »Ihr seid ja komplett durchnässt.«

Nachdem wir uns vorgestellt hatten, sah der Geistliche nervös auf die Uhr und bat uns, kurz Platz zu nehmen. Er musterte uns eindringlich, schüttelte besorgt den Kopf und eilte an der Kanzel vorbei in den Pfarrhausanbau. Ich setzte mich in eine Kirchenbank. Zum ersten Mal in meinem Leben verspürte ich den Wunsch zu beten, auch wenn ich keine Ahnung hatte, wie ich dabei vorgehen sollte. Die Worte des *Vater Unsers* brachen in meinem Kopf nach der ersten Textzeile ab, ich vermutete jedoch, dass das keine Folge des Gedächtnisverlusts war. In dieser katholischen Kirche in Nagasaki wurde mir klar, dass ich gläubige Menschen um ihren Glauben beneidete. Eine Erkenntnis, die ich mir nicht näher erklären konnte. Die Stärke, an etwas komplett Ungreifbares zu glauben, etwas so Übermächtiges und Unbelegbares wie einen unsichtbaren Gott, das musste eine erleuchtende Qualität haben. Würde ich als gläubiger Mensch selbstsicherer und mutiger in diesen bereits angebrochenen Tag gehen? Ich ließ mich auf die Knie sinken, faltete die Hände und überlegte. Unendlich viele Wünsche drängten sich mir auf, wo sollte ich nur beginnen? Ich blickte auf, hörte das Prasseln des Regens und bemerkte, dass ich meine Anliegen nicht auf ein oder zwei reduzieren konnte. Es ging wohl auch nicht, gleich beim ersten Versuch mit einer unverschämten Anzahl von Bitten daherzukommen. Vielleicht genügte bereits der Wunsch, zu glauben. Verstohlen sah ich mich um, Charles und Yuki waren in ein Gespräch vertieft, schloss die feuchten Augen und flüsterte tonlos »Bitte«.

Ich hörte Padre Jorge kommen und stand auf. Er hatte uns trockene Kleidung und für jeden von uns einen Regenponcho gebracht. Rasch zogen wir uns um und gingen nach draußen, wo wir bereits Miekos blauen Mazda geparkt sahen. Sie war allein im Auto, verdächtige Fahrzeuge oder Personen in der Nähe konnten wir nicht entdecken. Charles stellte uns Mieko vor und half ihr beim Tragen der Tauchausrüstung. Dann gingen wir gemeinsam die wenigen Schritte zum Yachthafen. Der Padre zeigte uns das Boot und erklärte uns die Benutzung. Er drückte Yuki den Schlüssel und eine Taschenlampe in die Hand.

»Der Tank ist halb voll, keine Sorge, für das, was ihr vorhabt, reicht das auf alle Fälle«, sagte er. Er sprach ein kurzes Gebet, segnete uns und bekreuzigte sich.

Mit Ausrüstung hatten nur zwei Personen auf dem Motorboot Platz. Wir entschieden uns dafür, dass ich mit Mieko auf dem Boot fuhr. Yuki und Charles sollten mit dem Mazda zum Kai fahren und uns von dort behilflich sein. Mieko zeigte mir, wie ich sie mit dem Unterwasserscheinwerfer vom Boot aus sinnvoll unterstützen konnte. Wenn sie im Wasser war, musste ich ihrer Tauchschnur in sicherem Abstand folgen. Mit dem Paddel natürlich, ohne Motor.

Auf einer Karte zeigte ich Mieko die ungefähre Stelle, an der ich das Paket mit dem Dolch im Wasser versenkt hatte. Als sie hörte, dass das erst drei Tage her war, nickte sie. Das sollte den Suchradius einschränken. Als wir alles im Motorboot verstaut hatten, zog Mieko ihre Jeans und den Pulli aus und schlüpfte in den Tauchanzug, zog die Flossen über die Füße. Sie prüfte das Atemgerät und legte die Tauchflasche an. Die Taucherbrille hielt sie in der Hand.

»Falls es am Kai zu Problemen kommt und ein Abbruch notwendig ist«, sagte Charles, »dann geben wir euch mit der Taschenlampe das SOS-Zeichen. Ebenso macht ihr es in unsere Richtung, wenn bei euch etwas passiert und ihr abbrechen müsst.«

»Alles klar«, bestätigte ich.

»Wenn ihr den Dolch gefunden habt, dann gibst du mit dem Unterwasserscheinwerfer ein mindestens zehn Sekunden dauerndes, durchgehendes Lichtsignal«, sagte Charles. »Ebenso, wenn ihr unverrichteter Dinge abbrechen müsst. Das ist für uns das Signal, dass wir zur Kirche zurückkehren und uns hier am Yachthafen treffen. Zur Sicherheit machen wir uns noch einen zweiten Treffpunkt aus.«

»Gute Idee«, antwortete Yuki.

»Sechs Uhr früh in der Kirche bei Padre Jorge und zur Not einundzwanzig Uhr?«

»Wo?«, fragte ich.

»Wie wäre es mit dem Garten des Kofukuji-Tempels?«, schlug Yuki vor. »Da wird uns sicherlich niemand suchen.«

Wir nickten.

»Und wenn wir den Dolch nicht haben?«

»Darüber möchte ich eigentlich nicht nachdenken«, antwortete Charles. »Und noch was, im Notfall ist wer von uns auch immer den Dolch hat um Mitternacht auf dem Parkplatz des Krankenhauses.«

»Wenn einem von uns etwas passiert?«, fragte Yuki. »Was meinst du?«

»Ihr wisst ja«, antwortete Charles, »alles ist möglich. Auch wenn einer von uns getötet oder verletzt wird, müssen die anderen weitermachen. Jedem von uns kann etwas zustoßen. Dessen müssen wir uns bewusst sein. Es muss uns einfach klar sein, dass wir weitermachen. Egal, was passiert. Sonst können wir es gleich lassen und feige abhauen!«

Auch wenn ich mir ebenfalls solche Gedanken gemacht hatte, war die Tatsache, dass er das alles einfach so aussprach, schwer zu verdauen. Mein Magen zog sich zusammen und eine eigenartige Beklemmung machte sich in mir breit. Mieko signalisierte, dass sie bereit war. Charles umarmte zuerst Mieko, dann mich und wünschte uns Glück.

»See ya' later buddy«, sagte er und ging zum Mazda.

Als ich ins Boot steigen wollte, hielt mich Yuki fest. »Pass auf dich auf, gib mir dein Wort darauf, ja?«

»Ja, ja, natürlich«, erwiderte ich und küsste sie. »Du auch, versprich mir das.«

Als sie ins Auto zu Charles stieg, bildete ich mir ein zu sehen, dass sie weinte.

»Let's go«, sagte Mieko.

Ich startete den Motor und wir legten ab. Nach einer kurzen Eingewöhnungsphase konnte ich mit dem Boot umgehen und wir kamen trotz des ungemütlichen Seegangs gut voran. Nur der ins Gesicht peitschende Regen und der starke Wellengang in der Bucht von Nagasaki erschwerten das Lenken, doch auch diese Widrigkeiten fielen mir nach einiger Zeit nicht mehr auf. Beim Queren der Bucht bemerkte ich, wie einschüchternd das offene Meer bei Nacht war. Ich spürte die bedrohliche Tiefe und die Gewalt der Wellen, noch dazu im Sturm, als Hinweise auf die Unzulänglichkeit des Menschen gegenüber der Natur. Hier draußen am Meer fühlte ich mich so klein und unwichtig wie nie zuvor.

Als wir uns endlich dem Kai des Nagasaki Seaside Parks näherten, wurde mir klar, dass es problematisch war, die Einwurfstelle von hier unten genau zu lokalisieren. Warum hatte ich mir keinen anderen Orientierungspunkt außer der Sitzbank gemerkt? Anhand des nächstgelegenen Gebäudes am Kai schätzte ich allerdings, dass wir uns bereits mehr oder weniger über der Stelle befinden müssten. Ich deutete Mieko an, dass wir das Ziel erreicht hatten, und drehte den Motor ab. Mit dem Paddel versuchte ich, das Boot einigermaßen gerade zu halten. Keine einfache Aufgabe. Mieko beobachtete mich skeptisch und zeigte mir, wie ich das Paddel einsetzen musste. So konnte ich das Boot in der Tat besser kontrollieren.

»Will you manage?«, fragte sie skeptisch.

Ich nickte zuversichtlich. Sie setzte sich mit dem Rücken an den Rand des Boots, adjustierte Taucherbrille und Luftzufuhr, zeigte mit dem Daumen nach oben und ließ sich rückwärts ins Wasser fallen. Mit der freien Hand nahm ich den Unterwasserscheinwerfer und hielt den Lichtstrahl knapp unter die Wasseroberfläche. Paddel und Scheinwerfer waren zeitgleich praktisch nicht bedienbar und ich hoffte, dass keine brenzlige Situation eintreten würde, in der Mieko tatsächlich auf Hilfe von mir angewiesen wäre. Vom Kai her hörte ich zwei kurze Pfiffe. Ich erkannte zwei Gestalten, das mussten Yuki und Charles sein, die uns zuwinkten. Das Licht ihrer Taschenlampe half uns zwar hier draußen nicht, doch sollte etwas passieren, konnte ich zumindest das Signal gut deuten. Mieko änderte die Richtung und ich folgte ihr. Sie tauchte, wie mir schien, systematisch in kleineren Abschnitten. Wenige Minuten später erschien sie an der Wasseroberfläche.

»All fine up here with you?«, fragte sie.

Ich bestätigte.

»We could be lucky«, sagte sie. »It isn't very deep here.«

Daraufhin streckte sie den Daumen nach oben und tauchte erneut ab. Die Intensität des Regens nahm nun wieder zu, auch der Wind wurde immer stärker. Der Kai war nur mehr schemenhaft zu erkennen. Ich fragte mich, wie lange ich das Motorboot ohne Antrieb mit dem Paddel noch halbwegs kontrollieren konnte. Immer wieder kamen Böen, die es mir beinahe aus der Hand schlugen. Auch die Intensität der Wellen wurde mir zunehmend unheimlicher. Dabei schien der Unterwasserscheinwerfer mit jeder Minute schwerer zu werden. Mittlerweile war ich hauptsächlich damit beschäftigt, das Boot vom Kentern abzuhalten, und hoffte, dass mit Mieko da unten alles in Ordnung war. Sie war nun schon fast eine halbe Stunde untergetaucht. Nur noch vier Minuten, bevor ich ihr das Signal zum endgültigen Aufstieg geben musste. Damit wäre der Versuch, den Dolch zu heben, gescheitert. Naoko und Bernhaugen wären verloren.

Auf einmal spürte ich, dass Mieko drei Mal kurz an der Leine riss. Das bedeutete, dass sie das Paket gefunden oder dass sie ein Problem hatte. Ich musste ihr jetzt langsam beim Aufstieg helfen. Ich hob Scheinwerfer und Paddel ins Boot und zog beidhändig im von ihr vorgegebenen Tempo am Seil. Nur nicht zu schnell, ermahnte ich mich eindringlich. Wenig später erschien ihr Kopf. Mit der rechten Hand hielt sie sich an der Leiter fest und hievte das Paket mit der linken Hand ins Boot. Sie zerrte sich die Maske keuchend vom Gesicht, konnte aber ein breites Grinsen nicht unterdrücken. Ich half ihr ins Boot und umarmte sie glücklich.

»Bravo«, rief ich begeistert, während sie sich auf die Sitzbank kauerte und ihre Atmung unter Kontrolle brachte.

Ich überlegte kurz und erinnerte mich, dass ich Yuki und Charles am Kai Bescheid geben musste, griff zum Scheinwerfer und wollte das vereinbarte Signal absetzen. Fast gleichzeitig hörte ich einen Schuss im Sturm. War das möglich? Ich sah, wie am Kai das Notsignal abgegeben wurde. Unmöglich, zu erkennen, ob es von Yuki oder Charles stammte. Ein Versuch, der von einem zweiten Schuss jäh gestoppt wurde. Gleich darauf folgte noch ein Schuss. Ich blickte zu Mieko, die mich mit weit aufgerissenen Augen entsetzt anstarrte. Das kann nicht wahr sein, dachte ich entgeistert, während ich spürte, dass ich die Kontrolle über Körper und Sinne verlor. Was tun? Geistesgegenwärtig startete Mieko den Motor. »Let's go!«, brüllte sie. »Now!«

Ich riss mich zusammen und übernahm das Steuer. Der Motor heulte auf und wir flogen über die Wellen. Was hatten wir denn noch zu verlieren?

»Church?«, fragte Mieko.

»Yes!«

Minuten später lenkte ich das Boot zu schnell in den Fährhafen und rammte beim Anlegen eine Yacht. Wir sprangen an Land und liefen zur Kirche.

19

Es gibt kaum einen unerträglicheren Zustand als den der Unklarheit, dachte ich, während ich sah, wie Mieko sicherlich zum dreißigsten Mal Yukis Telefonnummer wählte. Sie erreichte wie bisher nur die Mailbox. Nach den ersten drei Anrufen hatte sie noch eine Nachricht hinterlassen.

Wir saßen in Padre Jorges Küche, trockneten unsere Kleider und tranken Tee. Während Mieko alle paar Minuten die Wahlwiederholungstaste drückte, betete Padre Jorge seinen Rosenkranz. Meine Augen starr auf die Wanduhr gerichtet, zählte ich jede einzelne Sekunde mit, konnte den ersten Treffpunkt um sechs Uhr kaum erwarten. Jede Sekunde eine gefühlte Stunde, jede Minute ein gefühlter Tag. Nicht tätig werden zu können, war fast unaushaltbar. Doch hätte jegliche Aktion die Lage für Yuki und Charles, genauso wie für Naoko und Daniel, verschlechtern können. Natürlich wussten wir auch, dass wir nicht in die Nähe des Kais durften. Beim Gedanken, dass Yuki verletzt oder gar tot sein könnte, überkam mich Schwindel. Kalt rann es mir über den Rücken. Mein Atem ging unregelmäßig. Geist und Körper spielten nicht mehr mit. Ich setzte meine ganze Hoffnung darauf, Yuki um sechs Uhr hier zu sehen, und wollte mir nicht einmal ansatzweise vorstellen, dass sie in siebenundneunzig Minuten und dreiunddreißig Sekunden unter Umständen nicht hier sein könnte. Hoffentlich war auch mit Charles alles in Ordnung. Er würde alles tun, um Yuki zu beschützen, davon war ich überzeugt. Wieso waren drei Schüsse gefallen? Was konnte da passiert sein? Padre Jorge betete weiterhin unermüdlich den Rosenkranz. Mieko hatte das Telefon zur Seite gelegt und die Augen geschlossen.

Vor der Kirche zündete ich mir eine Zigarette an und musste mich beim ersten Zug am Gebäude anlehnen. Einundachtzig Minuten und zwölf Sekunden noch bis zum vereinbarten Zeitpunkt. Ich schrie meinen Schmerz in den unaufhörlich niedergehenden Regen. Soeben war der erste Bus des Tages vorbeigefahren, ein Zeichen dafür, dass die Stadt dabei war zu erwachen. Bald würde der Tag anbrechen, der Sonnenaufgang versteckte sich hinter unendlich scheinenden Wolkenschichten und Regen. Ich hörte, wie jemand die Tür hinter mir öffnete. Starrte hinaus in den Regen, ins Nichts. Ich erkannte den Geistlichen an seinem Seufzen.

»Daniel, möchtest du nicht wieder reinkommen?«, fragte er nach einigen Minuten.

Ich starrte weiterhin geradeaus in den Regen.

»Später.«

Ich spürte seine Hand auf meiner Schulter, wusste, dass er es gut meinte, und trotzdem regte mich die Geste auf. Nur trug er keine Schuld an der Misere. Ich zwang mich, daran zu denken, wie sehr er uns geholfen hatte.

»Danke dir für alles«, sagte ich.

Er drückte kurz meine Schulter und ließ los.

»Ich lasse dich jetzt allein. Wenn du reden möchtest, ich bin für dich da. Du darfst die Hoffnung nicht verlieren.«

»Danke.«

Wie in Zeitlupe fiel die schwere Holztür hinter ihm mit einem begleitenden Jammerlaut zu. Meine Beine gaben nach. Am Boden sitzend, an die Kirche gelehnt, fand ich mich später wieder. Zweiunddreißig Minuten und siebenundzwanzig Sekunden noch. Während diese Nacht bereits Vergangenheit war, waren die Tore des Tages noch verschlossen. Es war ein Schwebezustand, der meinem entsprach. Ich bemühte mich, die Hoffnung nicht aufzugeben. Sicherlich hatten Yuki und Charles fliehen können und versteckten sich jetzt irgendwo in Nagasaki. Ganz bestimmt versuchten sie gerade in diesem Moment, sich der Kirche zu nähern. Ich griff zu den Zigaretten in meiner Tasche, doch die Packung war leer. Je näher der vereinbarte Zeitpunkt rückte, desto langsamer schien die Zeit zu vergehen. Ein Taxi fuhr an der Kirche vorbei und hielt mit Warnblinkanlage am Yachthafen. Voller Hoffnung beobachtete ich das Geschehen. Hatten sie einfach ein Taxi genommen? Das Paar, das aus dem Fahrzeug ausstieg, war schon älter. Das erkannte ich sofort. Jedenfalls waren die beiden definitiv nicht Yuki und Charles. Noch fünf Minuten und zwei Sekunden. Hinter mir öffnete sich die Tür. Mieko.

»Do you mind if I wait here with you?«

Ich rutschte auf der Stufe ein wenig zur Seite. Stumm nebeneinandersitzend beobachteten wir hoffnungsvoll den Platz vor der Kirche. Immer mehr Autos fuhren im Regen vorbei, Menschen eilten in die Arbeit. Außerhalb meiner kleinen, verletzten Welt kehrte Normalität ein. Nur Yuki und Charles erschienen nicht. Als Mieko mich sanft am Ärmel zog, war es bereits sieben Uhr dreißig. Neunzig Minuten über der Zeit. Ich musste zur Kenntnis nehmen, dass sie nicht mehr kommen würden. Hundert mögliche Gründe fielen mir ein, wieso sie jetzt bewusst nicht gekommen waren, weshalb sie sich dafür entschiedenen hatten, erst zum späteren Termin im Garten des Kofokuji-Tempels zu erscheinen. Irgendwie schaffte ich es aufzustehen und folgte Mieko in die Kirche. In der warmen Küche drückte mir Padre Jorge ein Stück Seife, ein Handtuch, einen Schlafanzug und frische Tageskleidung in die Hand.

»Mein Vorgänger hatte eine ähnliche Statur wie du. Nach oben«, er deutete in Richtung Himmel, »konnte er seine Kleidung nicht mitnehmen. Jetzt soll sie dir zugutekommen.«

Ich bedankte mich. Nach einer heißen Dusche begab ich mich im Schlafanzug in die Küche. Padre Jorge bot mir eine Schale Reis mit getrockneten Algen und Sojasauce an.

»Schlicht, aber gut«, sagte er und lächelte schüchtern.

»Danke.«

Beim Essen erfasste mich eine resignative, durch und durch traurige Müdigkeit, die ich nicht aufhalten konnte. Bald darauf lag ich im Gästezimmer der Pfarre, sah die Geschehnisse der letzten Wochen und Tage, flanierte mit Charles durch Nagasaki, fühlte die Wärme, die sich beim Gedanken an Yuki in mir ausbreitete, und schlitterte mit den Ereignissen der letzten

Nacht unaufhaltsam in ein bodenloses, schwarzes Loch. Ich spürte Tränen und unternahm nichts, um sie aufzuhalten.

Als mich Padre Jorge weckte, war es bereits acht Uhr abends. Leider gab es keinerlei Neuigkeiten von Yuki und Charles. Mieko war noch immer hier und wollte weiterhin behilflich sein.

»Ich habe dir einen starken Kaffee gekocht«, sagte er.

Es gelang mir schließlich, Mieko davon abzubringen, mich zu begleiten. Ich überzeugte sie davon, dass sie hier, im Pfarrhaus, die bestmögliche Unterstützung geben konnte. Sollte sich etwas ergeben, würde ich hier anrufen. Das dachte ich einerseits tatsächlich, andererseits wollte ich sie nicht noch weiter in Gefahr bringen. Ich machte mich auf den Weg zum Kofukuji-Tempel. Den Dolch hatte ich in einer Umhängetasche von Padre Jorge verstaut. Der Regen hatte nachgelassen und war mittlerweile nicht viel mehr als ein Sprühregen. An der Uragami-Brücke nahm ich den Bus bis in die Innenstadt, gewann dadurch gut zehn Minuten. Am Gemeindezentrum stieg ich aus und ging rechts am Gebäude vorbei zum Nakashima-Fluss. Mein Weg führte über die Higashi-Shimbashi-Fußgängerbrücke, die jetzt in der späten Dämmerung bereits beleuchtet war. Da ich nun fünfzehn Minuten zu früh war, nahm ich einen Umweg durch die Wohnsiedlung zwischen dem Fluss und dem Tempel. Ein raschelndes Geräusch hinter mir erregte meine Aufmerksamkeit. Erschrocken drückte ich mich rasch in eine Türnische. Mein Verfolger erwies sich als ein dicker, schwarzer Kater. Er schmiegte sich an meine Beine und begleitete mich bis zum Tempel. Dort verließ er mich mit einem Schnurren und verschwand in der Dunkelheit. Kaum jemand war jetzt noch in dieser Gegend unterwegs. Das Eisentor zum Kofukuji war nur angelehnt. Ich fragte mich, ob das um diese Uhrzeit üblich war, ob Yuki oder Charles hier auf mich warteten oder ob mir bereits die Tomoyama-Typen auflauerten. Sicherheitshalber zog ich den Dolch aus der Tasche und drückte das Tor ganz auf. Der Garten des Tempels war eine friedliche grüne Oase inmitten der Stadt. Die regennassen Blumen, Sträucher und Bäume verströmten einen herrlich frischen Geruch. Das Hauptgebäude, in dessen offener Gebetshalle unzählige Kerzen brannten, blickte auf den Fluss und hatte einen Anbau rechts, der frei zugänglich war. Ich hielt mich geduckt zwischen den fein getrimmten Bonsai-Sträuchern und der Umrandungsmauer und hoffte, dass sich Yuki und Charles, falls sie bereits hier waren, wie ausgemacht im kleinen Garten hinter dem rechten Gebäude versteckten. Ich ging drei Schritte, lauschte, ging wieder drei, vier Schritte, horchte aufmerksam. Es schien niemand außer mir hier zu sein. Ein Blick auf die Armbanduhr sagte mir, dass Yuki und Charles noch vier Minuten Zeit hatten, um pünktlich zum Termin zu erscheinen. An der Mauer schlich ich weiter, bis ich direkt vor der Gartenanlage hinter dem Anbau stand. Auch hier war die Tür nur angelehnt. Als ich in den kleinen Garten trat, ertönten drei leise, aufeinanderfolgende Pfiffe. Das sind keine Tierlaute, sagte ich mir und ärgerte mich, dass wir kein Erkennungsgeräusch vereinbart hatten. Ich bildete mir jedoch ein, dass eine Frauenstimme gepfiffen hatte.

»Yuki«, rief ich leise und hörte bereits, wie jemand auf mich zulief.

Ich schaffte es gerade noch, den Dolch wieder in die Tasche zu stecken, als mich Yuki bereits umarmte. Wir umarmten und küssten uns, die Freude einander wiederzusehen, ließ uns im ersten Moment jegliche Vorsicht vergessen.

Wir setzten uns auf eine hinter einem Bonsai versteckte

Sitzbank und sahen uns um. Horchten, ob noch irgendwo hier Geräusche auszumachen waren. Alles ruhig. Außer uns schien wirklich niemand hier zu sein.

»Charles ist tot …«, sagte Yuki mit leiser Stimme. »Sie haben ihn am Kai erschossen, aus dem Hinterhalt, nachdem sie da bereits auf uns gewartet hatten. Zwei Mal haben sie ihn erwischt, der erste Schuss traf ihn in den Oberschenkel, der zweite riss mir die Taschenlampe aus der Hand und beim dritten Schuss warf sich Charles schützend vor mich. Der Schuss traf ihn in Herznähe. Er lag so gekrümmt da, spuckte Blut, es war herzzerreißend … und schrecklich ... Ich wollte ihm helfen, aber die Typen liefen schon auf uns zu. Charles befahl mir, ins Wasser zu springen und zu schwimmen, nicht euch nach, sondern am Kai entlang. Das tat ich auch, hörte euch nur noch davonrauschen. Er hat mein Leben gerettet.«

»Es tut mir so leid«, sagte ich. »Wenn ich gewusst hätte ...«

»Nein«, unterbrach sie mich, »es ist gut, dass du das nicht mitbekommen hast, sonst hättest du vielleicht noch auf mich gewartet und wir wären jetzt wahrscheinlich alle tot. Die dachten ja, dass ich schon am Boot bei euch bin. Aber zu euch hätte ich es nie geschafft. Ihr wart bereits viel zu weit entfernt vom Kai. Ich musste ein paar hundert Meter stadteinwärts schwimmen, bis ich ein Kanalrohr fand, in dem ich mich dann ein paar Stunden verstecken konnte.«

Es war schmerzhaft, Yukis Erlebnisse zu hören. Ich umarmte sie fest, drückte sie an mich und streichelte ihren Kopf.

»Wie konnten die da auftauchen? Woher wussten die, dass ihr dort sein würdet?«, fragte ich etwas später.

»Ich vermute, dass sie uns orten konnten, weil sie meine Nummer kennen. Ich habe das Telefon deshalb sicherheitshalber ins Wasser geworfen«, antwortete Yuki.

»Bist du sicher, dass Charles tot ist?«

»Ich kann mir nicht vorstellen, dass er überlebt hat …«, sagte sie und Tränen liefen über ihre Wangen. »Ich bin jetzt vorhin am Weg hierher an der Stelle am Kai vorbeigegangen, da war er natürlich nicht mehr. Ich konnte auch keine Blutspuren entdecken, beinahe, als hätten sich die Typen darum gekümmert, alles sauber zu hinterlassen.«

Ich wollte mir nicht vorstellen, dass Charles tatsächlich tot war, und hoffte darauf, dass er vielleicht ein weiteres Mal lebend auftauchen würde. Doch Yukis Erzählung ließ nicht viel Hoffnung zu.

»Konntet ihr den Dolch eigentlich finden?«, fragte Yuki.

»Ja. Mieko hat es geschafft. Kurz, bevor du mit dem SOS-Zeichen begonnen hast. Ich war da gerade bereit, euch zu signalisieren, dass wir ihn haben. Dadurch hätten diese Typen dann gewusst, wo wir ungefähr sind.«

»Nicht auszudenken, was dann passiert wäre«, sagte sie und griff nach meiner Hand.

»Wieso warst du nicht um sechs Uhr in der Kirche?«, fragte ich.

»Als ich mich endlich aus meinem Versteck wagte und über eine Tsunami-Schutzleiter hinauf zum Kai klettern konnte, war es bereits kurz vor sechs Uhr. Ich war auf der anderen Seite der Bucht, triefend nass und hatte weder Geld noch Handy. Und dann stand da unverhofft eine sehr alte Frau vor mir. Es kam mir vor, als hätte sie auf mich gewartet. Sie nahm mich mit in ihre kleine Wohnung, ich durfte, ohne lästige Fragen zu beantworten, bei ihr schlafen und mir trockene Kleidung von ihr nehmen. Sie war so nett, sie hat sogar Ramen und Tee für mich gekocht. Es kam mir fast vor, als sei sie aus einer vergangenen Zeit erschienen, um mir zu helfen. Auch in ihrer

Wohnung hatte ich andauernd das Gefühl, außerhalb der Zeit zu sein. Ohne dass ich erklären könnte, wieso. Klingt das komplett verrückt?«, fragte sie.

»Nein, überhaupt nicht«, sagte ich. Ich war überzeugt, dass Yuki mit ihrer gar nicht logisch klingenden Vermutung recht hatte.

Bald darauf war es endgültig Nacht. Regen und Wind hatten nachgelassen, es waren nur mehr schwache Nachwehen der Heftigkeit der letzten einundzwanzig Stunden zu spüren.

»Was hältst du von der Idee, dass wir bereits jetzt zur Klinik gehen und dort auf den Alten warten?«, fragte Yuki. »Bus und Taxi sollten wir sicherheitshalber meiden. Ich denke, es ist besser, dass wir früher da sind als diese Typen.«

»Ja, du hast recht«, antwortete ich, »lass uns losgehen.«

Wir bemühten uns, uns möglichst unauffällig zu verhalten. Wenn uns in der Innenstadt Menschen entgegenkamen, gingen wir einige Meter voneinander entfernt. Immer wieder beschlich mich aber das Gefühl, dass wir beobachtet wurden, dass man uns folgte. Nur konnte ich nie jemanden ausmachen, der verdächtig schien. In einem Lawson Store kauften wir eine Taschenlampe, Zigaretten und ein Feuerzeug. Wir wechselten sicherheitshalber in unregelmäßigen Abständen die Straßenseiten, nahmen umständliche Wege durch kleine Gassen, über Fußgängerbrücken und durch Hinterhöfe. Zeit hatten wir mehr als genug. Nach fast neunzig Minuten erreichten wir verschwitzt und müde die Abzweigung, die zur verlassenen Klinik führte. Die letzten zweihundert Meter waren besonders steil und als wir den Parkplatz erreichten, sah ich, dass die Klinik genauso verlassen dastand, wie sie sich mir zuletzt präsentiert hatte. Ich bildete mir sogar ein, dass sie seit dem letzten Besuch hier mindestens um ein weiteres halbes Jahrhundert gealtert war.

Was hatte es nur mit dem Gebäude auf sich? Miyamoto behauptete, dass alles so war, wie während meines Aufenthaltes hier. Aber es sah aus, als wäre hier seit vielen Jahrzehnten niemand mehr gewesen. Dass man mich hier nach dem Absturz behandelt hatte, war absolut undenkbar. Und doch hatte ich hier Monate verbracht.

Yuki schob die quietschende Eingangstür langsam auf und trat ein. Ich folgte ihr mit der Taschenlampe und sah den Teppichboden und die schimmelbefallenen Wände. Sah, dass alles in demselben verkommenen Zustand war wie vor drei Tagen. Ich nahm Yukis Hand und führte sie durch die dunklen Gänge, die Treppe hinauf, bis wir an der Tür des Zimmers ankamen, in dem ich einige Monate verbracht hatte.

»Darf ich dich um einen Gefallen bitten?«, fragte ich.

»Natürlich.«

»Würdest du einen Blick in den Raum werfen und mir sagen, ob es möglich ist, dass ich dieses Zimmer bis vor ein paar Monaten bewohnt habe«, sagte ich zu ihr, drückte ihr die Taschenlampe in die Hand und öffnete die Tür. »Ob du dir das auch nur irgendwie vorstellen kannst? Ich muss das wissen.«

Yuki nickte und trat vorsichtig über die Schwelle ins Zimmer. Ich blieb draußen am Gang, wollte ihr die Möglichkeit geben, unbeeinflusst zu sehen und zu verstehen. Es musste eine sinnvolle und logische Erklärung geben. Während ich diesen Gedanken nachging, bemerkte ich viel zu spät, dass sich die Tür hinter Yuki langsam und leise schloss. Ich erkannte es in dem Moment, in dem die Tür mit einem satten Geräusch ins Schloss fiel. Sofort griff ich zur Klinke, wollte die Tür öffnen. Vergeblich. Ich riss und rüttelte daran, rief verzweifelt Yukis Namen. Ich brüllte mir die Seele aus dem Leib und stellte fest, dass mich Yuki wahrscheinlich gar nicht hören konnte, da meine Schreie in eine Art Vakuum gesaugt wurden. Ich hörte mich nicht einmal selbst. Ich klopfte an die Tür. Hämmerte dagegen. Wieder und wieder. Keine Reaktion. Ich schaute mich um und sah, wie sich die Teppichböden um mich herum bedrohlich wanden, wallten und sogar Geräusche von sich gaben. An den Wänden erschienen fratzenhafte Schatten, die mich im Chor mit den Teppichböden verhöhnten. Mäuse, Ratten und riesige Käfer sprudelten unter den Teppichen hervor. Endlich befreit, stürmten sie fiepsend und einander anfauchend an mir vorbei. Das war alles zu viel für mich. Ich musste Yuki hier rausholen, egal, was es mit dem Zimmer und dem Krankenhaus auf sich hatte. Ich trat einige Schritte zurück und lehnte mich gegen die Wand, wollte mich abstoßen und so mehr Geschwindigkeit aufbauen. Mit Gewalt werde ich die Tür schon durchbrechen können, feuerte ich mich an. Obwohl da nichts war, hielt mich irgendetwas zurück, hielt mich an der Wand, unsichtbare Hände oder Schnüre, ich wusste es nicht, wusste nur, dass ich nicht loskam. Meine Füße klebten bleiern am Boden. Erneut schrie ich. Vergeblich.

Mit einem Mal war alles anders und ich fiel, ja stürzte regelrecht auf die Tür zu. Ich krachte voller Wucht mit der Schulter dagegen, hörte und spürte das Holz brechen, ich fiel durch die kaputte Tür, lag am Boden und sah auf. Eine neue, identische Tür stand nun zwischen Yuki und mir. Ich nahm erneut Anlauf und benötigte diesmal zwei Versuche, bis ich durch diese Tür brach. Ich lag wieder am Boden, während bereits die nächste Tür den Weg versperrte. Aufgeben werde ich definitiv nicht, sagte ich mir. Nein. Ich feuerte mich an, sprang auf und startete einen neuen Versuch. Diesmal splitterte die Tür erst beim fünften Versuch. Jede neue Tür schien stärker und schwieriger zu durchbrechen. Ich blieb am Boden liegen, lehnte mich gegen die Tür. Ich hatte keine Kraft mehr. Mit einem Mal heulte ich, konnte die Tränen nicht stoppen, alles schien so verworren, so rätselhaft und abgründig.

»Was ist passiert?«

Ich schaute ins Licht der Taschenlampe. Über mir stand Yuki. Sie sah mich beunruhigt an.

»Ich weiß es nicht«, sagte ich. »Ich konnte die Tür nicht öffnen.«

Mehr wollte ich nicht erzählen, es war mir zu peinlich. Ich wischte mir die Tränen aus dem Gesicht und sah Yuki an.

»Wie sieht es in dem Zimmer aus?«, fragte ich sie.

»So, wie du es mir geschildert hast. Ein Bett, ein Tisch, zwei Stühle, alles schon lange nicht benutzt, verwahrlost. Eine Vase mit einer frischen gelben Rose. Ich denke nicht, dass du hier Monate verbracht hast. Das kann nicht sein.«

»Du sagst, die Rose ist gelb?«

»Ja, gelb.«

»Vor wenigen Tagen war die Rose rot«, sagte ich verwirrt.

»Vielleicht hat sie jemand ausgetauscht«, erwiderte Yuki.

Das konnte ich mir nicht ganz vorstellen, doch das war jetzt unwichtig.

»Abgesehen davon ist alles so, wie du gesagt hast«, bestätigte Yuki.

»Danke, ich dachte schon, ich bin verrückt.«

Ich drückte die Türklinke nach unten, stieß die Tür bewusst zu forsch auf, ich wollte sie mit voller Wucht gegen die Wand schlagen spüren, und trat selbstbewusst in das Zimmer. In diesem Moment splitterte das Fenster, wurde zu einem Schlund, in dem alles verschwand, die Stühle, der Tisch, das Bett, die Teppichböden, ja sogar die Ziegel rund um mich. Nur ich spürte den Sog nicht. Ich sah Sarah im immer dunkler werdenden Loch verschwinden, Dorn, Charles, Miyamoto, Naoko, Bernhaugen, Mieko, Padre Jorge. Als ich verstand, dass Yuki die Nächste sein müsste, die im Abgrund verschwinden würde, schrie ich aus Leibeskräften. Mit einem Schlag war es still. Alles war wieder an seinem Platz. Yuki stand hinter mir. Alles in Ordnung, beruhigte ich mich. Ich blickte auf die Uhr und sah, dass wir bereits mehr als eine Stunde in dem Zimmer verbracht hatten. In fünf Minuten sollte Tsubuya mit Naoko und Bernhaugen hier erscheinen.

»Lass uns hinuntergehen, sie müssen gleich da sein.«

Ich küsste sie. Wie sehr sehnte ich mich danach, das alles hinter uns zu lassen und mit Yuki ein neues Leben zu beginnen. »Sollen die Tsubuyas doch den verdammten Tomoyama-Dolch bekommen.«

Yuki nickte und wir eilten durch die Gänge und das Treppenhaus hinunter zum Parkplatz.

20

»Ihr seid pünktlich, sehr gut«, sagte Tsubuya trocken und deutete eine Verneigung an.

Er stand an eine schwarze Limousine gelehnt. Ich sah mich um und zählte sechs Männer, unter ihnen auch den Schwiegersohn des Alten, die mit Schnellfeuerwaffen im Anschlag rund um den Parkplatz postiert waren. Naoko und Bernhaugen konnte ich nirgendwo entdecken. Wie naiv und dumm wir doch auf den Parkplatz gestürmt sind, dachte ich verärgert. Wir hätten uns eine Taktik überlegen müssen. Jetzt, zu spät, fielen mir unzählige Möglichkeiten ein, die uns zu einer besseren oder zumindest sichereren Position geholfen hätten.

Wenn sich der Alte nicht an die Abmachung hielt, waren wir verloren. Nur wie oft hatte man es schon mit einem Mann der Unterwelt zu tun, der bereit war, über Leichen zu gehen?

»Habt ihr den Dolch?«, fragte er.

»Wir haben den Dolch.«

»Sehr gut. Ich bin beeindruckt.«

»Wo sind Naoko und ihr Mann?«

»Zeig mir, dass du das gute Stück hast«, erwiderte er.

»Erst wenn ich Naoko und Bernhaugen gesehen habe. Ich will sicher sein, dass du nicht lügst«, sagte ich, diesmal etwas forscher im Ton.

Der Schwiegersohn machte drohend ein paar Schritte auf uns zu. Ich unterließ es, zur Selbstverteidigung nach dem Dolch zu fassen. Solange er nicht wusste, dass ich den Dolch in der Tasche hatte, konnten wir notfalls durch Hinhalten Zeit gewinnen. Erstaunt sah ich, dass Tsubuya den Schwiegersohn per Handzeichen zum Rückzug zwang. Zusätzlich rief er zwei Worte in die Runde, die seine Männer dazu veranlassten, ihre Waffen lässig zu schultern. Allem Anschein nach war der Alte davon überzeugt, dass von uns keine Gefahr ausging.

»Wir haben den Dolch versteckt. Hier, keine Sorge«, sagte ich. »Meine Freundin bringt ihn erst, wenn Naoko und Bernhaugen lebend und in guter Verfassung hier sind.«

Ich hoffte, möglichst abgebrüht und furchtlos zu wirken, innerlich jedoch kämpfte ich mit einer von Sekunde zu Sekunde größer werdenden Angst. Meine Knie zitterten und es fiel mir zunehmend schwer, gerade zu stehen. Mit starrem Blick sah mich der Alte an. Wenn sich irgendeine Gefühlsregung in seinem undurchdringlichen Gesicht spiegelte, dann war es Entrüstung. Yuki drückte beruhigend meine Hand.

»Einer der Männer war unter den Verfolgern, die wir im Hotel abgeschüttelt haben«, raunte sie mir zu.

»Welcher?«, fragte ich.

»Der, der links hinter Tsubuya steht.«

»Bist du sicher?«

»Ja, definitiv.«

Ich zählte stumm von zehn abwärts, bei drei hatte ich die Angst im Griff.

»Du hast mich angelogen«, sagte ich zum Alten und beobachtete, wie sich sein Gesichtsausdruck in wenigen Sekunden veränderte.

Jegliche Spur von Ausdruckslosigkeit war verschwunden, stattdessen war sein Gesicht zu einer Fratze blinder Wut geworden.

»Was sagst du da?«, zischte er. »Du wagst es, mich hier, vor meinen Männern, der Lüge zu bezichtigen?«

»Ja, genau. Ich kann es auch belegen«, sagte ich betont forsch, als mir einfiel, dass ich natürlich keine Beweise vorlegen konnte. Nur Yukis Behauptung.

Ein flüchtiges Handzeichen war alles, was er als Antwort übrighatte. Ich fasste sie als Einladung zum Weiterreden auf. Inzwischen war sein Gesicht wieder völlig ausdruckslos geworden.

»Du hast uns, entgegen deiner Zusicherung, gestern verfolgen lassen. Und ich behaupte, auch wenn ich das nicht beweisen kann, dass du uns auch gestern Nacht am Kai deine Männer auf den Hals gehetzt hast, die Charles getötet haben.«

»Nein, das habe ich nicht«, antwortete er. »Sicher nicht.«

»Doch«, sagte Yuki unwirsch, doch der Alte sah sie nur verächtlich an.

»Ich rede mit ihm. Schweig, naimaikina josei, bis ich dir eine Frage stelle«, zischte er sie grob an.

»Was hat er da soeben auf Japanisch zu dir gesagt?«, flüsterte ich.

»Vorlautes Weib«, antwortete Yuki mit ausdrucksloser Stimme.

»So ein Arschloch«, sagte ich und spürte meine Wut aufsteigen. Ich darf mich nicht provozieren lassen, dachte ich und drückte Yukis Hand fester.

»Einer deiner Männer war gestern in einer Gruppe dabei, die uns verfolgt hat«, sagte ich ruhig.

»Zeig ihn mir.«

»Der Mann, der, von uns aus betrachtet, links hinter dir steht. Also lügst entweder du oder du hast zumindest einen Mitarbeiter, der dich hintergeht. Sollte es letztere Variante sein, bitte ich dich hiermit höflichst um Verzeihung«, sagte ich und verbeugte mich tief.

Beim Auftauchen aus der Verneigung erkannte ich, dass der Alte vor Zorn bebte. Allerdings war seine Wut diesmal nicht gegen uns gerichtet. Auf Japanisch fauchte er vier Worte, die den von uns bezichtigten Mann erschütterten. Besorgt trat er zum Alten vor. Seine Verneigung war so tief, dass sie unaufrichtig wirkte. Der Alte stellte dem Mann eine Frage, deutete dabei auf uns. Zuerst schüttelte der Mann vehement den Kopf, doch dann schien er mit einem Mal eine andere Verteidigungstaktik zu verfolgen. Ein Schwall Worte sprudelte aus ihm heraus, seine Stimme klang dabei weinerlich und ängstlich, flehend fast, immer wieder deutete er zwischendurch auf Yuki und mich. Heftig gestikulierend versuchte er das Gesagte zu untermauern. Je mehr der Mann bemüht war, sich zu erklären, desto ruhiger wirkte Tsubuya. Der Alte stand völlig ungerührt da. Ob er dem Mann noch zuhörte, konnte ich nicht erkennen. Als der von uns Bezichtigte schwieg, griff sich der Alte unter das Sakko, zog eine Pistole und hielt sie an den Kopf des Mannes. Tsubuya stellte dem erstarrten Mann eine weitere Frage, wenn ich den Tonfall richtig deutete. Die Antwort des Mannes war ein Nicken. Dann drückte der Alte regungslos ab.

Yuki unterdrückte einen Schrei und presste ihr Gesicht in meine Seite, während ich auf den grässlich verunstalteten Kopf des toten Mannes starrte. Ich schaffte es nicht, wegzusehen. Die anderen Männer zeigten keine Reaktion. Hatten sie die Augen geschlossen? Hörten sie nicht? Dass sie kein Wort sagten, wunderte mich nicht. Ich wollte das nicht sehen, konnte den Blick aber noch immer nicht abwenden. Ein von einem Schuss aus nächster Distanz geborstener Kopf war ein unfassbarer, trauriger Anblick, der die Fragilität und Vergänglichkeit des Menschen auf schockierende Art und Weise verdeutlichte. Erst recht, wenn man die Person Sekunden zuvor lebendig gesehen und um ihr Leben flehen gehört hatte. Gerade einmal eine Sekunde hatte die kaltblütige Hinrichtung gedauert. Eine Sekunde, die all die Gedanken, Gefühle und Erinnerungen des Menschen enden ließ. Unumkehrbar. All meine zur Schau gestellte Furchtlosigkeit war verschwunden. Im Grunde hatten wir seinen Tod verschuldet. Doch wer hätte ahnen können, dass der Alte den Verrat in den eigenen Reihen derart gnadenlos ahnden würde? Ich konnte die Augen nicht vom Toten abwenden. Beim Anblick des Alten, der den Getöteten nicht einmal ansah, spürte ich Übelkeit aufkommen. Ich wandte mich von Yuki ab und übergab mich, kotzte die ganze Angst, die ganze Wut und all die Verwirrung aus mir heraus, die sich in mir angestaut hatte. Mit dem Hemdsärmel wischte ich mir den Mund ab und spürte dabei, wie mich eine Welle des Zorns ergriff.

»Was soll das, du blöder, gottverdammter Wichser«, schrie ich Tsubuya an.

Überrascht horchte er auf und legte den Kopf zur Seite.

»Ich bedanke mich bei dir«, sagte er übertrieben freundlich. »Du hast mir gezeigt, dass ich einen Verräter in meinen Reihen hatte. Das Problem ist gelöst.«

»Wieso musstest du ihn töten?«

Der Alte lachte schallend auf.

»Hätte ich ihn am Leben lassen sollen? Was meinst du?«

Ich nickte. Enttäuscht schüttelte er den Kopf. »Ich hatte dich bisher für gewiefter, weniger naiv und sentimental eingeschätzt«, erklärte er. »Was denkst du, was passiert, wenn ich einen Verräter leben lasse? Das kann ich mir nicht leisten. Ich hätte mein Gesicht verloren. Da darf man nicht sentimental sein.«

Ich zwang mich zu einem teilnahmslosen Nicken. Ich durfte Yukis Leben nicht riskieren. Nicht nur das, ihr Leben zu retten, sie hier rauszuholen, das hatte oberste Priorität. Klar denken, vorwärtsschauen, mich nicht provozieren lassen, sagte ich mir. Mitspielen. So gut wie möglich.

»Dein Mann hat also auch für deinen Widersacher gearbeitet? Tomoyama, wenn ich nicht irre. Der Typ, dessen Männer versucht haben, Charles zu ermorden.«

»Tomoyama«, sagte er und lachte. »Du bist wirklich naiv. Ich hoffe, du verzeihst mir, dass ich das sage.«

»Ja, das mag sein«, erwiderte ich.

»Mein ehemaliger Mitarbeiter«, sagte er und zeigte mit dem Zeigefinger auf den am Boden liegenden Toten, »er hätte sicherlich gerne für Tomoyama gearbeitet. Ich vermute das jedenfalls, wir können ihn nun leider nicht mehr fragen.«

»Ich verstehe nicht«, sagte ich.

»Ich hätte auch für Tomoyama gearbeitet, jederzeit. Ich hätte mein Leben sofort für ihn geopfert«, antwortete er.

»Ich verstehe noch immer nicht, was du mir sagen willst.«

»Tomoyama ist seit über sechzig Jahren tot. Er war ein einzigartiger Mensch. Der mächtigste Mann auf Kyushu. Der reichste Mann und der gefährlichste. Skrupellos. Ein richtiges Vorbild. Der Dolch ist sein Vermächtnis, wer ihn hat, ist sozusagen allmächtig.«

»Wenn dieser Tomoyama seit über sechzig Jahren tot ist, kann er uns allerdings keine Männer auf den Hals hetzen, richtig?«

»Nein. Natürlich nicht.«

»Verstehst du, was hier passiert?«, fragte ich Yuki, die den Kopf schüttelte.

»Die Übergabe hier an diesem Ort hat große Symbolkraft«, sagte Tsubuya. »Ich habe euch nicht umsonst genau hierher bestellt. Das war Tomoyama-sans Schloss. Eines der nobelsten Gebäude damals. Hier gab er rauschende Feste, unterhielt die Politiker und die Reichen. Kaufte sie, mit Speis, Trank und Mädchen. So lange, bis sie ihm höriger waren als seine Huren, und taten, was er wollte. Wie du siehst, kann man von hier die ganze Bucht überblicken. Und so jedes Schiff sehen, das in den Hafen einläuft. Direkt nach seinem Tod im Jahre 1956 war hier wenige Monate lang ein Krankenhaus eingemietet. Eine Schande, dass das Anwesen seitdem derart verkommen ist.«

»Seither war hier nichts?«, fragte ich.

»Nein, die Nachkommen haben das Areal nie wieder vermietet. Hin und wieder verirrt sich wahrscheinlich das eine oder andere Liebespärchen hierher, doch mehr ist da nicht.«

Ich nickte und versuchte krampfhaft zu verstehen, wie das mit meinen Erlebnissen hier zusammenpasste.

»Aber wer steckt dann hinter der anderen Truppe, die heute früh Charles ermordet hat und die ebenfalls den Dolch will?«, fragte ich.

»Alberich«, erwiderte Tsubuya.

»Wie bitte?«

»Er nennt sich Alberich. Natürlich ist das nicht sein richtiger Name. Er ist im Moment noch die zweite Macht in Nagasaki. Niemand weiß, wer hinter dem Namen steckt. Bis jetzt konnte er seine Identität erfolgreich verbergen.«

»Was ist da eigentlich wirklich bei dem Blutbad in dem Hotel passiert, als man den Amerikaner in den Nachrichten für tot erklärt hat?«, fragte ich.

»Das wüsste ich auch gerne. Bekannt ist nur, dass ein Mord an einem der Typen aus Alberichs Truppe mit diesem Dolch begangen wurde. Was genau passiert ist, ist unklar. Zumindest mir«, fügte er schulterzuckend hinzu. »Auch die Frage, wie der Dolch überhaupt da aufgetaucht ist, ist kein bisschen weniger mysteriös. Der Amerikaner war mit Sicherheit allerdings nur zufällig involviert. Pech. Aber auch Glück für mich, da dieser Dolch gleich meiner sein wird.«

»Wo sind die Bernhaugens?«

Tsubuya seufzte, griff zu seinem Mobiltelefon, wählte und gab ein paar trocken klingende Anweisungen.

»Sie werden gleich hier sein«, sagte er. »Wo hast du den Dolch?«

»Ich habe ihn hier eingesteckt. Sobald die beiden da sind, machen wir den Tausch. Dann zieht ihr ab. Auch dein Schwiegersohn.«

»Ja, darauf hast du mein Wort.«

In diesem Moment fuhr ein weißer Kastenwagen auf den Parkplatz. Er rollte langsam aus und hielt wenige Meter vom

Alten entfernt. Der Fahrer ließ den Motor laufen. Auf Tsubuyas Zeichen öffnete sich die Hecktür. Naoko und ihr Mann taumelten mit gefesselten Händen aus dem Frachtraum heraus. Beide hatten einen Jutesack über dem Kopf. Naoko stürzte nach wenigen Schritten, Bernhaugen spürte das und wollte ihr helfen, schaffte es aber nicht.

»Sie dürfen zu euch«, sagte Tsubuya. »Ihr bleibt da, wo ihr seid.«

Yuki rief Naoko etwas auf Japanisch zu und leitete die beiden mit Anweisungen in unsere Richtung.

»Ihr dürft ihnen die Säcke und die Fesseln abnehmen«, fügte er hinzu, als sie bei uns ankamen.

Auf den ersten Blick schien Naoko in Ordnung zu sein. Bernhaugen sah noch angeschlagener als in den Bergen aus. Der Ohrstumpf war zwar mit einem Druckverband verarztet, doch davon abgesehen hatte er noch schlimmere Blutergüsse an den Armen sowie einige neue Schrammen im Gesicht. Dafür schien die Schwellung seines Auges etwas abgeklungen zu sein. Die Nase war schief, vermutlich war sie gebrochen, und als er sich ein bemühtes Lächeln abrang, erkannte ich, dass auch ihm mindestens ein Zahn fehlte. Er wirkte außerordentlich mitgenommen und verstört.

»Die drei sollen ins Krankenhaus hineingehen und ich bleibe mit dem Dolch hier«, sagte ich und hielt ihn hoch, sodass der Alte ihn gut sehen konnte.

Tsubuya nickte.

»Nein«, flüsterte Yuki, »ich bleibe bei dir.«

»Nein. Ich komme gleich nach, sobald ich den Dolch übergeben habe. Er wird mir nichts tun, mach dir da keine Sorgen, aber ich will, dass ihr in Sicherheit seid.«

»Nein«, flüsterte sie.

»Doch, bitte. Ich komme gleich nach, wenn hier alles erledigt ist. Das verspreche ich dir.«

Yuki nickte traurig und küsste mich.

»Bis gleich.«

»Ja«, antwortete ich und beobachtete, wie sich das Trio langsam der Eingangstür der Klinik näherte.

Ich wartete ab, bis sie hinter der Tür und in Sicherheit waren und bewegte mich dann langsam auf den Alten zu. Dabei hielt ich den Dolch verkehrt, so, dass Tsubuya ihn am Griff entgegennehmen konnte. Der Name Alberich ließ mir keine Ruhe. Ich versuchte irgendeinen Zusammenhang herzustellen. Herrscher, Fürst, Elfenkönig, eine Sage. Der Name einer Aktion der Nazis im Zweiten Weltkrieg mit U-Booten. Nibelungen, ja. Nur wo war da verdammt noch einmal die Verbindung zu Nagasaki? Scheiße … Richard Wagner! Miyamoto ... Natürlich.

Tsubuya nahm den Dolch mit feierlicher Miene entgegen und drückte mir im Gegenzug ein eingepacktes Büchlein in die Hand, verneigte sich und deutete den überall postierten Leuten, dass alles in Ordnung sei. Zwei seiner Männer warfen die Leiche des Getöteten auf die Ladefläche des Kastenwagens. Rückzug. Tsubuya verschwand in der Limousine, sein Fahrer startete den Motor. Ich wickelte das Büchlein aus. Es war mein Reisepass, ausgestellt auf den Namen Daniel Frey. Ich steckte ihn in die Hosentasche und zündete mir eine Zigarette an. Gierig saugte ich den Rauch in die Lunge.

Es war eine Kleinigkeit, die mich stutzig werden ließ, die mich bei meinem Rückzug zögern ließ. Ein Handzeichen des Schwiegersohns. Eine in dieser Situation unpassende Geste, beinahe wie ein Signal. Vielleicht ein Zeichen, das in Wirklichkeit jemand anderem galt. Einem Dritten. Bisher Unbeteiligten. Im selben Moment blitzte es. Nicht allzu weit entfernt, da das Donnern postwendend folgte. Wenige Sekunden später fielen die ersten schweren Tropfen. Auch der Wind wurde stärker. Gleichzeitig erschienen von allen Seiten vermummte, mit Sturmgewehren bewaffnete Gestalten, die das Feuer auf Tsubuyas Tross eröffneten. Dessen Männer erwiderten das Feuer, sprangen aus ihren Autos und nahmen den Kampf auf. Wie angewurzelt blieb ich inmitten der um mich tobenden Schlacht stehen. Ich kam mir dabei wie ein in eine falsche Szene projiziertes Hologramm vor, bewegungsunfähig, auf unerklärliche Weise gelähmt.

Wenig später war alles vorbei. Autos zerschossen. Blut und Leichen überall. Mit dem letzten Schuss endete auch der Regenguss. Selbst der stürmische Wind ließ nach und war nur mehr eine sanfte Brise, die durch die blutverschmierten Haare der Getöteten strich. Ich wankte langsam an den am Boden liegenden Körpern vorbei, von denen einzelne letzte Klagelaute von sich gaben. Sah den Schwiegersohn, nun mit verunstaltetem Gesicht entseelt am Boden liegen. Ich fand Tsubuya mit weit aufgerissenen Augen im Fond der Limousine. Ein kleines, unschuldig wirkendes Einschussloch verunstaltete seine Stirn. Da alle Fenster geschlossen und intakt waren, fragte ich mich, wer wohl den Abzug betätigt hatte. Der Chauffeur war über dem Lenkrad zusammengekrümmt, er schien allerdings noch zu atmen. Ich legte ihn zurück in den Sitz, vielleicht konnte ich zumindest ihm noch helfen. Als ich meine Hand an seine Halsschlagader legte, bemerkte ich verblüfft, dass seine Gesichtshaut seltsam künstlich wirkte. Überraschend flink griff sich der Mann an die Nase, riss mit einem Ruck an ihr und hielt eine Gummimaske in der Hand. Ich starrte in das breit grinsende Gesicht Miyamotos, der mit der anderen Hand eine winzig kleine, wie die Karikatur einer Waffe wirkende Pistole auf mich richtete.

»Alberich!«

»Ich grüße dich, Daniel-san.«

»Wieso?«, fragte ich und zeigte auf den Parkplatz, die Leichen und die zerschossenen Autos.

»Das verstehst du nicht«, antwortete er.

»Versuch es mir zu erklären.«

»Macht, mein Lieber. Macht und Reichtum. Dank dir bin ich jetzt der wahre König dieser Stadt. Tsubuya ist tot und ich besitze den Dolch. Ohne dich und eure tatkräftige Unterstützung hätte ich es natürlich nie geschafft. Und mein guter Freund Tsubuya hätte lernen sollen, in die Gesichter seiner Angestellten zu blicken. Doch egal, das muss dich nicht weiter interessieren.«

Ich nickte. Überlegte meine nächsten Schritte. Wer die Unterwelt Nagasakis leitete, konnte mir in Wahrheit egal sein. Yuki war mir wichtig. Irgendwann würden die Bilder des soeben Erlebten in meinen Gedanken hoffentlich verblassen.

»Sanzaru«, sagte ich leise, »ich verstehe. Du hast es uns in deiner Villa erklärt, nur hatte ich nicht gedacht, dass du dafür über Leichen gehst.«

»Ja, und die lustvolle, die herrliche, die ewig muntere Jagd«, sagte er und lächelte. »Eine positive Überraschung, dass du es scheinbar doch verstehst.«

Grußlos wandte ich mich von ihm ab und ging ruhig zum Krankenhaus. Nur weg hier. Weg von Miyamoto und den vielen Toten. Er würde mir nichts antun, das wusste ich. Es waren nur vierzig oder fünfzig Meter bis zur Glastür, hinter der ich die Schatten von Yuki, Naoko und Daniel erkennen konnte. Ich hatte aber nur Augen für Yuki. Nur Yuki war mir wichtig. Die möglichen Erklärungen der Bernhaugens für die Verwechslung und die Monate danach, als Naoko längst gewusst hatte, dass ich nicht ihr Mann war, spielten keine Rolle mehr. Ich hegte auch keinen Groll gegen die beiden. Ohne sie hätte ich Yuki nie kennengelernt. Ich kam näher und sah die Sorge in Yukis Lächeln schwinden, freudig strahlend erwartete sie mich. Plötzlich wuchs der leichte Wind erneut zu einem Sturm an, wirbelte alles auf, was um mich herum war. Der Tornado verschlang Alberich, die Limousine, die Waffen, alle Autos und die überall am Parkplatz verstreuten Leichen. Ich konnte mich kaum auf den Beinen halten und lief los. Immer schneller und schneller lief ich, doch die Tür wich vor mir zurück, entfernte sich schneller von mir, als ich laufen konnte. Ich hörte die Stimme von Charles in meinem Ohr, er drängte mich dazu, nur nicht aufzugeben, immer wieder rief er mir anfeuernde Worte zu. Ich bemühte mich, keuchte bereits, gab noch mehr, rannte rascher, als ich mir je zugetraut hätte, und spürte die Lunge brennen wie noch nie. Fühlte mein Herz rasen. Alles unwichtig, ich musste es bis zur Tür und ins Krankenhaus schaffen. Egal wie. Hinter der Glastür sah ich jetzt Yukis entsetzten Gesichtsausdruck, sah, wie ihr die Tränen über die Wangen liefen. Ich gab noch mehr, wuchs über mich hinaus, doch die Tür wich weiter zurück, immer schneller, es war mir unmöglich, diese Geschwindigkeit zu erreichen, unsichtbare Kräfte hielten mich auf Distanz, bis ich völlig entkräftet stolperte und der Länge nach hinfiel. Das Letzte, was ich im Fallen sah, waren Yukis Hände, die sich mir entgegenstreckten.

VIERTER TEIL

21

Das Klopfen hat sich in deinem Kopf eingenistet. Ein dumpfes, enervierendes Hämmern, das aus weiter Ferne direkt in jede Ritze deines Gehirns auszustrahlen scheint. Jeder Schlag verursacht höllische Schmerzen. Dazu diese heftige Übelkeit, die du kaum mehr unterdrücken kannst. Jedes Mal, wenn du meinst, in deinen Gedanken weiterzukommen, wenn auch nur einen einzigen, winzig kleinen Millimeter, unterbricht dich das elendige Klopfen wieder.

Da ist nur diese stickige Dunkelheit, die deine Gedanken abtötet, bis du endlich verstehst, dass dein Kopf unter Decken steckt. Du lüftest die Decke, sofort ist das unsägliche Klopfen lauter.

Erneut verkriechst du dich, wähnst dich kurz in Sicherheit. Du hörst, wie immer fester und fester an die Tür gehämmert wird und wickelst deinen Kopf nun bewusst in die Decke ein, willst alles um dich herum ausschalten. Dann fliegt die Tür krachend auf und unbekannte Stimmen reden aufgeregt auf dich ein.

»Geht es Ihnen gut?«, fragt eine grausam klingende, dir unbekannte Frauenstimme.

Eine raue Männerstimme herrscht dich an, da rauszukommen, auf der Stelle.

»Gehen Sie weg!«

»Verschwinden Sie!«

»Lassen Sie mich allein«, rufst du.

Du willst mit niemandem reden, du kannst es einfach nicht, musst erst wissen, was passiert ist, musst wissen, ob du an die Tür gelangt bist. Ob du Yukis Hände erreicht hast. Du musst es einfach wissen. Die Tür siehst du nämlich, schmeckst sogar noch die letzten Spuren des eiskalten, salzigen Meerwassers auf deinen blutig aufgebissenen Lippen.

»Zeigen Sie sich uns«, sagt die männliche Stimme, die du bereits abgrundtief hasst.

»Verschwinden Sie«, rufst du noch einmal und zeigst vorsichtig dein Gesicht.

»Kommen Sie da raus«, kreischt die Frauenstimme, woraufhin du dir die Decke erbost vom Leib reißt.

»Da bin ich, schauen Sie, sind Sie endlich zufrieden?«, brüllst du der Frau zu, die bei deinem Anblick zu schreien beginnt.

»Sie sind ja nackt, ziehen Sie sich doch etwas über!«

»Nein! Wieso sollte ich?«, brüllst du zurück.

»Ziehen Sie sich doch an«, sagt der Mann unwirsch.

Arschloch, denkst du.

»Verpisst euch! Eindringlinge, die hier nichts zu suchen haben. Raus hier! Aber sofort!«

Fort sind sie. Endlich. Wie blöd sie dich angeschaut hat. Du schickst ihr eine Ladung Verwünschungen hinterher. Dem Mann ebensolche. Immer wieder siehst du diese eine, unerreichbare Tür. Dahinter siehst du verschwommen drei bestürzte Gesichter. Dazu ein Gebäude, eine Tür, Wind, Regen und Schüsse. Leichen. Nur die Reihenfolge ist dir unklar. Yuki. Nur sie siehst du jetzt deutlich, riechst den Duft ihrer Haare.

Du fragst dich, wo du bist, wieder einmal, bringst die Wärme und Wohligkeit dieses Bettes nicht mit den letzten Szenen deines Gedächtnisses in Einklang. Fragst dich, wie du nackt hierhergekommen bist. Denkst daran, dass du dich der Frau so ungeniert präsentiert hast, und schämst dich ein wenig. Nein. Wozu? Du hast sie nicht zu dir ins Zimmer gebeten. Du hast Durst. Das weißt du.

Auf der Suche nach Wasser schälst du dich aus dem Bett, versuchst vergeblich, gerade zu stehen, torkelst zur Fensterfront. Unwirsch blickst du hinaus. Das ist nicht, was du sehen solltest. Nein.

Unten, viele Stockwerke unter dir, fließt ein Bach oder ein Kanal, ein Fluss kann das scheußliche Rinnsal da unten ja kaum sein! Das kann doch nicht sein. Das ist nicht der Uragami-Fluss. Auch nicht der Nakashima-Fluss, der in Wahrheit nicht viel mehr als ein zügig fließender Bach ist. Auch die Stadt. Stimmt. Eindeutig. Nicht.

Das ist Wien. Du erkennst die Stadt jetzt wieder. Die Heftigkeit dieser Erkenntnis lässt dich erneut taumeln. Das darf doch nicht wahr sein!

Du schließt die Augen, wartest eine Minute, zwei, dann drei, je länger du das Öffnen der Augen aufschiebst, desto größer die Wahrscheinlichkeit, dass du dich irrst. Dass da unten das ist, was sein soll. Dass da unten die Stadt ist, in der du sein musst.

Öffnest zuerst das eine, dann das andere Auge.

Nein, das kann nicht sein! Hilflos schaust du dich um und entdeckst den Digitalwecker, den du vorhin mit der Decke vom Nachtkästchen gefegt hast. Du hebst ihn vom Boden auf.

Sechs Uhr.

Dein Knie tut weh. Du humpelst ins Badezimmer, willst endlich das verfluchte Glas Wasser trinken, erblickst ein fratzenhaftes Gesicht im Spiegel und staunst. Der sich dir bietende Anblick ist entsetzlich.

»Unmöglich«, sagst du zu der Visage im Spiegel. »Erbärmlich.«

Du siehst wie mehrfach ausgekotzt aus. Die Bestätigung, dass das, was deine Zunge längst vermutet hat, wahr ist, tut weh. Dir fehlt ein Zahn. Und zwei sitzen nur mehr derart locker im Kiefer, dass du sie höchstwahrscheinlich mit einem leichten Stoß der Zunge aus dem Mund schippen könntest.

Du wäschst dein Gesicht, zuerst nachlässig, ohne Seife. Bemerkst, dass du gründlicher vorgehen musst, nimmst Seife, schrubbst und reibst, doch die Spuren der letzten Nacht sind weiterhin da. Du steigst unter die Dusche, blickst dabei gedankenverloren durch die Glaswand und siehst die Stadt, in der du nicht sein solltest. In der du nicht sein willst. Nicht mehr sein wolltest. Nie wieder.

Triefend nass läufst du durch das Zimmer, hinterlässt überall Pfützen, scheiß drauf, suchst hektisch nach deiner Kleidung. Sie muss da sein, irgendwo, natürlich, man kann zwar nackt sein, doch nicht nackt umhergehen, das geht nicht. Unmöglich, dass du nackt hierhergekommen bist. Du schaust unter das Bett, unter den Sessel am Fenster, bevor du endlich Kleidung hinter dem Ohrensessel findest.

Sie kommt dir irgendwie bekannt vor. Sieht ein wenig wie die spartanische Alltagskleidung eines Missionars aus, denkst du und wunderst dich, dass du sie in einem früheren Leben gekauft hast. Doch was heißt hier wundern, nichts wundert dich mehr.

Du schlüpfst in die locker um deine Beine hängende Hose und das überraschend gemütliche Leinenhemd, knöpfst dir die letzten vier vorhandenen Knöpfe zu, zwei sind längst abgerissen, irgendwo verloren gegangen, du ziehst dir die löchrigen Socken über die Füße und steigst in die Schuhe. Dann stellst du dich wieder vor den Spiegel. Diesmal bist du vorgewarnt. Auch nicht viel besser als zuvor, denkst du und weißt, dass du recht hast.

Du siehst bedauernswert aus. Beschissen. Doch das ist dir egal. Scheißegal.

Du suchst dein Portemonnaie, findest es, wieso ist es nur so nass, überprüfst das Vorhandensein der Karten. Nur eine Kreditkarte und eine Bankomatkarte. Dazu drei noch feuchte Zehntausend-Yen-Scheine. Einige Münzen und eine Eintrittskarte. Nagasaki Atomic Bomb Museum. Und eine Quittung über eine Barbehebung von fünftausendzweihundert Euro. Dazu eine Taxirechnung, Stubentor bis Flughafen Wien-Schwechat, alles vom dreiundzwanzigsten September. Du schaust noch einmal auf die Datumsanzeige des Weckers.

Siebzehnter Juli.

Du schaust noch einmal auf die Taxiquittung und erkennst, dass da ungefähr acht Monate dazwischenliegen. Auf den Tag genau feststellen kannst du das jetzt nicht. Später vielleicht, denkst du.

Doch wie soll das gehen, denkst du dir und vermutest sofort, dass da etwas ganz und gar nicht stimmen kann. Du erinnerst dich vage an einen Aufbruch, eine Runde durch die Stadt, ein Taxi und ein Flugticket. Einen Flug. Nein, zwei Flüge und ein Krankenhaus.

Naoko. Bernhaugen. Yuki.

Du findest einen Reisepass. Auch der feucht. Einige Seiten kleben zusammen. Auch wenn das, was du im Spiegel siehst, wenig mit dem Foto des Mannes im Pass zu tun hat, weißt du, dass das du bist.

Du heißt Daniel Frey. Natürlich.

Wo ist Yuki, fragst du dich erneut.

Du findest ein Mobiltelefon unter dem Bett. Ein altes Modell. Sieht aus wie aus dem vorigen Jahrtausend. Ist es sicher auch. Du öffnest die Kontaktliste. Nur drei Nummern eingespeichert.

Naoko. Miyamoto. Yuki.

Du scrollst zu Yuki, drückst auf Wahlwiederholung. Noch bevor es läuten kann, ist das Telefon tot.

Verfickter, blöder, dämlicher, beschissener Arschlochakku!

Du hast kein Ladegerät. Dass du den PIN-Code im Kopf hast, hilft dir also gar nichts. Falls er überhaupt stimmt.

Eins, sechs, null, acht.

Eine innere Stimme, die erfreulicher als das unsäglich nervende Klopfen von zuvor ist, sagt dir, nein, sie zwingt dich regelrecht, dass du hier rausmusst, raus aus diesem Zimmer, raus aus dieser Stadt, Zigaretten besorgen, ein wenig Kleidung kaufen, Bücher.

Und du weißt, dass du ein Taxi zum Flughafen nehmen muss. Unbedingt. Jetzt. Sofort.

Du musst Yuki finden.

Du läufst ins Badezimmer, ziehst den Föhn aus der Halterung und trocknest den Reisepass. Nach wenigen Minuten scheint er trocken genug zu sein. Dein Kopf ist eine riesige Müllhalde, nichts ergibt Sinn, die Erinnerungsfetzen spielen Lotto und verhöhnen dich dabei.

Du weißt nur eine Sache. Du musst Yuki finden.

Und du weißt, dass du sie finden wirst, egal ob du dazu jeden noch so kleinen, verdammten Stein auf dieser Erde umdrehen musst, der dir unterkommt.

Und wenn es das Letzte ist, was du tust.

»Ich werde dich finden«, sagst du. »Das verspreche ich dir.«

Du hast kein Gepäck, nimmst den Fahrstuhl nach unten,

gehst bemüht lässig an der Frau vorbei, die dich zuvor nackt gesehen hat, lächelst ihr zu, siehst, wie sich ihre Gesichtszüge verzerren.

Erfreut stellst du fest, dass dir niemand nachläuft. Kein Sicherheitsmann, der dich auffordert, dein Zimmer zu bezahlen. Ohne Tasche und Gepäck fällt man nicht auf. Selbst mit entstellter Visage.

Du stapfst hektisch die Rotenturmstraße hinauf, kaufst eine Packung Zigaretten, Streichhölzer und beim Bäcker einen Cappuccino.

»To Go?«

»Natürlich, was soll die dämliche Frage?« Du schnauzt die unschuldige Frau hinter der Theke an, dass du rasch weitermusst.

Du rauchst und trinkst den Kaffee im Gehen. Du zitterst unruhig, eilst dahin, folgst einer Route, die dir bekannt vorkommt, kaufst dir eine Umhängetasche und einen mittelgroßen Hartschalenkoffer, den du wie einen ungezogenen Hund ungeduldig hinter dir herschleifst, bis du ihn mit Kleidung gefüllt hast. Erinnerst dich an das Taxi und weißt sogar noch, wo du in den Wagen gestiegen bist. Doch Halt! Du musst noch in die Buchhandlung. Auch wenn die Reihenfolge der Besorgungen nicht stimmt, der Weg ist richtig. Überrascht, dass die Karte nicht eingezogen wird, hebst du noch ein wenig Bargeld für die Taxifahrt ab. In der Wollzeile hältst du Ausschau nach einem roten Taxi. Nervös gehst du dabei auf und ab, bist abgelenkt, stehst den Menschen im Weg, denkst andauernd an Nagasaki.

An Yuki. Siehst ihr Lächeln.

Blaue, grüne, gelbe, lilafarbene und eine Unmenge schwarzer Taxis rauschen an dir vorbei. Rot muss es sein.

Du wiederholst immer wieder einen Namen. Den Namen aller Namen. Yuki. Wiederholst ihn schnell, langsam, zärtlich, laut, verliebt, verträumt, verspielt, leise, lasziv, geflüstert, trocken, stumm, warm, liebevoll, gehetzt, nachdenklich, zufrieden. Yuki.

Dann plötzlich, ein Schlag am Oberschenkel. Du hast zwei unbedachte Schritte auf die Straße gemacht und liegst auf einer roten Motorhaube, spürst den warmen Motor durch die Hose und grinst, grinst immer breiter, bis du lachen musst.

»Wo haben Sie so lange gesteckt?«

»Wie bitte?«, fragt der Fahrer.

»Wo haben Sie denn nur so lange gesteckt? Ich warte schon seit einer Ewigkeit auf Sie!«

»Keine Ahnung, was Sie wollen«, sagt er genervt.

»Zum Flughafen will ich. Möglichst rasch«, rufst du ihm zu, noch bevor er weitere Fragen stellen kann.

Du siehst Wien am Fenster vorbeiziehen. Kann der lahme Kerl denn nicht schneller fahren?

»Geht das auch schneller?«

Siehst den Stadtpark, den Donaukanal, das Hundertwasserhaus, links auf der anderen Seite des Kanals den Prater. Weiter geht es in Richtung Flughafen, da sind die bekannten Stinksäulen der Raffinerie zur Rechten, also sind es nur mehr fünf Minuten bis zum Flughafen. Noch nie hast du dich so dermaßen gefreut, an ihnen vorbeizufahren. Nur mehr fünf ewig lange Minuten trennen dich von einem Ticket nach Nagasaki. Nervös rutscht du auf der Sitzbank hin und her. Du verfolgst den Taxameter, bereitest die Scheine vor, sodass du, bei Stillstand des Wagens, sofort hinauskannst. Endlich. Stillstand.

Du wirfst das Geld buchstäblich nach vorne, »behalten Sie den Rest«, nur nicht mit Kleinigkeiten aufhalten, eilst ums Auto herum, fischt Tasche und Gepäckstück aus dem Kofferraum. Vergisst natürlich, ihn zu schließen, läufst in das Terminal hinein.

Weißt genau, wohin du musst, eilst sofort bis zum Ende der Reihe.

»Nagasaki, one-way, Premium Economy …«

Die Fluglinienmitarbeiterin lächelt überrascht. Du jagst ihr mit deinem Auftritt Angst ein.

Lächle! Sag bitte! Geht ja!

Es ist dir egal, dass sie höchstwahrscheinlich davon ausgeht, dass du ein Idiot bist. Ein Verrückter. Du denkst sogar, dass das stimmen könnte. Lachst und freust dich, dass die Kreditkarte den geforderten Betrag deckt. Dort musst du dann schauen, wie du ohne Geld zurechtkommst. Hinkommen. Ist. Alles.

Gehetzt erreichst du die Gepäckabgabe, überall Menschen. Viel zu viele. Du stellst dich an, zählst von vierzig abwärts, dazwischen immer wieder ein Blick nach vorne, Yuki, ich bin unterwegs, rufst du ihr stumm zu, zählst weiter, geht das nicht schneller, zählst, abwärts, immer wieder, so lange, bis du dem verdutzten Mitarbeiter deinen Hartschalenkoffer in die Hände drücken kannst, »da nimm, bitte nimm ihn einfach, lass mich gehen, nimm ihn, verdammt noch mal!«

Jetzt. Weiter. Passkontrolle. Der nächste Schalter. Dort lächelst du die blonde, besonders jung aussehende Grenzbeamtin schüchtern an, die hinter der Scheibe entsetzt überlegt, wie sehr sich Menschen doch verändern können. Auch wenn die biometrischen Details passen, kann sie sich einfach nicht erklären, was mit dir passiert ist, wie es möglich ist, dass du derselbe Mann wie der auf dem Foto in deinem Reisepass bist.

Doch das weißt du alles nicht. Siehst nur Zweifel in ihren blauen Augen.

»Geht es Ihnen gut?«, fragt sie skeptisch.

»Ja, ja, ja …«

Dann darfst du an ihr vorbei.

Die freundlich lächelnden Mitarbeiterinnen am Gate könntest du in alle Richtungen schießen, zur Sonne und auf den Mond, du willst in das verdammte Flugzeug, losfliegen, aber nicht hier warten. Jetzt. Auch wenn immer wieder höflich betont wird, dass es gleich losgeht, weißt du, dass es noch viel zu lange dauern wird. Du bist nämlich erst der dritte Passagier am Gate. Bis die Boarding-Zone voll wird, dauert es noch ewig. Es ist zum Schreien. Hin und her wanderst du. Zur Toilette. Zum Café. Trinkst Wasser, Saft, einen Espresso. Dann noch einen und einen Cappuccino als Draufgabe. Alles überteuert. Vom vielen Kaffee rast dein Herz noch mehr. Immerhin vergeht dabei die Zeit. Da, die Ansage. Endlich. Boarding. Endlich darf man sich anstellen, gleich bist du an deinem Platz. Du drängst dich unverschämt zum Durchlass vor, bist jetzt der Fünfte. Vor dir eine junge Frau, zwei wichtigtuerische Anzugträger und ein älterer Herr.

Pass herzeigen. Boardingkarte zeigen. Über den Scanner halten. Freundlich lächeln.

»Ja. Das bin ich«, sagst du augenrollend, als du beim Vergleich des Passfotos mit deinem Gesicht den skeptischen Augenaufschlag der Fluglinienmitarbeiterin siehst.

Endlich geht es den Flugsteig hinab. Vor dir schwerfällig der alte Mann. Sein Rollkoffer rechts vor dir, eine riesige Dutyfree-Tüte mit einem dich spöttisch anlächelnden Plüschbären links vor dir. Du kommst einfach nicht an ihm vorbei und stellst dir vor, wie du den Alten zur Seite stößt, seinem Bären einen Fußtritt gibst, ihn überholst. Traust dich aber nicht. Wieder diese Scham, sowas denkt man doch nicht. Alles klar?

Yuki!

Natürlich muss der Mann dann auch im Flugzeug weiterhin vor dir langsam hergehen. Wieso kann er nicht auf der anderen

Seite des Fliegers sitzen? Dieses verfluchte Flugzeug hat immerhin zwei Gänge. Du mahnst dich zur Geduld. Zwei Reihen vor deiner bleibt er auch noch stehen, verdammt, packt gemütlich aus, scheitert mit einem peinlich berührten Lächeln daran, den Rollkoffer und den Bären nach oben zu heben, weshalb du ihm deine Hilfe anbietest, zähneknirschend lächelnd, »darf ich, ich helfe ihnen doch gerne«, sagst du.

Wie schön, oben ist der blöde Bär, da bleibst du auch, denkst du und siehst erstaunt, dass auf dem benachbarten Platz von deinem bereits eine Frau sitzt. Goldbehangen, untadelig gemachte Stupsnase und offensichtlich aufgespritzte Lippen. Nein! Da darf keine Frau sitzen, nein, noch dazu eine, die nicht Yuki ist. Alles muss so sein, wie du es in Erinnerung hast. Außerdem, wie konnte sie überhaupt vor dir auf dem Platz sein, fragst du dich, sie muss dich über den anderen Gang überholt haben, in der Schlange war sie, wenn du nicht irrst, weit hinter dir. Sicherlich, während du den Bären im Gepäckfach verstaut hast. Du prüfst noch einmal deine Sitzplatznummer, vergleichst sie mit der Beschriftung am Gepäckfach. Doch. Es stimmt. Schade.

»Darf ich, Sie entschuldigen«, sagst du höflich und zeigst auf den Fensterplatz.

Du siehst die Verachtung in ihren angemalten Augen. Jemanden wie dich hat sie hier nicht erwartet.

»Bitte, wenn das wirklich Ihr Platz ist, natürlich«, sagt sie mit einer dämlich nasalen Stimme, die dir einen gezielten Schuss auf den Mars wert wäre.

Ein Penner, denkt sie, ein Armer, ein zerrissener, geschundener Lump mit fehlenden Zähnen. Was macht der in Premium Economy? All das siehst du in dem Blick, den sie dir zuwirft. Unwirsch steht sie mit einem Mal auf, blöde Schnöselzicke, macht zwei Schritte zu viel zurück. Dass du mir ja nicht an ihr ankommst, hörst du, du könntest sie ja schmutzig machen, du Penner, hast du das verstanden? Da fiept sie schon nervös, deutet dir an, dass du dich bitte setzen mögest. Was glaubst du, was ich will, du Schnepfe, denkst du. Hältst dich erfreulicherweise zurück. Chapeau. Du willst ihr sagen, was du denkst. Schweig! Galant und freundlich wirst du bleiben, hörst du, ganz das Gegenteil zu deinem wirklich erschreckenden Anblick, der Flug ist verdammt lang. Fast elf Stunden. Da sollte man sich nicht schon vor dem Abflug streiten. Das ist definitiv angenehmer, glaub mir das.

»Danke«, sagst du zu ihr.

Du setzt dich, offenbarst dabei breit lächelnd deine Zahnlücke, verstaust den Roman, den du dir für den Flug vorgenommen hast, in der Sitztasche vor dir und fragst dich, was dir passiert ist. Starrst aus dem Fenster. Denken fällt dir jetzt schwer. Du willst einfach weg. Nach Nagasaki.

Wenige Momente später hörst du die Stimme eines Mannes, der irgendjemanden darauf hinweist, dass das leider sein Sitzplatz sei.

»Hier, meine Boarding-Card«, hörst du ihn sagen. »Sie sitzen auf meinem Platz. Schauen Sie doch!«

Noch während du überlegst, ob dir die Stimme nicht bekannt ist, spürst du, wie sich die Frau gemächlich erhebt und wortlos zwei Reihen zurückgeht.

»Immer wieder passiert mir das«, sagt der Mann lachend, der sich, in eine übertriebene Wolke Aftershave gehüllt, in den Sitz neben dir fallen lässt.

Du blickst ihn an und fragst dich, ob sein kann, was ist.

»Daniel Bernhaugen«, sagt er und streckt dir die Hand entgegen.

Foto: Bojidara Kouzmanova-Vladar

Roland Freisitzer wurde 1973 in Wien geboren und wuchs in Moskau, Warschau, Kapstadt und St. Pölten auf, bevor er sich 1989 erneut nach Moskau begab, um Komposition zu studieren. Der Komponist und Dirigent ist Dozent im Bereich der zeitgenössischen Musik an der Musik und Kunst Privatuniversität der Stadt Wien. Seit mehr als einem Jahrzehnt rezensiert Roland Freisitzer zeitgenössische Literatur. *Frey* ist sein Romandebüt.

DANKSAGUNG

Hiermit bedanke ich mich –

Bei meiner Frau Julia Purgina. Für ihre vorbehaltlose Unterstützung und ihre ehrliche und wohlmeinende Kritik.

Bei Jürgen Schütz für das Vertrauen und die großartige Zusammenarbeit.

Bei Teresa Profanter, meiner wunderbaren Lektorin.

Bei (in alphabetischer Reihenfolge) Michaela Bokon, Robert Gillinger, Thomas Heinisch, Natasha Korsakova, Bernd Kulterer, Tamara Stajner, Wolfgang Vladar und Alexander Wagendristel für ihre wertvollen Anregungen, ihre Kritik und ihre intensive Beschäftigung mit den verschiedensten Frühfassungen dieses Romans.

Bei meinen geschätzten Testleserinnen und Testlesern.

Bei Bojidara Kouzmanova-Vladar für das Autorenfoto.

Bei meiner Tochter Constanze.

Bei meinen Eltern.

Und bei meinem Hund Carlos, der die Entstehung dieses Romans zumeist schlafend und schnarchend begleitet hat.

Jan Kjærstad

Berge

Aus dem Norwegischen von Bernhard Strobel

An einem Augusttag 2008 werden der Abgeordnete der Arbeiterpartei, Arve Storefjeld, und vier weitere Mitglieder seiner Familie tot in einer Hütte am Blankvann-See aufgefunden. Allen fünf Opfern wurden die Kehlen durchgeschnitten. Ganz Norwegen steht still. Alle glauben, Terroristen würden hinter der Gräueltat stecken. Auch die übrige Welt blickt in der Zeit danach auf das Land im Norden. Das, wovon niemand geglaubt hätte, dass es im idyllischen Norwegen geschehen könnte – jetzt ist es geschehen.

Gebunden mit Schutzumschlag, Lesebändchen
504 Seiten, ISBN: 978-3-902711-84-7
Auch als E-Book erhältlich

Jan Kjærstad

Der König von Europa

Aus dem Norwegischen von Alexander Riha

00.00.00. – Alf I. Veber entschließt sich, das neue Jahrtausend abgeschieden in den Bergen zu begrüßen. Ein Nullpunkt – und ein Höhepunkt: Als er nur knapp einen Schneesturm überlebt, will er sein Leben neu ausrichten. Er reist nach London, um seine große Liebe wiederzufinden, muss aber erkennen, dass seine Hoffnungen falsch waren. Er kehrt der Zivilisation den Rücken und taucht in den urbanen Dschungel ein, getrieben vom Wunsch, das große Muster im Chaos aufzudecken, er beginnt durch die Abenteuer seiner Vergangenheit zu verstehen, warum er an diesem Ort und zu dieser Zeit angekommen ist.

Gebunden mit Schutzumschlag, Lesebändchen
688 Seiten, ISBN: 978-3-902711-49-6
Auch als E-Book erhältlich

Shūsaku Endō
Skandal

Aus dem Japanischen von Jürgen Berndt

Während einer Preisverleihung wird Suguro, ein angesehener japanischer Schriftsteller, von einer betrunkenen Frau angesprochen, die behauptet, ihn aus dem Rotlichtbezirk Tokios zu kennen. Ab jetzt wird er mit immer neuen Verdächtigungen und Gerüchten konfrontiert, die seine Ehe, seine Ehre und seine Existenz bedrohen. Suguro macht sich auf die Suche nach dem »Doppelgänger«, denn für ihn steht außer Zweifel: Diese lüsterne, heimtückische Person kann nicht er selbst sein.

Gebunden mit Schutzumschlag, Lesebändchen
312 Seiten, ISBN: 978-3-902711-66-3
Auch als E-Book erhältlich

Ryū Murakami
Coin Locker Babys

Aus dem Japanischen von Ursula Gräfe

Hashi und Kiku wurden nach ihrer Geburt in Münzschließfächern zurückgelassen. Die beiden Jungs verbringen ihre Jugend zunächst im Waisenhaus und später bei Pflegeeltern auf einer verlassenen Insel, bevor sie schließlich in die Stadt ziehen, um die Frauen, die sie weggegeben hatten, zu finden und zu vernichten. Gemeinsam oder getrennt ist ihre Reise vom Münzschließfach zu einem atemberaubenden, wilden Höhepunkt eine Achterbahnfahrt durch die unheimliche Landschaft eines Japan im späten zwanzigsten Jahrhundert.

Gebunden mit Schutzumschlag, Lesebändchen
600 Seiten, ISBN: 978-3-902711-35-9
Auch als E-Book erhältlich

www.septime-verlag.at